ハヤカワ文庫 NV
〈NV1509〉

深海のＹｒｒ（イール）

〔新版〕

3

フランク・シェッツィング
北川和代訳

早川書房
8922

目次

深海のYrr（イール）〔新版〕 3

登場人物

シグル・ヨハンソン……………ノルウェー工科大学教授。海洋生物学者

レオン・アナワク…………………クジラの研究者

ジャック・グレイウォルフ
　　　　　（オバノン）……環境保護運動家

カレン・ウィーヴァー……………海洋ジャーナリスト

ゲーアハルト・ボアマン…………海洋地球科学研究所ゲオマールの地球科学者

トム・シューメーカー
デイヴィー　｝…………〈デイヴィーズ・ホエーリングセンター〉の共同経営者

アリシア（リシア）・
　　　　デラウェア………生物学専攻の女子大学生

スー・オリヴィエラ………………ナナイモ生物学研究所所長

レイ・フェンウィック……………カナダ海洋科学水産研究所研究員

ミック・ルービン…………………生物学者

スタンリー・フロスト……………火山学者

ヤン・ファン・マールテン………デビアス社の技術責任者

マレー・シャンカー………………NOAA（海洋大気局）の音声分析の専門家

ベルナール・ローシュ……………分子生物学者

イジトシアク・アケスク…………アナワクの伯父

サマンサ（サム）・クロウ………SETI（地球外知的文明探査）の研究員

ルーサー・ロスコヴィッツ………ヘリ空母インディペンデンス潜水艇ステーション指揮官

ジャック・ヴァンダービルト……CIA副長官

サロモン・ピーク…………………アメリカ海軍少佐

ジューディス
　　（ジュード）・リー………同司令官

第二部　シャトー・ディザスター（承前）

五月十一日

カナダ　〈シャトー・ウィスラー〉

人は変化を受け入れられる。

少なくともヨハンソンは受け入れた。家を失ったのはつらいが、それでも生きていける。結婚生活に終止符を打ったのがすべての始まりだった。トロンヘイムに移り住み、新しい女性と出会っては別れた。だが、どの別れも彼の心を悲しませるものではない。彼の美学や心の響きに調和しないものは、人生の歴史というゴミ箱に放りこまれてしまう。表面は他人と分かち合えるが、心の奥は自分だけのものだ。こうして彼は生きてきた。

早朝に、不協和音を奏でる思い出が蘇ってきた。彼はまったくの偶然から左目だけを開き、横になったまま、単眼の巨人キュクロプスのように大きな視点で世界を眺めてみた。これまで出会った人々の中で、変化を受け入れられなかった人のことを考えた。

彼の妻。

誰もが人生は自分のもので、自分が人生を操るのだと学ぶ。しかし、彼の妻は夫が出ていったとき、自分の人生は幻想だったと思い知るしかなかった。妻は夫に反論し、すがりつき、泣きわめき、ときには理解を示して辛抱づよく耳を傾け、夫に思いやりをくれと懇願した。あらゆる手を尽くしたが、結局、走っていく列車から投げだされたように、二人の人生から放りだされて気力を失い、ただ一人取り残された。すべての力を奪われて、努力は報われるという考えを捨てた。人生はギャンブルで、彼女は負けた。

〈もう愛していないのなら、はっきりそう言って〉

〈そのほうが、きみはいいのか？〉

〈いいえ。初めからわたしを愛さなければよかったのよ〉

心変わりしたのは、自分の責任なのだろうか。感情は罪や責任とは別の次元で生まれるものだ。おかれた状況の結果として起きる、生化学的なプロセスだ。まるでロマンチックには聞こえないが、脳内麻薬とも呼ばれるエンドルフィンには、ロマンス以上の効果がある。では、責任はどこにあるのか？　守れない約束をしてしまったからだろうか？

ヨハンソンは右目も開けた。

変化は彼にとって人生の万能薬だったが、妻には人生を否定することになった。トロンヘイムに移り住み何年か過ぎた頃、彼女がようやく虚脱状態から抜けだしたと人づてに聞いた。ふたたび人生を操りはじめたのだ。そして、新しい男性が現われたことも聞いた。それからは、二人はいがみ合ったり、要求を突きつけ合ったりすることなく、たまに電話をする関係になった。苦い気持ちはいつしか消えてなくなり、彼は重圧から解放された。

ところが、それは再度やって来た。

ティナ・ルンという重圧。彼女は青ざめた美しい顔をして、あとを追ってくる。以来、彼は新しいシナリオを考えた。湖の別荘で二人が寝ていたら、何もかも違ったはずだ。二人はもっといっしょの時間を過ごしただろう。シェトランドにもいっしょに行ったにちがいない。そうすればすべてをぶち壊すことができただろう。コーレに会いにスヴェッゲスンヌに行けというアドバイスのように、彼女が受け入れてくれるであろうことを、いくつも提案してやれただろう。どのみち彼女は死なずにすんだにちがいない。

ばかげた考えだと、何度も自分に言い聞かせた。

それでも、また同じことを考える。

朝日が窓から差しこんだ。いつものようにカーテンは開けたままだった。カーテンを閉ざした寝室は納骨堂のようだからだ。起きて朝食に出かけようかと考えたが、そもそも体を動かす気になれなかった。ルンを失った悲しみが心につまっていた。彼女を愛していたわけではない。いや、愛していたのだ。彼女のせわしない生き方、自由への渇望を。二人は自由を愛し、互いを失った。自由と自由を結ぶことは相反するからだ。もしかすると、二人とも臆病だっただけなのかもしれない。

今さらどうなるというのだ？

いつかは自分も死ぬだろう。ルンが津波に呑みこまれてから、しばしば死を考えるようになった。年をとったと感じたことはない。だが、ヨーグルトのカップにあるような賞味期限の刻印を、神に押されてしまった感じがするのだ。誰かが彼を観察して棚に戻す。まだ賞味期限を過ぎていないからだ。彼は五十六歳で、申し分ない体型を保っている。これまで事故や病気で死ぬことからは免れてきた。襲い来る津波さえも生きのびた。それでも、間違いなく人生の時間は過ぎていく。人生の大半は終えてしまった。果たして、正しく生きてきたのだろうか。

二人の女性から頼りにされたが、二人とも守ってやれなかった。一人は死に、もう一人は永遠に。

カレン・ウィーヴァーは生きている。

彼女はルンを彷彿させた。ルンのように極端に性急でも、用心深くもないし、気難しいところもない。だが、エネルギッシュで強靭な性格は似ている。津波から生還したあと、彼が自分の理論を打ち明けると、彼女はルーカス・バウアーの研究のことを話してくれた。彼はノルウェーに戻り、家を失ったことを知るが、大学の建物は無事だった。山のように仕事があり、湖の別荘には行けないまま、カナダに招集された。彼はいっしょにカナダに行こうとウィーヴァーを誘った。誰よりもバウアーに詳しい彼女なら、彼の研究を発展させられるからだ。しかし、本当の理由はほかにあった。ヘリコプターがなければ、彼女は助からなかっただろう。その点では、彼が救ったことになる。ウィーヴァーは、彼がルンを救えなかったという罪の赦しなのだ。そして、それにふさわしい行動をしようと決めた。いつか彼女のことが気になるときが来るかもしれないが、そのためにも親しくなっておくのはいいことだ。

過去は朝日の中で色褪せていった。立ち上がってシャワーを浴びた。六時三十分、ビュッフェに行くと、自分だけが早起きではないとわかった。広いホールでは、軍人や情報機関のエージェントがコーヒーを飲み、声をひそめて話をしていた。ヨハンソンはスクランブルエッグとベーコンを皿に取り、果物やシリアルを食べ、知った顔を探した。ボアマンと朝食をとりたかったが、どこにもいない。その代わり、ジューディス・リーが二人用のテーブルに一人で座っているのを見つけた。ファイルをめくり、ときどき果物をつまんでは目もくれずに口に運んでいる。

彼はリーを観察した。彼女にはどことなく惹かれる。見た目よりも年齢は上だろう。化粧をしてきれいなドレスを着れば、パーティーの花形になる。彼女をベッドに誘うには、どのような手を使えばいいだろうか。しかし、きっと成功しないだろう。リーは相手に主導権を渡すような女性ではなさそうだ。それに、アメリカ軍の司令官とのスキャンダルは少々やりすぎだ。

リーが顔を上げた。

「ドクター・ヨハンソン、おはようございます。よく眠れましたか?」

彼は彼女のテーブルに歩み寄った。

「赤ん坊のようにね。一人で朝食とは、指揮官の孤独ですか?」

「いいえ。考えごとをしているんです」

彼女は笑みを浮かべ、アクアマリンの瞳で彼を見つめた。

「お座りにならない? さまざまなことに考えをお巡らしになる方々とごいっしょするのは大歓迎です」

ヨハンソンは腰を下ろした。

「どうして、私がそうだとわかったのです？」

「当然でしょう。コーヒーでいいですか？」

彼女は言って、ファイルをおいた。

「ええ、お願いします」

「あなたは昨夜のプレゼンテーションのとき、そうだと自ら示されたわ。自分の専門分野以外のことに関心を示した科学者は、ほかに一人もいなかった。シャンカーは深海の不可解な音に注目しただけ。アナワクが疑問に思うのはクジラのことだけ。ものごとの隅々(すみずみ)まで見るように、わたしが教えてあげたのに。ボアマンはメタンのガス漏れの危険性だけを見て、第二の地滑りを阻止しろと相手かまわず訴える。誰もがこんな調子だった」

「この事件は、あまりにも分野が広いから」

「でも、すべてを関連づけた者はいない」

「それは明らかになった。アラブのテロリストでしょう？」

彼は落ち着きはらって言った。

「あなたもそうだと思うの？」

「いいえ」

「では、あなたの考えは？」

「一両日中に、お教えしますよ」

「まだ確信はない？」

彼はコーヒーに口をつけた。

「おおよそは。これは厄介な事件です。あなたのミスター・ヴァンダービルトは、テロリズムに的を絞っている。推測を披露する前に、私には援護射撃をしてくれる人が必要だ」

「で、それは誰かしら？」

彼はコーヒーカップをおいた。

「あなたですよ、司令官」

リーは驚かなかった。一瞬、口をつぐんだだけだった。

「わたしを口説くつもりなら、あなたの考えを聞いておかなければ」

「そうですね。早めに」

ヨハンソンは言って、笑みを浮かべた。

リーはファイルを押してよこした。ファックスシートの束だ。

「これで、あなたの決心は早まるでしょう。今朝五時に届いたファックスです。何が起きたのか、確実なことは誰も言えず、わたしたちはまったく全貌がつかめないけれど、わたしは速やかに決定を下した。ニューヨークと周辺地域に戒厳令を発動します。ピークが指揮を執るため、すでに現場に向かっている」

彼はファイルを見つめた。第二の津波の光景が頭をよぎった。

「ロングアイランドの海岸線に、真っ白なカニの大群が海から押し寄せてきたとしたら？」

「なぜですか？」

「出張にでもやって来たのでしょう」

「面白いアイデアね。で、どんな仕事？」

「カニか……カニは何をするのか？」

彼はリーに尋ねるでもなく言った。

「ヨーロッパで、ブルターニュ産のロブスターがしたように伝染病を運んできた。あなたの理論に合うかしら？」

ヨハンソンは考えこんだ。

「この近くに、そのカニを調べるための封じこめ実験室はありませんか？」

「すでに準備しました。ナナイモ生物学研究所。カニのサンプルは移送中です」

「生きた検体？」

「さあどうでしょう。最新の報告では、カニを捕まえたときは生きていたらしい。そのために多くの人が死亡した。毒性のショックで。このカニの毒性は、ヨーロッパの藻類よりも強そうね」

「私も行こう」

ヨハンソンは一瞬沈黙したのち言った。

「ナナイモに？　いいアイデアだわ。で、いつあなたの理論を教えてくれるのかしら？」

「二十四時間の猶予をください」

リーは唇をすぼめ、一瞬考えこんだ。

「二十四時間ね。一分でも過ぎてはだめですよ」

バンクーバー島　ナナイモ

アナワクはフェンウィック、フォード、オリヴィエラとともにナナイモ生物学研究所の大きな映写室にいた。クジラの脳の３Ｄ画像がスクリーンに現われる。オリヴィエラがコンピュータに取りこみ、ゼラチン質が発見された部分に印をつけたものだ。脳を回転させたり、ヴァーチャルメスで切り分けたりもできる。すでに三つのシミュレーションが終わっていた。今は四番目のシミュレーションで、物質が脳回のあいだを細い脳溝に沿って内部に流れていく様子が映しだされていた。

アナワクはオリヴィエラを見て言った。

「理論はこうだ。あなた自身がゴキブリになったと想像して……」

「レオン、ありがとう。あなたは女性の褒め方をよく心得ているわね」

オリヴィエラは眉を吊り上げて言った。馬のように長い顔がますます長くなった。

「知能も創造力もないゴキブリ」

「話を続けてくれ」

フェンウィックは笑って鼻梁を撫でた。

アナワクは続けた。

「あなたの動きはすべて反射によって決められる。神経生理学者なら、あなたの動きを操作するのは簡単だ。反射をコントロールして、希望の作動ボタンを押すだけでいい。義手のようなものだ。重要なのは、そのボタンがどこにあるか」

「ゴキブリの頭をはねて、別のゴキブリの頭とすげかえても、ゴキブリは歩いたのか？」

フォードが尋ねた。

「そういうことです。実験では、頭をはねたゴキブリに、足を切り落としたゴキブリの中枢神経系をつないだ。すると、頭のあるゴキブリは、まるで自分の足であるかのように、中枢神経系で連結された頭のないゴキブリの足を動かした。ぼくが言いたいのは、単純な生き物では、プロセスは単純だということです。マウスに二つ目の脳を移植した。数時間だったか数日か、驚くほど長く生きたそうです。二つの脳は普通に機能したようだが、動きをコントロールするのはマウスにとって困難だった。マウスは歩けるが、行きたい方向には進めない。しかも、数歩で足がもつれてしまう」

「残酷だわ」

オリヴィエラがつぶやいた。

「つまり、どんな生物の動きでもコントロールできるのです。それは高等な生物になれば難しくなるだけだ。もしあなたが意識的な知覚という側面に、知性や創造的かつ自己中心的な思考を加えれば、あなたの意志を誰かに強制することは途方もなく難しくなる。あなたはどうします？」

「そいつの意志を破壊して、ゴキブリレベルの脳に格下げしてやる。相手が男の人なら上手くいくわね。パンティを脱いでかしずいてやればいいのだから」

アナワクはにやりとした。

「そうですよ。人間とゴキブリにはたいした違いはないから」

「何人かの人間は、でしょう」

オリヴィエラが言った。

「全人類です。人間は自由な精神を誇りに思っているが、あなたが特定のボタンを押せば、もう自由ではいられなくなる。たとえば痛みを認知するボタンだ」

「つまり、ゼラチン質を作った者は、クジラの脳についてよく知っていた。きみはそう言いたいのだね？　ゼラチン質は脳中枢を刺激する」

フェンウィックが言った。

「そうです」

「しかし、どの部分かを見つけなければ」

「そんなに難しくないわ。ジョン・リリーの研究がある」

オリヴィエラがフェンウィックに言うのを聞いて、アナワクはうなずいた。

「そのとおり！　リリーは動物の脳に電極を埋めこんで、痛みや喜びを司(つかさど)る領域を刺激する実験を最初に行なった人物です。脳の領域を操作することで、喜びや快楽、痛みや怒り、不安などを動物に与えられることを証明した。サルでの実験は成功した。次にクジラとイルカで実験した。もっと複雑な知能を持つが、やはり機能した。電極を使って罰や褒(ほう)美(び)というボタンを刺激し、動物を完全にコントロールした。しかも、一九六〇年代の話だ」

フォードが口を開いた。

「それでもフェンウィックの言うとおりだ。サルなら手術台にのせて脳の中をいじくりまわせるから、コントロールすることも可能だ。だが、ゼラチン質はクジラの耳か口から侵入したにちがいない。するとその際、形を変えたはずだ。たとえ脳まで達したとして、どうやってそこで広がり、おめあてのボタンを押すんだ？」

アナワクは肩をすくめた。ゼラチン質がクジラの脳に入ってクジラを操ったと確信しているが、どのようにして操ったのかは想像もつかなかった。

「おそらく、それほど多くのボタンを押す必要はないでしょう。きっと……」

そのとき扉が開いて、助手の一人が顔をのぞかせた。

「ドクター・オリヴィエラ？　邪魔をしてすみません。レベル４実験室にいらしてください。緊急だそうです」

オリヴィエラが一同の顔を順に見まわして、首を振った。

「こんなこと最近までなかったのに。ちょっと前までは、のんびり座って、たわいもない話ができたのにね。今では、ジェイムズ・ボンドの映画に出ているようだわ。大変です！　ドクター・オリヴィエラ、レベル４実験室に急いでください！　だって」

彼女は立ち上がると手をたたいた。

「しかたない。さあ、みんなで行きましょう。誰もいっしょに来てくれないの？　わたしがいなければ、どうせここでは何もできないでしょ」

レベル４実験室

ヨハンソンの乗ったヘリコプターがナナイモ生物学研究所の脇に着陸したのは、カニの検体が運びこまれてすぐのことだった。助手に案内されてエレベータで地下二階に向かった。蛍光灯に照らされた飾り気のない廊下を進む。やがて助手が重厚な扉を開き、モニターが並ぶ部屋に入った。その奥に見える鋼鉄の扉の上にある〈バイオハザード〉の標識だけが、扉の向こうで死が待ち受けていることを物語っていた。ローシュとアナワクとフォードが小声で話している。オリヴィエラとフェンウィックは、ルービンとヴァンダービルトの二人と何やら相談していた。ルービンがヨハンソンに気づいて近づき、握手の手を差しだした。

「ここは落ち着かないでしょう？」

彼は言って、神経を逆なでするような笑い声を上げた。

「べつに」

ヨハンソンは言って、あたりを見まわした。

「今まで意見を交換する機会がありませんでしたね。ゴカイのことは全部教えてくださいよ。もっと違う状況で、あなたと知り合いになりたかった。けれど、この状況は何もかも刺激的で……最新情報は聞きましたか？」

「それで私はここに来たのだが」

ルービンは鋼鉄の扉を示した。

「想像できますか？　ここがちょっと前まで倉庫だったなんて。軍があっという間に、封じこめ実験室を設置した。間に合わせのように聞こえるが、心配することはありませんよ。バイオセーフティレベルは4ですから。安全に実験ができる」

レベル4実験室と呼ばれる封じこめ実験室は、最も危険性の高い生物を扱う設備だ。

「あなたもいっしょに中に入るの？」

ヨハンソンが尋ねた。

「私とドクター・オリヴィエラが」

「てっきりローシュが甲殻類の専門家だと思っていたが」

「ここにはどんな専門家だっているからな」

ヴァンダービルトが言って、オリヴィエラとともに会話に加わった。ＣＩＡ副長官はかすかに汗の臭いがする。彼は愛想よくヨハンソンの肩をたたいた。

「われわれは、カラフルなピザになるように賢者の皆さんを選抜した。おまけにリーはあんたを溺愛している。賭けてもいい。彼女はあんたの考えを見抜くためなら、あんたと一夜をともにするだろうな。それとも、彼女の目的は別ものか？」

彼は言って、大笑いした。

ヨハンソンは冷たくほほ笑み返した。

「彼女に訊いてみればいいじゃないか」

「ああ、訊いてみたよ。残念だが、彼女の興味は本当にあんたの頭の中だけだった。私にはわかる。彼女はあんたが何か知ってると考えている」

ヴァンダービルトは落ち着きはらって言った。

「それがどうかしたのか？」

「言っちまいなよ」

「さあね、私は何も知らない」

ヴァンダービルトは軽蔑するような目つきになった。

「粋な理論はないのか？」

「あなたの理論は充分に粋だと思うが」

「もっと粋な理論が出てこないかぎりは。口出ししたいなら、湾岸戦争シンドロームを思い出してくれ。一九九一年、クウェートのアメリカ軍は最小の損失ですんだ。ところが、従軍した兵士の四分の一が、あとになって原因不明の病気になる。ずっと軽いが、フィエステリアが引き起こしたのと同じ症状を訴えた。記憶障害、集中力の低下、内臓の損傷。兵士は化学物質に触れたのではないかと、われわれは考えた。イラクの武器庫が爆発したとき、近くにいたからな。当時はサリンを疑ったが、イラク人は生物兵器も作っていたかもしれない。病原体の半分はイスラム世界に揃っている。害のない細菌やウイルスを、遺伝子操作して小さな殺人者に仕立てるのは簡単だ」

「それが今、現実に起きていると言うのか？」

「リー叔母さんをボートに乗せてやるのは賢明だろう。ここだけの話だが、彼女はちょっとおかしいぞ。わかってるか（カピーシェ）？　狂人は好きにさせてやらないと」

ヴァンダービルトは言って、目配せした。

「彼女におかしなところは見えないが」

「それはあんたの問題だ。私は警告したぞ」

「わたしの問題は、いまだに何もわからないことだわ。さあ中に入って仕事を始めましょう。ローシュもちろんいっしょに」

オリヴィエラが言って、扉を指さした。

ヴァンダービルトはにやりと笑った。

「私は？　ボディガードは必要じゃないのか？　力になるがね」

「それはご親切に。でも、あなたのサイズの防護服はあいにく切らしているのよ」

彼女はじろりと彼を見て言った。

四人は鋼鉄製の扉を抜けて、三つあるエアロックの一つ目に入った。順に三つのエアロックで隔離されるシステムだ。天井には監視カメラがついていた。壁には、透明のフードがついた鮮やかな黄色の防護服がぶら下がっている。手袋と黒いブーツもあった。

「皆さんはレベル4実験室での作業のしかたをご存じでしょう？」

オリヴィエラの問いに、ローシュとルービンがうなずいた。

「実際の経験はないが」

ヨハンソンが白状した。

「大丈夫です。普通なら練習してからだけど、そんな時間はない。あなたの命を守ってくれる三分の一が防護服。これを着れば心配は要らない。防水性のポリ塩化ビニルでできています。残りの二つは注意と集中力。ちょと待って、着るのを手伝うわ」

防護服はかさばる代物だ。ヨハンソンはベストのような形をした服の中に体を滑りこませた。それは供給された空気を防護服の中に均等に分配する装置だ。さらにオーバーオールと格闘しながら、オリヴィエラの説明に耳を傾けた。

「正しく着用できたら、すぐに空気供給システムの管をつなぎ、除湿して適温調節した空気を入れます。空気は活性炭フィルターを通して、内圧が高くなるように注入される。そこがポイント。それで空気が内側から外にスムーズに流れでるわけ。だから呼気は排気バルブから外に出る。自分でも調節はできるけれど、その必要はないでしょう。全部わかりました？　気分はどう？」

ヨハンソンは自分の姿を見下ろした。

「マシュマロマンのようだ」

オリヴィエラは笑った。四人は第一エアロックを出た。ヨハンソンは彼女のくぐもった声を聞き、無線がつながったことを知った。

「実験室はマイナス五十パスカルの低圧に保たれていて、菌糸一本も外へは漏れない。電力供給がストップしても、緊急バックアップがあるから問題はないわ。床はコンクリートに樹脂コーティングを施し、窓は強化ガラス製。内部の空気は高性能フィルターで常に滅菌される。配水管はなく、水は使用されたら直ちに滅菌消毒される。外部とは無線かファックス、コンピュータで連絡をとり合う。冷蔵・冷凍システム、空調システムにはアラームがついていて、コントロールルーム、ウイルス実験室、受付で警報が鳴る。監視カメラが隅々まで見張っている」

「そういうことだ。あんたたちの誰かがそこで死んでも、素敵な思い出のビデオが残る」

ヴァンダービルトの声がスピーカーから聞こえてきた。

ヨハンソンは、オリヴィエラが目をむくのを見た。四人は次々と三つのエアロックを通り抜けて実験室に入った。チューブのつながった防護服を着ていると、まるで火星にでも降り立った気分だ。実験室は三十平方メートルほどで、冷凍庫や冷蔵庫、白い吊り戸棚があり、レストランの厨房のようだった。壁際には、液体窒素で凍らせたウイルスなどを収容する、ドラム缶ほどの大きさの容器が並んでいる。大きな作業台がいくつもあった。防護服に傷をつけないため、実験室内の装置はすべて角が落とされている。オリヴィエラが三つある大きな赤いボタンを指さした。それでアラームを鳴らすのだ。最後に三人をテーブルの一つに案内し、たらいのような形をした容器の蓋を開けた。

中には小さな白いカニがぎっしりと入っていた。両手を広げたほどの容器の水面に浮かび、生きている気配はない。

「くそ！」

ルービンの口から悪態が漏れた。

オリヴィエラは金属製スパチュラを手にし、一匹ずつに触れた。だが、まるで動かない。

「死んでいるのかも」

ルービンが首を振った。

「残念だ。まったく残念だ。生きているのが手に入ると言わなかったか？」

「リーの話では、こっちに送る直前までは生きていたそうだ」

ヨハンソンは言って身をかがめると、カニを一匹ずつ注意深く観察した。そのとき、オリヴィエラが彼の腕をたたいた。

「その上、左から二番目。今、足がぴくりと動いたわ」

彼女はそのカニを作業プレートにのせた。数秒間はまるで動かなかったが、突然、猛烈な速さでプレートの端に逃げようとした。彼女はカニを押さえた。カニは抵抗せず、プレートの上を元の位置に引きずられていく。が、また逃げようと試みる。彼女は同じことを何度か繰り返してから、カニをたらいに戻した。

「何か意見は？」

彼女が訊いた。

「体の内部を見ないと何とも……」

ローシュが言った。

ルービンは肩をすくめた。

「普通の行動に見えるが、それにしてもこんな種は見たことがない。ドクター・ヨハンソン、そうでしょう？」

「そうだな」

ヨハンソンは考えこんだ。

「……だが、この行動は普通じゃない。もちろん、スパチュラを敵とみなしたのだろう。ハサミを開いて威嚇するかもしれない。運動能力は大丈夫だが、感覚器官に問題がありそうだ。まるで……」

「まるで、ぜんまい仕掛けの玩具のよう」

オリヴィエラがヨハンソンの言葉を引きついで言った。

「そうだ。カニのように歩くが、行動のしかたはカニではない」

「種を特定できる？」

「私は分類学者ではない。類似するものは言えるが、慎重に確認しないと」

「それでもいいわ」

「重要な特徴が二点ある」

ヨハンソンは動かないカニをスパチュラで一匹ずつさわった。

「第一は、体の色が白いこと。つまり色がない。体の色は決して装飾ではなく、機能の一つだ。生物が色を持たないのは、ほかから見られる必要がないからだ。第二の特徴は、目が完全に欠落している」

「つまり穴の中か、深海に生息するということだな」

ローシュが言った。

「そのとおりだ。太陽光線が届かないところに生息する生物は、目が極端に退化している。だが、かつて目があった部分はわかる。一方、このカニは……早計に結論は出したくないが、初めから目を持っていなかったようだ。それが正しいとすると、暗闇の世界に生息するだけではなく、暗黒の世界で種が生まれたことになる。そういう種で、このカニに似ているものは、私は一種類しか知らない」

「ユノハナガニ」

ルービンがうなずいて言った。

「で、どこに生息するのだ？」

ローシュが訊いた。

「深海の熱水噴出孔。海底火山のオアシス。ユノハナガニによく似ている」

ルービンが答えると、ローシュは眉間に皺を寄せた。

「それなら、陸に上がったら一秒だって生きられないだろう」

「このカニの内部で何が生き残っているかが重要だ」

ヨハンソンが答えた。

オリヴィエラは一匹をたらいから選ぶと、作業プレートに仰向けにのせた。彼女はロブスターフォークに似た器具をシャーレから次々と取りだした。それから、小型のモーター付き円盤カッターを、カニの甲羅の縁に沿って動かす。すぐに透明の物質が中から溢れだすが、彼女は動じず、殻を切り開いた。足がついた腹側の殻をはずして、横に並べておいた。

四人はカニの内部を覗きこんだ。

「これはカニではない」

ヨハンソンが言った。

「そうだな」

ローシュは言って、甲羅のほとんどを埋めつくす、どろりとしたゼラチン質を指した。

「われわれがロブスターの中に見つけたのと同じものだ」

オリヴィエラがゼラチン質をスプーンですくい、小さな容器に移しかえた。

「ここを見て。脳のあったすぐ後ろの部分は、カニ本来のもののようね。それから、甲羅に沿って糸のようなものが枝分かれしている。これは神経系。カニは感覚をまだ持っていたんだわ。ただ使うことができなかった」

「そうだ。ゼラチン質のせいだ」

ルービンが言った。

ローシュはぬるぬるした透明の物質を入れた容器を覗きこんだ。

「いずれにしても本来のカニではない。むしろカニという道具になっていた。機能はするが、生きてはいない」

「だから、カニの動きをしないんだな。内部の物質をカニの新たな筋肉だと認めるしかない」

「これはカニのものではない。別の有機体だ」

ローシュが言った。

「そうすると、この有機体はカニが陸に上がれるようにしたことになる。カニが生きていると見せかけようと、死んだカニの体内に侵入したのだろうか……」

ヨハンソンは言って考えこんだ。

「あるいは、そのように改良されたか」

オリヴィエラが付けたした。

気まずい沈黙が流れた。やがてローシュが沈黙を破った。

「カニが陸にいる理由が何であれ、明白なことがある。今、この防護服を脱いだら、われわれは一瞬で死ぬだろう。フィエステリアを満載したカニがここにいるのだ。あるいは、もっと恐ろしいものかもしれない。いずれにせよ、実験室の空気も汚染されている」

ヨハンソンはヴァンダービルトの言葉を思い出した。

生物兵器。

もちろん彼は正しい。彼の言うとおりだ。ただ、自分の考える理論とはまったく違うのだ。

ウィーヴァー

ウィーヴァーは嬉しくてたまらなかった。

パスワードを入力するだけで、考えられるかぎりの情報に手が届く。しかも、それらは普通なら軍事衛星にアクセスできるはずがなく、調べるのに何カ月もかかる情報だった。ここは素晴らしいところだ！　彼女は自分のスイートのバルコニーに座っていた。NASAのデータバンクに接続し、アメリカの作製したレーダー地図の情報を入手していた。

一九八〇年代、アメリカ海軍は特異な現象の調査に乗りだした。マイクロ波レーダー海面高度計を搭載した人工衛星ジオサットが、極軌道に打ち上げられた。ジオサットの目的は、海面の高度をセンチメートル単位で測定することだ。大規模に海面を測定すれば、潮の満ち干（ひ）は別として、海水面は世界中で同じ高さかどうかわかると誰もが期待した。

　ジオサットの測定結果は期待を裏切らなかった。

　科学者は、まったく波がなくても海は平らではないと予想していたが、実際に、地球は巨大なジャガイモのようにごつごつした外観を持つと衛星からの測定でわかったのだ。海面には窪（くぼ）みや瘤（こぶ）、ふくらみや溝があった。海水は均一に地球上に分配されると長いこと考えられてきたが、実際は違っていた。インド南岸の海水面は、アイスランド沖よりも百七十メートル低い。オーストラリアの北の海域には、平均海水面よりも八十五メートル盛り上がった海面の山がある。海面の形は海底地形を反映する。海底山脈や深い海溝は、海面の高さに大きく影響するのだ。

　つまり、海面の高度を測れば、海底地形までわかるということになる。

ここで問題になるのが海域での重力異常だ。海底に海山のような過剰な質量がある場所では、深い海溝に比べて重力が高くなる。そのため、海山のまわりにある膨大な海水が山に沿って集まり、海面は盛り上がった形になる。反対に、深い海溝がある場所では海面が落ちこむ。だが、しばしば科学者は例外に悩むことになった。深海であるにもかかわらず、海面が盛り上がっている場所があるのだ。しかし海域重力場の研究が進み、海底には非常に密度が高く質量が重い岩があるからだと判明した。

海面の窪みやふくらみを船上から測定するのは困難だ。事実、衛星による測定がなければ、海で起きている現象を知ることはなかっただろう。現在では、海底の地形図を作製するだけでなく、海面の様子から深海の現象を推測することにより、大洋の海洋力学がわかるようになったのだ。ジオサットは、直径数百キロメートルにもおよぶ海の渦を発見した。コーヒーカップをまわすと、中のコーヒーもまわってカップの縁に沿って高く盛り上がり、中央は窪む。こうした渦が、重力とは別に、海面に丸みや窪みをつけ、その渦がいくつか集まってずっと大きな渦を構成する。そして衛星からの測定で、海洋全体が循環していることが明らかになった。この還流は、北半球では時計まわりに、南半球では反時計まわりに循環し、極地に近づけば近づくほど速くなる。

こうしたことが判明し、地球の自転が海洋の大規模な循環に影響を及ぼしているという、新たな海洋力学の原理が明らかになった。

海洋大循環からすると、メキシコ湾流は大きな流れではない。北米に向かって時計まわりに循環する大還流の構成要素となる、一つの中規模渦の西の端にあたるのだ。大還流の中心が大西洋の真ん中ではなく、西よりにあるため、メキシコ湾流はアメリカの海岸に押しつけられて堰き止められ、海面が高く盛り上がる。そこに強い風が吹きつけ、北極に向からメキシコ湾流の速度を速め、同時に海岸との摩擦はゆるやかになっていく。外部からの影響がないかぎり、回転運動は安定した動きだ。こうして北大西洋の還流は、安定した循環を続けることになる。

しかし、海洋大循環を研究するバウアーは、外部からの影響の存在を疑っていた。グリーンランド沖には海水が滝のように深海に沈む、いわゆる煙突がある。彼は、その煙突の消滅も外部からの何らかの影響があってのことだと考えたが、証明はできなかった。地球規模の変化を調べるには、地球規模のデータが必要だった。

冷戦が終結したのち、一九九五年、アメリカ海軍はジオサット衛星の収集データを公開した。その後、ジオサット・システムは次々と新しい衛星に引き継がれていった。今日、カレン・ウィーヴァーはそれ以降の完璧なデータを手にし、時間をかけてデータを分析・評価した。レーダーが濃霧を海面と誤って計測した場合もあり、細かいデータにはばらつきがあったが、彼女がはじき出す結果はいつも同じだった。

データを詳しく調べるにしたがって、初めの喜びは不安に変わっていった。

彼女は、バウアーが正しかったことを確信した。

彼が海に投入したフロートからは、わずかな時間しかデータが送られて来ておらず、特定の海流に乗ったかどうかは不明だ。そして、フロートは一つまた一つと消息を絶った。バウアーの実験はほとんどデータが得られなかったのだ。彼は、どの程度まで自分の考えが正しいとわかっていたのだろうか。ウィーヴァーは、彼の遺した研究が自分の肩に重くのしかかるのを感じた。彼が知識のすべてを託してくれたおかげで、他人には意味をなさないものでも、その行間が読めるようになった。彼女は充分にカタストロフィの勃発を予想できた。

彼女は計算をしなおした。どこにもミスはない。もう一度、初めからチェックする。再計算は三度に及んだ。

事態は恐れていたよりも深刻だ。

ヨハンソン、オリヴィエラ、ルービン、ローシュの四人は消毒のため、ポリ塩化ビニル製の防護服を着たまま、一・五パーセント過酢酸のシャワーを数分間浴びた。過酢酸はあらゆる病原体を死滅させる。その強力な薬品を水で洗い流して過酸化水素で中和し、ようやく彼らは実験室を出ることができた。

シャンカーのチームは、海中の未確認音の解明に邁進していた。フォードの協力を得て、スクラッチと呼ばれる音を含めたスペクトログラムを繰り返し調べている。

アナワクとフェンウィックは散歩に出かけ、他者の神経系を乗っ取る方法を話し合った。

火山学者のフロストがボアマンのスイートに姿を見せた。眼鏡の縁まで野球帽を下ろし、部屋を埋めつくすほどの巨体から大声を轟かせた。

「さあ博士、話し合おうではないか」

ボアマンはゴカイについての持論を説明した。二人はすぐに意気投合し、あっという間に何杯ものビールのジョッキを空にすると、確実に地滑りを起こす可能性のある場所をリストアップした。キールのゲオマール研究所とも衛星回線を通じて話し合った。インターネットの接続が回復すると、キールは次々とシミュレーション結果を送ってきた。所長のエアヴィーン・ズースはノルウェーの大陸斜面で起きた地滑りを、可能なかぎり正確に再現しようとした。けれども、あのような大惨事になるシミュレーション結果は一つも得られなかった。ゴカイとバクテリアが、メタンハイドレートの崩壊に決定的に作用したのは明白だった。しかし、パズルはあと一つ欠けている。小さな断片。最後の引き金が何かあるはずだ。

「それが何かを見つけないかぎり、神に誓って、われわれのケツは波に洗い流されてしまう。だが、きっとそんなことにはならない。アメリカや日本の大陸斜面で地滑りが起きるからな」

フロストは言った。

リーはノートパソコンを前に座っていた。

広大なスイートルームに一人きりだったが、誰とでも、どこにでも同時に存在できた。先ほどまではレベル4実験室の会話のすべてを聞いていたところだ。ホテル中で盗聴と盗撮が行なわれていた。ナナイモ生物学研究所、バンクーバー大学や水族館も同様だ。近隣に住むフォード、オリヴィエラ、フェンウィックの自宅や、アナワクの船やバンクーバーのアパートも盗聴されていた。目と耳はどこにでもあるが、戸外での会話、レストランやパブでの話を盗聴するのは不可能だった。リーは腹立たしかったが、あとは科学者たちの体に送信機を埋めこむしか方法はないだろう。

インターネットの使用を監視するのは、さらに功を奏した。ボアマンとフロストは現在オンライン中だ。ジャーナリストのウィーヴァーは、メキシコ湾流の衛星データを比較している。これは、キールが送ってきたシミュレーション結果と同じくらい興味深い。独立ネットワークを構築するのは素晴らしいアイデアだった。もちろん、ネットワークの利用者の頭の中を覗いたり聞いたりすることはできない。だが、彼らがどのような仕事をしているか、何のデータを呼びだしたかは記録され、いつでも確認できるのだ。リーは懐疑的だが、ヴァンダービルトのテロリズム論がもし正しいとすると、個々を盗聴するのはまったく正当だ。今のところ疑わしい者はいない。アラブ諸国やイスラム過激派組織と連絡をとった者はいないが、安心はできなかった。一方、ヴァンダービルトの推測がはずれたとしても、気づかれずに科学者たちを監視するのは有効だった。早めに情報を得るのは常に役に立つ。

ふたたびナナイモに切り替え、ヨハンソンとオリヴィエラの会話に耳を澄ました。二人はエレベータに向かいながら、レベル4実験室での注意事項を話している。オリヴィエラが、「防護服を着ないで過酢酸のシャワーを浴びたら、きれいに漂白された骸骨になる」と言った。ヨハンソンが冗談で応じ、二人は笑いながらエレベータで地上に運ばれていく。なぜ、ヨハンソンは自分の理論を誰にも話さないのだろうか？ 話しそうになったことはある。プレゼンテーションが終わったあと、彼の部屋でウィーヴァーに。だが、示唆するだけでやめてしまった。

リーはいくつか電話をかけ、最後にニューヨークに派遣したピーク少佐と話した。腕時計を見る。ヴァンダービルトの報告の時間だ。スイートを出て、ホテルの南翼の端にある部屋に向かう。彼はそこに、盗聴の可能性を一切排除した、ホワイトハウスなら危機管理室（シチュエーションルーム）にあたる部屋を作っていた。そこでヴァンダービルトと二人の部下が彼女を待っていた。彼はナナイモからヘリコプターで戻ったばかりで、いつもよりさらに乱れた身なりだ。

「ワシントンとつないでくれる？」

彼女は挨拶もせずに言った。

「つなげるだろうが、無駄だ……」

「ジャック、そんなに緊張しなくてもいいのよ」

「……あんたが大統領につなごうとしてもだな。大統領はワシントンにはもういない」

バンクーバー島　ナナイモ

オリヴィエラはヨハンソンとともにエレベータを降りると、玄関ホールにいたフェンウィックとアナワクのもとに駆け寄った。

「どこに行ってたの？」

オリヴィエラは驚いたように尋ねた。

「散歩してたんだ。実験室のお楽しみはどうだった？」

アナワクは彼女にウインクした。

「ばかねえ。それよりヨーロッパの問題が、こっちにも押し寄せてきたらしいわ。カニの中にあったのはお馴染みのゼラチン質。ローシュが、カニが運んできた病原菌を隔離した」

「フィエステリア？」

「似たようなものだ。いわゆる、変異の変異というやつだ。新しいのはヨーロッパのものより、ずっと毒性が強い」

ヨハンソンが答えた。

「マウスには悪かったけれど、死んだカニといっしょに閉じこめたの。すると、わずか数分でマウスは死んだ」

オリヴィエラが言った。

フェンウィックは思わず後ずさった。

「その毒は伝染するのか？」

「いいえ。わたしにキスしてもいいわ。人から人へは感染しない。ウイルスではなく、バクテリアの侵入だから。でも、フィエステリアが水の中に入ったら、手がつけられなくなる。カニの死後どれだけ時間が経っても、フィエステリアは爆発的に増殖し続けるの」

「カミカゼ攻撃か」

アナワクが言った。

「カニの仕事はフィエステリアを陸に運ぶことだ。ゴカイがバクテリアを氷の中に運んだように。そして死んでしまう。クラゲも貝も、あのゼラチン質でさえ生き長らえない。だが、どれも目的を持っている」

ヨハンソンが言った。

「ぼくたちに危害を加えるという目的だろう」

「そういうことだ。クジラも、あれは自殺行為といえる。普通、攻撃は逃亡と同じように生きのびるための戦略だ。しかしクジラの行為のどこにも、そんな戦略は見られない」

ヨハンソンは笑みを浮かべた。黒い瞳がきらりと輝く。

「それについては確信はない。だが、この問題の核心には生き残りの戦略があるのだろう」

フェンウィックは彼をじろりと見た。

「ヴァンダービルトと同じに聞こえるが」

「いや、そう聞こえるだけだ。ある点では、ヴァンダービルトは正しい。だが根本的に、私はまったく違う考えだ」

ヨハンソンはひと息おいた。

「けれど、賭けてもいい。ヴァンダービルトの考えは、すぐに私と同じに聞こえるようになる」

リー

「どういうこと？　ワシントンにいないのなら、大統領はどこに行ったの？」

リーは腰を下ろしながら尋ねた。

「ネブラスカのオファット空軍基地に移動中だ。カニの大群がチェサピーク湾とポトマック川に現われた。明らかにカニは入江を北上し、アレクサンドリアとアーリントンの南側のあいだのどこかで上陸した。まだ証拠はつかんでいないが」

「オファットを指示したのは誰なの？」

ヴァンダービルトは肩をすくめた。

「ホワイトハウスの首席補佐官が、首都もニューヨークと同じ運命をたどるんじゃないかと心配したんだ。あんたは大統領をよく知っているだろう。彼は頑としてアドバイスを受け入れない。怪物に立ち向かい、個人的には宣戦布告したかったんだろう。だが、ついに健康的な田舎暮らしに同意した」

リーは考えをめぐらせた。オファットは、核兵器を管理するアメリカ戦略軍の司令部だった。大統領を守るには最適の基地だ。大陸の中央に位置し、海からやって来るあらゆる危険からは遠く離れている。そこから盗聴不可能な電話回線を使えば国家安全保障会議と連絡がとれ、大統領は全権を発動することができる。

「あなたの仕事ぶりはいつもお粗末ね。わたしには直ちに情報を上げてほしいわ。どこかで何かが海から頭を出したら、わたしはすぐに知りたい。いえ、頭を出す前に知りたい」

彼女は強い口調で言った。

「もちろん可能だ。あちこちのイルカちゃんと外交的な関係を築いて……」

「さらに、大統領をオファットに送るというアイデアを誰かが思いつくなら、知らせてほしい」

ヴァンダービルトは陽気な笑い声を上げた。

「一つ提案させてくれ……」

「それから、ワシントンの状況をはっきりさせたい。二時間以内に。情報が正しいと確認されたら、被害地域から人々を避難させ、ワシントンをニューヨークのように封鎖します」

「それは私の提案だったのだがね」

ヴァンダービルトが柔らかな口調で言った。

「それなら意見は一致したわね。ほかに何か報告は？」

「糞の山ほどあるぜ」

「そのくらい慣れているわ」

「そうだな。私はあんたの悪癖をやめさせるつもりはない。そこで、できるかぎりの悪いニュースをかき集めた。まずメイン湾から始めよう。海洋大気庁(NOAA)はゴカイを調査目的で捕まえに、ジョージ浅瀬に無人潜水機を投入した。これは……何というか……成功だ」

リーは眉を上げ、続きを待つように椅子の背にもたれた。

「ゴカイを集めるのには成功した」

彼は一語一語を噛みしめるように言った。

「だが、船に引き上げることはできなかった。ゴカイが網に入ったとたん、何かが現われてワイヤーを切断したんだ。無人潜水機二隻も失った。日本でも同じようなことがあった。あっちは有人の潜水艇が行方不明だ。本州だか、北海道だかで、やはりゴカイを採取に向かったんだ。日本が言うには、ゴカイは数が増えているそうだ。事態は新たな局面を迎えた。これまではダイバーが襲われただけで、潜水艇やカメラロボは襲われなかった」

「何か証拠はつかんだの？」

「敵に直接つながるものはまだだ。敵の潜水艇などは探知されてない。しかしNOAAの調査船が、水深七百メートルの深海を動く物体を見つけた。数キロメートルにもおよぶ平らなもので、研究責任者が言うには、九十パーセント、プランクトンの群れだそうだ。だが、確証はない」

リーはうなずいて、ヨハンソンのことを考えた。ヴァンダービルトの報告を聞かせてやれないのは残念だ。

「二つ目は、海底ケーブル。新たにまた破壊された。CANTAT-3とTATの一部。どれも大西洋の重要な接続だ。太平洋ではPACRIMウエストがやられた。オーストラリアにつながる主要ケーブルだ——それに加え、この二日間でかつてないほど海難事故が頻発した。どれも船舶で混み合う水域で。われわれの知る二百カ所のいわゆるチョークポイントのうち、半分で事故が起きた。特にジブラルタル海峡、マラッカ海峡、イギリス海峡。それにパナマ運河までも損害をこうむり……そう、事故は起きたが過大評価しないほうがいい。ホルムズ海峡で衝突事故があり、さらにカリージ・ア＝スエズでも。つまり……これは……」

リーはヴァンダービルトを観察した。いつもの皮肉屋で傲慢なところは影をひそめている。もちろん、その理由はわかる。

「カリージ・ア＝スエズは、紅海がスエズ運河につながるところ、スエズ湾のことね。つまり、アラブ世界は、二つの海上交通の要衝に被害を受けた」

「ビンゴ！　ナビゲーション・システムに問題があった。ちなみに、これは新しいパターンだ。状況を正確に描写するのは難しいが、ホルムズ海峡を七隻の船がまったくでたらめな方向に進んでいた。少なくとも、うち二隻はどこに向かうか全然わからない。速力計や測深計がまるでデータを送ってこなくなったんだ」

船には四つの重要なシステムがある。測深計、速力計、レーダーと風力計だ。レーダーや風力計が喫水線より上にあるのに対して、測深計や速力計はキールにある。速力計は、海水の流れを測定するセンサーがついたピトー管という管で、船のタコメーターと考えればいい。レーダーシステムに船のコースと速度を伝え、レーダーが周囲にいる船舶との衝突の危険性を計算し、回避コースを表示する。普通、人間は無条件で計器に従う。船が航行する七割が夜間か霧や嵐の中で、窓からは何も見えないからだ。

「一件は、明らかに海の生物が速力計をつまらせた。何のデータも送ってこないから、周囲は船だらけだったのに、レーダーは衝突の危険を伝えることができなかった。もう一件では、測深計がおかしくなった。実際より水深を浅く測定したんだ。そのため、船は深海域を航行しているのに、浅い海を航行するように走り、まるででたらめな進路修正を行なった。二隻とも、ほかの船と衝突した。外は真っ暗闇だったからだ。すぐに、そこにまた別の船が突っこんだ。ほかの海でもおかしな話が報告されている。目撃者の話では、クジラが何頭も船のすぐ下を長いこと泳いでいたそうだ」

「当然だわ。測深計のすぐそばに、大きな物体が長いあいだ貼りついていたら、海底だと間違えてもおかしくない」

「ラダーやスラスターという推進装置に何かがべっとり付着して動かなくなるケースは山ほどある。シーチェストに生物がつまるのはもう当たり前だ。最新の情報では、インド沖で鉱石運搬船が沈没した。船体に繁殖した生物が、信じられない速さで船を腐食させたためだ。海は穏やかだったのに、貨物室の壁がへこみ、数分で沈んでしまった。すべてこんな具合に絶え間なく起きる。事態はひどくなる一方で、おまけに伝染病まで加わった」

リーは両手の指先を合わせて、じっと考えこんだ。

ばかげている。よくよく考えても、船舶の話はとにかくばかげている。そのことをピークも話していたのだが。シーチェストという、帆船時代の水夫が身のまわり品を入れて持ち歩いた木箱の名前がついた、ハイテク技術で冷却水を取り入れる装置のことを。一方、カニが超近代都市に押し寄せ、車に轢(ひ)かれてつぶされ、毒性を持つ渦鞭毛藻類(うずべんもうそうるい)を水道管に流しこんだ。結果、都市は封鎖され、大統領は内陸に逃げる始末。

「そのゴカイが必要だわ。それからあの殺人藻類に対抗措置をとらなければ」

「大賛成だ」

ヴァンダービルトが媚びるように言った。

彼の横に座る部下たちは無表情でリーを見つめている。本来、リーに提案するのが彼の仕事だ。だが彼女が彼を嫌う以上に、彼はリーが嫌いだった。彼女が失敗するのを傍観してやろう。どうせ決定を下すのに、彼女はヴァンダービルトなど必要としないのだ。

「まず情報が確定し次第、ワシントンを封鎖します。次に、被害地域に給水車を派遣して飲料水を配給します。上下水道システムはすべて排水し、化学薬品で病原体を焼きつくす」

ヴァンダービルトは大声で笑った。部下たちがにやりとした。

「ニューヨークを砂漠にするのか？　水道を止めて？」

彼女は彼を見つめた。

「そうよ」

「いいアイデアだ。化学薬品はニューヨーカーも皆殺しにするぜ。そしたら、ニューヨークを賃貸に出すか。中国人なんかどうだ？　不法滞在の中国人がいっぱいいるそうじゃないか」

「やり方は、あなたが考えなさい。わたしは大統領に国家安全保障会議の開催を要請し、緊急事態宣言を発令します」

「了解！」

「全海岸線を封鎖し、掃海艇にパトロールさせなさい。防護服を着けた部隊に火炎放射器を持たせ、海から何が這い上がってこようと、全部バーベキューにしてやるのよ」

　彼女は立ち上がった。

「そして、子どものようにクジラに怯えるのはやめます。わたしたちの船が自由に航行できるようにしなければならない。例外なく全船舶が。クジラが心理戦にどう対抗するのか楽しみだわ」

「どうするつもりだ？　クジラを説得するのか？」

　彼女は薄笑いを浮かべた。

「いいえ、狩るのよ。悪さをするクジラとその責任者には、お説教をする必要がある。動物保護の時代は終わった。今から、クジラは射殺する」

「国際捕鯨委員会（IWC）といざこざを起こす気か？」

「いいえ。サータスLFAソナーを照射してやるわ。クジラが攻撃をやめないときは」

アメリカ合衆国　ニューヨーク

　目の前で男がくずおれ、死んだ。

防護服の中のピークは汗だらけだった。防護服とガスマスクが体を覆いつくしている。強化ガラスの向こうに見えるニューヨークは、一晩で地獄と化していた。

軍曹が彼をジープの助手席に乗せて、ゆっくりと一番街を走っていた。イースト・ヴィレッジは死に絶えたようだ。だがそのとき、軍隊に追いたてられて歩く人々の一団と出会った。いちばんの問題は、この病気が感染性のものかどうか確認されないかぎり、誰一人として市外に出られないことだ。都市は伝染病に襲われたというより、毒ガス攻撃にさらされたような様相を呈している。だが、ピークは懐疑的だった。犠牲者の多くにコイン大の傷が見られたのだ。ニューヨークを襲ったのが、あの殺人藻類だとしたら、空中に毒素を放出するだけでなく、感染者の体にも貼りついているだろう。すると理論的には、体のありとあらゆる水分に病原体がいることになる。彼は生物学者ではないが、感染者と健常者がキスをしたら、唾液から感染する可能性もあると思えた。この藻類は水中なら幅広い水温の中で生きられる。そして脅威的なスピードで増殖するのだ。

ニューヨークとロングアイランドでは、感染者も非感染者と同等に扱う検疫作業が懸命に行なわれた。初めは、誰もが楽観的だった。ニューヨークは非常事態の備えがあったからだ。一九九三年の世界貿易センタービル襲撃事件を契機に、あらゆる非常事態に対応する組織、緊急管理局（OEM）を当時の市長が設立した。一九九〇年代後半、史上初めての大規模な訓練が行なわれた。化学兵器による襲撃を想定し、六百名を超える警察官、消防士、FBI職員が防護服を着てニューヨーク市民を救助するというものだった。訓練は円滑に終了し、議会は新しい防衛策に莫大な費用を出すことを承認した。OEMは千五百万ドルの予算をかけて、砲撃にも耐えられ、独自に空調システムを備えるオフィスを建築した。四十名を超える選りすぐりの職員が勤務し、本物の世界の終わりに備えていた。世界貿易センタービルの二十三階にオフィスが作られたのは、二〇〇一年九月十一日の少し前のことだった。その後、OEMは一からの再構築を余儀なくされた。結局OEMは、この事態を解決できるほどには立ち直ってはいなかったようだ。今、人々は病に倒れ、援助の手が差しのべられないまま死んでいく。

ジープは死者をよけると、十四丁目の交差点に差しかかった。多くの車が激しくクラクションを鳴らして、猛スピードで走り去っていく。人々は町から出ようと試みるが、無駄な努力だ。完全に封鎖されているからだ。現在までに軍が掌握できたのは、ブルックリンとマンハッタンのわずかな地区にすぎないが、少なくとも許可のない者はグレーター・ニューヨークの外には出られない。

軍のバリケードに沿ってジープは走った。エイリアンのような恰好の兵士が行き交っている。核・生物・化学兵器から身を守る、派手な黄色のNBC防護服を着ていると動きはぎこちなく、ガスマスクの下に顔があるとは思えない。ＯＥＭの職員の姿も見える。ストレッチャーにのせられた人々は、軍用車両に積みこまれるか、救急車に乗せられた。そのまま通りに放置される遺体もある。多くの通りが寸断されていた。衝突して壊れた車や乗り捨てられた車が道を塞いでいたからだ。ヘリコプターの騒音が途切れることなく、ビルの谷間にこだましていた。

軍曹はジープを歩道に乗り上げ、ベルビュー・ホスピタル・センターの手前に車を停めた。イーストリバーの川岸に建つこの病院に司令本部がおかれている。ピークが急いで玄関を入ると、ロビーは人で溢れていた。人々に恐怖に満ちた視線を向けられ、彼は足を速めた。何人かが家族の写真を突きだして見せた。叫び声が彼に追いすがる。二名の兵士に両脇を固められて内部の封鎖区画に入り、病院のコンピュータセンターに向かった。そこには〈シャトー・ウィスラー〉と結ばれた、盗聴防止装置つきの回線が用意されている。しばらく待って、リーとつながった。彼女の言葉をさえぎるように彼は言った。

「解毒剤が必要です。しかも早急に」

「ナナイモが大急ぎで用意しているわ」

「遅すぎます。それではニューヨークを維持できません。水道網の見取り図を見ましたが、水道管を空（から）にしようなどという考えは忘れたほうがいい。ポトマック川を空にするほうがましですよ」

「医薬品は足りているの？」

「どうしろと言うのです？　治療なんかできませんよ。どの薬が効くのか、さっぱりわからないのだから。免疫力を強化させて、あとは病原体が死ぬのを期待するだけです」

「よく聞きなさい。かなり判明してきたわ。人から人へは感染しないと、ほぼ確信を持って言える。感染者から伝染する可能性はほとんどない。わたしたちがすべきことは、水道網にいる病原体を化学薬品で殺すか、焼きつくすか、どんなことをしてでも死滅させるのよ」

「じゃあ、ご自分で試してみたらどうです。きっと無駄ですよ。空中に散った毒はまだ問題がない。戸外では毒素は風に運ばれて薄まっていく。ですが、そうこうするうちに各家庭の水に流れこんでしまった。シャワーに洗濯、飲み水、金魚の水槽。水はあらゆることに使われた。車も洗われたし、消防車は消火にも出かけた。そこらじゅうに病原体がばらまかれたんだ。室内の空気は汚染され、空調や換気口に入りこむ。たとえカニが一匹も海から来なくなったとしても、病原体の増殖をどうやって止めるのです？」

　彼は空気を求めて喘いだ。

「合衆国には六千の病院があるが、こんな事態に備えている病院はその四分の一もない。

どうやって大勢の感染者を隔離して、適切な治療を施すのです？　ベルビューはパンク状態だ。ここはクソでかい病院なのに！」

リーは一瞬沈黙した。

「よろしい。任務はわかっているわね。グレーター・ニューヨークを巨大監獄に変えるのよ。猫の子一匹、出してはならない」

「ここでは人々を助けることはできない。全員、死ぬでしょう」

「そうね、恐ろしいことだわ。でも、ほかの場所にいる人々のことを考えなさい。あなたはニューヨークを孤立させるのよ」

「いったい私に何をしろと言うのです？　イーストリバーは上流に向かっても流れるんだ」

ピークは絶望して叫んだ。

「イーストリバーには何か対策を考えるわ。さしあたり……」

そのとき、何かが起きた。

ピークの耳に彼女の声はもう届かない。爆発音が聞こえ、床が揺れた。雷鳴のような音が轟いた。地震波のように、マンハッタン中を音波が伝わっていくようだ。

「何かが爆発しました」

ピークは言った。

「確認しなさい。十分以内に報告するように」

彼は悪態をつくと、窓に駆け寄った。しかし何も見えない。部下に合図し、コンピュータセンターを駆けだして病院の裏に向かった。そこからは、フランクリン・ドライブの向こうにイーストリバーが見える。ブルックリンとクイーンズも見わたせた。

川の左手、上流方向を見た。

人々が病院に向かって走ってくる。ちょうど一キロメートル先に、巨大なきのこ雲が立ち昇っていた。国連本部のあたりだ。初めは、国連が吹き飛んだのかと思った。しかし、その雲はもっと市の中心寄りだった。

煙はクイーンズ・ミッドタウン・トンネルの入口から立ち昇っていた。マンハッタンと向こう岸をつなぐ、イーストリバーの地下トンネルだ。

トンネル火災！

ピークはそこらじゅうに放置された車のことを考えた。車同士衝突したり、ショーウィンドウに突っこんだり、街灯に激突したりしているが、車内には意識を失った感染者が乗っていた。トンネルで何が起きたかは想像がつく。最悪の事態が起きたのだ。

彼は病院の建物をまた通り抜け、一番街に停めたジープをめざす。防護服を着て走るのはひと苦労だが、なんとかたどりついて車に飛び乗った。ジープは猛烈な勢いで飛びだした。

そのとき病院の四階で、ボー・ヘンソンが息をひきとった。フェデックスと競争していた、あの配達業者だ。

弁護士のフーパーと新婚の妻は数時間前に亡くなっていた。

カナダ バンクーバー島

「いったい彼らは、ウィスラーの山の中で何をしているんだ?」

日常性を取り戻すはずの帰宅だったが、そうはならなかった。アナワクは久しぶりに〈デイヴィーズ・ホエーリングセンター〉に戻り、シューメーカーとデラウェアがいい機会だとばかりに、ハイネケンを二本飲み干すのを見守っていた。デイヴィーはセンターをすでに閉鎖していた。森へのガイドツアーは需要が全然なかったのだ。今どき動物を観察しようという観光客はいない。クジラの頭がおかしくなったのなら、クマに何が起きても不思議ではない。ヨーロッパを津波が殲滅(せんめつ)したのなら、太平洋はどうなるのだ。観光客はバンクーバー島を去っていった。シューメーカーは共同経営者としてセンターに残り、商売がかろうじて続けられるように債権の回収に走りまわっていた。

「お前たちが何をしているのか、教えてもらいたいよ」

トム・シューメーカーは繰り返した。

アナワクは首を振った。

「トム、質問はなしだ。ぼくは秘密を守ると約束した。さあ、ほかの話をしよう」

「どうしてそんなクサい芝居をする？　お前たちの仕事を、なぜ口外できないんだ？」

「トム……」

「いつになったら厄介ごとと縁を切れるか、それが知りたいんだ。津波とかからな」

「誰が津波なんか話題にするんだ？」

「誰も知らないとでも思うのか？　お前たちがいなくても、すべて関連があると誰もが噂しているぞ。人はばかじゃない。ニューヨークじゃあ怪しい病気に大勢感染してるって話だし、ヨーロッパじゃあ大勢が死に、船は次から次へと消えてなくなる。こんなことは秘密でもなんでもない」

彼は身を乗りだして、アナワクに目配せした。

「レディ・ウェクサム号の乗客をいっしょに助けた仲じゃないか。おれも同じボートに乗ってるんだ。そうだろう？　おれもチームの一員だ」

デラウェアは缶ビールをごくりと飲んで、口を拭った。

「レオンを困らせるのはやめて！　彼が話せないなら、絶対に話せないのよ」

彼女はオレンジ色のレンズが入った新しい眼鏡をかけていた。髪に手を加えたようだ。以前のように縮れ毛ではなく、絹のようなウェーブの髪が肩にかかっていた。本当のところ、たとえ歯が大きすぎても、かわいらしい。いや、それ以上だ。

シューメーカーは両手をあげて救いようがないというジェスチャーをすると、だらりと下ろした。

「彼らはおれも呼ぶべきだ。役に立つはずだ。なのに、おれはここに座ってガイドブックの埃を吹いて落としてる」

アナワクはうなずいた。秘密ありげに振る舞うのは嫌な気分だった。この役は自分には合わない。何年も自分らしく穏やかに生きてきたのだ。秘密めかす行動が次第に煩わしくなってきた。いっそのこと、参謀本部での仕事をあっさり話してしまおうかと考えた。しかし、リーの視線は忘れられない。ものわかりのいい、親切そうな目つき。だが、秘密が漏れたと知ったら、彼女は鬼のように怒るだろう。

おそらく彼女の考えは正しい。

彼の視線が売店の中をさまよった。わずかなあいだに、まったく見知らぬ場所になってしまった。ここに彼の人生はない。グレイウォルフと和解してから多くのことが変わった。自分の人生をひっくり返してしまうほどの決定的な何かが、眼前に迫っている気がした。ジェットコースターに乗った子どもの気分だ。コースターは出発し、降りることはできない。常に怯え、ときどきびくりと驚く。それでいて、表現のしようのない高揚感や期待感がつのる。かつては、このセンターが壁となって自分を守ってくれた。今は身を守る術もなく、裸で外に放りだされた。自分の人生には部屋が欠けている。世界から自身を隔離するための部屋に通じる扉がない。何もかもが猛烈な勢いで迫ってくる。けたたましい音を立て、ぎらぎらと輝きながら。

「ずっとここでガイドブックの埃を落として過ごすしかないだろう。あなたもよくわかっているはずだ。あなたの居場所はここで、専門用語ばかり使う科学者のところではないと。あなたがいないと、ディヴィーは途方にくれる」

「励ましてくれるのか？」

シューメーカーは彼を見つめて尋ねた。

「いや。どうしてぼくが励ませるんだ？　ぼくは口を閉ざして、きみたちに何も打ち明けられない人間なんだ。ぼくのほうが励ましてもらいたいくらいだ」

シューメーカーはビールの缶を片手でまわした。やがてにやりと笑った。

「いつまでここにいられる？」

「好きなだけ。ぼくたちはまるで王様のように扱われている。二十四時間いつでもヘリコプターに乗れるんだ。呼びさえすればね」

「本当にすごいもてなしだな」

「そうだ。だが、それに見合った仕事が期待されている。ナナイモや水族館に飛んで働くんだ。でも、みんなにも会いに来られる」

「じゃあ、ここでも働けるというわけだ。わかったよ、励ましてやろう。今晩、夕飯を食べに来いよ。でかいステーキを焼いてやる。とびきりうまいぞ」

「いいわね。何時に行けばいい？」

デラウェアが尋ねた。

シューメーカーは曖昧な視線を彼女に向けた。

「きみは来られるのかい？」

彼女は目を細めたが、何も答えなかった。アナワクは二人の様子が気になったが、それには触れず、七時に行くと約束した。そろそろ出かける時間だった。シューメーカーはデイヴィーに会いにユークルーリトに向かい、アナワクは自分の船に戻ろうと、メインストリートを歩いた。デラウェアがいっしょなのが嬉しかった。生意気な彼女に会えなくて寂しいと、どことなく思うようになっていたのだ。

「トムは何を言ったんだ？」

「何のこと？」

「夕食のことだ。なんだか、きみに来てほしくないようだった」

デラウェアは当惑した顔で髪をいじり、鼻に皺を寄せた。

「あなたが留守のあいだに、いろいろあったのよ。人生って驚きの連続じゃない？　信じられないほどびっくりすることが、たまにあるものだわ」

彼は立ち止まって彼女を見つめた。

「それで？」

「あなたがバンクーバーに行ったきり帰って来なかった日のこと。わたしは、あなたが行方不明になったと思った。誰もあなたの居場所を知らない。誰もが心配したんだけど、特に……ジャックは。ジャックから電話がかかってきたの。本当はあなたに電話するつもりだったんだけど、あなたはいなかったし。それで……」

「ジャック？」

「そう」

「グレイウォルフ？　ジャック・オバノンか？」

彼女はアナワクにそれ以上話す暇を与えず言った。

「あなたたち、話をしたそうね。ちゃんと話したんでしょう？　とにかく彼は喜んでいた。あなたに電話しようとしたのは、きっと、おしゃべりしたかっただけだと思うわ。それに……前向きに話せたのね？」

彼女はアナワクの目を覗きこんだ。

「違うとしたら？」

「そうに決まってる。だって……」

「わかったよ。前向きに話をした。さあ、まわりくどい話はやめて、本題に入れよ！」

「わたしたち付き合ってるの」

彼女が唐突に言った。

アナワクは何か言おうと口を開けたが、すぐに閉じた。

「さっき言ったでしょ。信じられないほどびっくりすること！　彼、トフィーノにやって来た。つまり、電話番号を前に教えてあげてたから。知ってるでしょ、わたしが彼に……彼の立場になんだか共感して……」

アナワクは口もとが歪むのを感じたが、真剣な顔をしようと努めた。

「共感か。当然だな」

「〈スクーナーズ〉で飲んだあと栈橋に行った。彼は自分のことを全部話してくれた。わたしも話した。それから、いろんなおしゃべりをして……突然……あとはわかるでしょう」

彼はにやにや笑った。

「シューメーカーはそれが気に入らない」

「彼はジャックが嫌いなのよ！」

「知ってるよ。でも、シューメーカーを責められない。グレイウォルフが突然みんなから好かれるようになった……特にきみから。だからといって、彼に迷惑をかけられた事実は変わらないんだ。彼は今でも厄介者だ」

「あなたと同じね」

彼女の口から漏れた。

アナワクはうなずいた。

それから彼は笑い声を上げた。自分自身を笑った。どうしようもなく惨めになって、彼はデラウェアの不器用な話のしかたを笑った。かつて友情を失って生まれたグレイウォルフへの怒りを笑った。ここ数年の暮らしを笑った。くよくよするだけの、張り合いのない人生を笑った。笑いすぎて腹が痛くなったが、心ゆくまで存分に笑った。

笑い声は大きくなるばかりだ。

デラウェアが首を傾げて、理解できないという目で彼を見た。

「いったいどうしたの？　そんな大口開けて笑って」

「本当だ、きみの言うとおりだ」

彼は言って、くすくす笑った。

「きみの言うとおりって、どういうこと？　頭は大丈夫？」

はしゃぎすぎて、ほとんどヒステリーを起こしそうだった。しかし、彼はそうするしかない。笑いすぎて体が震えた。こんなに笑ったのは、いつ以来だろうか。果たして、こんなに笑ったことがあっただろうか。

「リシア、きみはかけがえのない人だ。まったくきみの言うとおりだよ。ぼくたちはみんな厄介者だ！　きみがグレイウォルフと付き合うなんて、信じられないよ！」

アナワクは喘ぎながら言った。

「わたしを、ばかにしてるのね」

彼女は目を細めて言った。

「違う、絶対に違う」

彼はまだ喘いでいた。

「そうよ」

「誓って言う。これはただ……」

突然、彼はあることを思いついた。もっと早く思いつくべきだった。彼の顔から笑いが消えた。

「ジャックは今どこに？」

「さあね。家にいるんじゃないの？」

肩をすくめて言った。

「ジャックは家にいたためしがない。きみたちいっしょにいるんだろう？」

「まさか！　結婚したわけではないわ。恋愛を楽しんでいるだけで、彼の行動を束縛する気はない」

「そうだな。あいつのためにはならないだろう」

「彼と話したいの？」

彼は彼女の肩に両手をおいた。

「よく聞いてくれ。ちょっと個人的な用を思い出した。あいつを探してくれ。できれば今晩までに。そうすれば、シューメーカーの夕食を台無しにしなくてすむ。とにかく彼に伝えてくれ。ぼくが会いたがっていると。本当なんだ！　今すぐにでも会いたい」

デラウェアは曖昧（あいまい）な笑みを浮かべた。

「わかった。そう伝える」

「よかった」

「あなたたち男って、変な生き物ね。あなたたちは、おかしなサルのコンビだわ」

アナワクは自分の船に戻って郵便物をチェックしたあと、〈スクーナーズ〉に顔を出し、コーヒーを飲みながら漁師たちと話をした。彼の留守中、カヌーに乗った男性二名が事故に遭い、死んだ。禁止されていたにもかかわらず、彼らはカヌーで出かけ、十分も経たないうちにオルカの群れに襲われた。一人の遺体の一部が岸に打ち寄せられたが、もう一人の消息はまったくつかめなかった。誰も探しにいく気にならないのだ。

「やつらにとっちゃ、たいした問題じゃねえんだ」

漁師の一人が言った。大型のフェリーや貨物船、トロール漁船や軍艦のことを話している。彼は不機嫌な顔をしてビールを飲んでいた。とにかく事態の責任者を見つけだし、自分たちの不運な境遇の責任を何がなんでもとらせようと考えている。やがて、漁師は同意を求めるように、アナワクを見つめた。

彼は言ってやりたかった。誰にとってもたいへんな問題なんだ。大型船も今や被害を避けては通れない。だが、彼は口をつぐんだ。説明できるはずがない。事態の関連性を話すことは許されない。それに、トフィーノの人々は自分たちの小さな世界しか見ていない。ピークが孤軍奮闘しているような深刻な事件が増え続けていることを、彼らは知らないのだ。

「それどころか、やつらにとっちゃ好都合なのさ！　でかい漁船団はすでに漁場を独占していた。そこへ今度の騒ぎとくりゃ、もってこいだ。さんざんおれたちから魚をごっそり持ってったくせに、おれたちの小舟が海に出られないとなりゃ、残りをかっぱらっちまう」

漁師はビールをひと口飲んだ。

「くそったれクジラどもを撃ち殺してやろう。どっちが強いか教えてやるんだ」

どこでも同じ光景だった。アナワクがトフィーノに戻ってから、どこで耳を澄ましても、人々は同じことを訴えていた。

クジラを殺してしまえ。

これまでの努力は無駄だったのか？　何年も苦労して、穴だらけの取るに足らない保護規定を強要しただけだったのか？　〈スクーナーズ〉のカウンターでくだを巻く漁師の言うとおりだ。小型漁船の漁師の目には、今の状況は大型漁船団に有利に映る。沖に出られるのは大型船だけだからだ。大規模漁業にとっては国際捕鯨委員会や漁獲割り当ての削減、捕鯨禁止は常に目の上の瘤だった。だが、また捕鯨が許可される日がついにやって来る。

アナワクはコーヒーの代金を支払い、センターに戻った。売店には誰もいなかった。カウンターの向こうに座るとパソコンをつけて、軍の海棲哺乳動物計画をウェブサイトで探した。多くのサイトは呼びだすことができず、骨の折れる作業だ。〈シャトー・ウィスラー〉では、望みどおりの情報が手に入ったが、公共の通信網は海底ケーブルの切断により大打撃を受けていた。

彼はあきらめず、〈アメリカ海軍・海棲哺乳動物計画〉の公式サイトを見つけた。しかし、そこに書かれていることは、すでに聞いた情報ばかりだ。詮索好きなジャーナリストたちがいくつも記事に書いている。そのサイトを出てふたたび探しはじめた。しばらくすると、旧ソヴィエト連邦軍のプログラムについて、期待できそうなレポートを見つけた。それによると、冷戦中には相当数のイルカ、アシカ、シロイルカが機雷や行方不明になった魚雷の捜索用に訓練され、黒海では軍艦の護衛用にも投入された。ソヴィエト連邦崩壊後は、クリミア半島のセヴァストーポリにある水族館に移され、曲芸ショウに出演させられた。ところが、運営側に餌代や医薬品代がなくなると、殺すか売却するかの選択に立たされた。結局、何頭かは自閉症の子どものセラピー動物となり、残りはイランに売却された。その先の消息はわからない。新たに軍の実験動物になったのではないかと憶測されている。

海棲哺乳動物は戦争戦略の中で復活を遂げた。かつて冷戦中、アメリカとソヴィエトのあいだでは、どちらが強力な海棲哺乳動物部隊を結成するのか、積極的な軍備拡大競争が繰り広げられていた。そののちソヴィエト連邦崩壊とともに、イルカによるスパイ活動は終わったかのように見えた。それでも超大国の対立は、世界秩序をより不安定にした。イスラエルとパレスチナの紛争は制御不能となり、アメリカの軍艦に破壊活動をするような、新世代のテロリストたちが密かに成長した。国際紛争の多くが機雷の浮かぶ海域で頂点に達し、海に沈んだロケットや高価な軍備を引き上げる必要に迫られた。その結果、イルカやアシカやシロイルカは、ダイバーや無人潜水機よりも優れていることが証明された。機雷探知においては、イルカは人間の十二倍も効果的だ。チャールストン海軍基地やサンディエゴ海軍基地のアシカは、魚雷探索の成功率が九十五パーセントに達する。人間は海中では方向感覚を失い、減圧室で何時間も過ごさなければならず、水中作業には困難をきわめるが、海棲哺乳動物にとって海は生活空間そのものだ。アシカは極端に暗い海中でも目が見える。イルカはソナーのようにクリック音を連続して発することで深海でも方向を見失わない。反射エコーから、信じられないほどの精密さで位置や物体の形を特定できる。海棲哺乳動物は、一日に何十回でも数百メートルの深海に難なく潜る。イルカ小隊が、何百万ドルもコストのかかる船やダイバー、乗員や装備にとって代わった。しかも、イルカはほぼ確実に戻ってくる。アメリカ海軍が過去三十年間に失ったイルカは、わずか七頭だ。

アメリカは調教プログラムに新しい方法を導入した。ロシアはまた調教に力を入れだした。インド軍も独自のプログラムを始めた。最近では、中東でさえ研究に乗りだしていた。

やはりヴァンダービルトの説は正しかったのか？

アメリカ海軍のホームページにはない情報をウェブサイトの奥に見つけられると、アナワクは確信していた。軍がクジラやイルカを完全にコントロールする実験を行なっているという話を耳にしたのは、一度や二度ではない。それは従来の調教ではなく、かつて脳科学者ジョン・リリーが始めたような、脳神経科学に基づくプログラムだった。世界中の軍関係者はイルカの、いわゆるソナーに大きな関心を寄せている。人間の作ったシステムを遥かに上まわるが、その機能構造にはいまだに謎が多い。公表されている以上の実験が、近年に行なわれたことを物語る証拠がいくつかあった。

そこに、クジラに起きた異常行動を解き明かすヒントが見つかるかもしれない。

しかし、ウェブサイトは沈黙したままだ。

沈黙は三時間も続き、アナワクはあきらめようかと思った。目はひりひりと痛むし、やる気も集中力も尽き果てていた。そのため、《アース・アイランド・ジャーナル》の小さな見出しを、危うく見落とすところだった。

〈アメリカ海軍はイルカを死に追いやったのか？〉

雑誌を出版したのは、アース・アイランド研究所という環境保護団体だった。その団体は自然保護の新しい方法を研究し、プロジェクトを展開していた。気候問題の討論にも加わり、いくつかの環境スキャンダルを指摘した。研究テーマの大半は海洋生物の保護で、特にクジラの保護に重点をおいている。

短い記事は、一九九〇年代初頭、十六頭のイルカが死亡してフランスの地中海岸に打ち上げられたことに触れていた。死体にはどれも奇妙な同一の傷があった。きれいに刻印を押したような、こぶし大の穴が後頭部に開き、頭蓋骨が見えていた。その傷が何によるものかまったくわからなかったが、致命傷であるのは明白だった。事件が起きたのは第一次湾岸戦争とも呼ばれるイラン・イラク戦争の最中で、アメリカ軍艦隊が地中海を航行していた。アース・アイランド研究所は、同時期に行なわれたらしいアメリカ海軍の秘密実験と関連づけた。海軍がこの件のもみ消しを余儀なくされたのを見ると、明らかに実験は失敗だったようだ。

「何かがひどく失敗したようだ」と、記事には書いてある。

彼は記事をプリントアウトし、ほかにもこの事件を扱ったものがないか探した。作業に熱中していたので、入口の扉が開いたのも気づかなかった。パソコンの画面に影が差して、ようやく彼は顔を上げた。まず筋肉質の腹が目に入る。素肌に着けた革の上着の前がはだけ、胸毛の生えた胸が盛り上がっていた。

彼は男を振り仰いだ。体の大きさから言って、そうでもしなければ顔は見えない。

「おれに話があるそうだな」

グレイウォルフが言った。

着古した革の上着が、いつものようにてかてか光っていた。長い髪を一つに結わえ、瞳と歯が輝いている。数日会わなかっただけだが、ほかのものと同様、アナワクにはまるで違って見えた。巨体から溢れる逞しさ、輝き、天性の魅力。デラウェアが彼の男らしさの虜(とりこ)になったのも無理はない。グレイウォルフが彼女を口説いたのではないだろう。

「ユークルーリトにいると思っていたが」

アナワクは言った。グレイウォルフがスツールを引っ張りだして座ると、椅子の軋む音が響いた。

「そうだが、あんたがおれを必要としていると、リシアから聞いたんだ」

アナワクは笑みを浮かべた。

「必要だって？　お前に会いたいと言ったんだ」

「つまり、必要としてるってことだろう。だから来てやった」

「で、調子はどうだ？」

「飲み物をくれたら、調子はもっとよくなる」

アナワクは、冷蔵庫からビールとコーラを取りだしてカウンターにおいた。グレイウォルフはひと口でハイネケンの缶を半分飲み干すと、口を拭った。

「迷惑じゃなかったか？」

「気にすることはない。ビバリーヒルズから来たリッチなやつらと釣りをしていただけだ。あんたのところのホエールウォッチングの客は、今じゃおれのほうに押しかけてくる。ボートがマスに襲われるとは、誰も考えないようだ。おれは鞍替えして、おれたちの愛すべき島の川や湖でのフィッシングツアーを提供しているんだ」

「ホエールウォッチングに対するお前の見方は、変わっていないようだな」

「どうして変える必要があるんだ？　まあ、トラブルは起こさないでおくよ」

「それはありがたい。けれど、意見が変わってないのは都合がいい。痛めつけられた自然のために、復讐のキャンペーンを展開中というわけだ。それなら教えてくれ、お前は海軍で何をしてたんだ？」

グレイウォルフは驚いた目で彼を凝視した。

「そんなこと知ってるじゃないか」

「もう一度、聞きたいんだ」

「訓練士だった。軍用イルカを訓練していた」

「サンディエゴでか？」

「そこにもいた」

「心臓の欠陥か、何か似たような理由で除隊になった。名誉の除隊だな」

「そうだ」

グレイウォルフはビールを飲みながら答えた。

「ジャック、それは嘘だ。除隊になったんじゃない。自分から辞めたんだ」

グレイウォルフは缶を口からはずすと、静かにカウンターにおいた。

「なぜ、それを？」

「サンディエゴの海軍宇宙戦システムセンターの書類に、そう記載されていたからだ」

アナワクは言って、部屋の中を行ったり来たりしはじめた。

「ぼくが知っているという証拠を教えてやろう。ＳＳＣサンディエゴは、海軍司令部海洋システムセンターの後継組織だ。いずれにせよサンディエゴ……ポイント・ロマに基地がある。予算は、現在のアメリカ海軍・海棲哺乳動物計画を運用する組織から出ている。これらの組織のことは、海棲哺乳動物計画の歴史を調べればすぐにわかる。そして、いわゆる、決して行なわれなかったとされる、一連の怪しい実験と裏で関連がある」

アナワクはひと息おいた。ここで、鎌をかけてやろう。

「実験はポイント・ロマで行なわれた。お前が勤務していたところだ」

グレイウォルフは様子を窺うように、部屋を行き来するアナワクを目で追った。

「どうして、くだらないことを話すんだ？」

「サンディエゴの研究テーマはイルカの食性、採食法、コミュニケーション、調教法や、どのようにして野生に戻すかなどだ。軍が特に関心を寄せるのはイルカの脳だが、それは一九六〇年代に遡る。第一次湾岸戦争になると、その関心が再燃した。当時、すでにお前はそこに何年か勤務していた。お前は大尉で海軍を辞めたが、最後はイルカ部隊のＭＫ６とＭＫ７の責任者だった。二頭ずつで合計四頭の」

グレイウォルフは眉根を寄せた。

「それがどうかしたか？　あんたの参謀本部では、ほかの心配をしなくていいのか？　ヨーロッパの状況とか」

「お前のキャリアの次のステップでは、プログラムの総責任者のポストが待っていたはずだ。ところが、お前は何もかも放りだした」

「おれは放りだしてはいない。軍がおれを不適格にしたんだ」

アナワクは首を振った。

「ジャック、ぼくにはいくらかの特権がある。信頼できるデータにアクセスできるんだ。お前は自ら除隊した。ぼくはその理由を知りたい」

彼は《アース・アイランド・ジャーナル》の記事をカウンターから取りあげて、グレイウォルフに手渡した。彼はちらりと見て脇においた。

しばしのあいだ沈黙が流れた。

やがてアナワクが静かに口を開く。

「ジャック、お前の言うとおり、会えて本当に嬉しい。お前の助けが必要なんだ」

グレイウォルフは床に目を落としたまま答えなかった。

「当時、何を経験したんだ？　なぜ除隊した？」

グレイウォルフは考えこんでいた。やがて体を伸ばすと、頭の後ろで腕を組んだ。

「なぜ知りたい？」

「ぼくたちのクジラに起きたことの解明につながるからだ」

「あんたたちのクジラではない。あんたたちのイルカではない。すべてお前たちのものではない。何が起きたか知りたいんだろう？　逆襲だ、レオン。お礼参りさ。おれたちとは、もういっしょには遊んでくれない。おれたちはイルカを所有物だとみなしていた。痛みを与え、虐待し、じろじろ観察した。あいつらは、おれたちにうんざりしているんだよ」

「ああいう行動は、クジラやイルカがすべて自分の意志でやってると思うのか？」

グレイウォルフは答えようとしたが、その前に首を振った。

「あいつらが何をしようと、おれにはどうでもいい。おれたちは関心を持ちすぎたんだ。あいつらの行動の理由なんか知りたくもない。ただ、そっとしておいてやりたいだけだ」

「ジャック、クジラは操られているんだ」

アナワクはゆっくりと言った。

「そんなばかな。誰がそんなこと……」

「操られている！　証拠はあるんだ。教えてやれないが、情報が必要だ。クジラを苦しめたくないのなら、ぼくたちを助けてくれ。クジラはお前が想像するより、ずっと痛い目に遭って……」

「おれが想像するよりも？　あんたに何がわかるんだ？　何も知らないくせに！」

グレイウォルフは飛び上がった。

「だからこそ教えてくれ」

「おれは……」

アナワクは心の中で戦っていた。歯をくいしばり、拳(こぶし)を丸めた。やがて変化が現われた。体の力が抜けていく。

「来いよ、散歩に行こう」

彼は言った。


二人はしばらく黙って歩いた。町のはずれで、グレイウォルフは海に続く木陰の小道に曲がった。数歩で土手に出ると、小さな栈橋が揺れている。厳粛なまでに美しい入江が見わたせた。彼は栈橋の反った厚板を歩いていちばん端に座った。アナワクもあとに続いた。そこからトフィーノの町を眺めると、〈デイヴィーズ〉の栈橋と水辺に建つ伝統的な杭上住居が数軒、右手の細長い岬の背後に見えるだけだ。しばらく座ったまま、二人は山々を見上げていた。午後の光を浴びて山の色が力強く輝いていた。

ついにグレイウォルフが口を開いた。

「あんたのデータは完全じゃない。公式にはMK4から7の四中隊だが、五番目の中隊が存在した。コードネームはMK0。ところで、海軍では隊の代わりにシステムと呼ぶ。それぞれのシステムには特定の任務がある。本部はサンディエゴだが、おれはほとんどカリフォルニア州のコロナドにいた。イルカの多くはそこで訓練されていたんだ。軍はイルカを自然環境の中においた。入江や港だ。イルカにはいいことだ！　定期的に餌をもらい、最高の医療を受ける。たいていの人間が受けるよりも高度な医療だ」

「それでお前は第五のグループにいた……第五システムの任務は？」

「理解してないようだな。ＭＫ０はちょっと違うんだ。通常、一つのシステムには四頭から八頭いて、特定の任務を持っている。たとえば、ＭＫ４は海底に敷設された機雷を発見して印をつける。全部イルカだ。さらに、船への妨害行為を発見する。ＭＫ５はアシカ部隊だ。ＭＫ６とＭＫ７は同様に機雷を探すが、敵のダイバーに対する防衛が優先する」

「ダイバーを襲うのか？」

「襲いはしない。イルカは侵入者を鼻でひと突きする。その際、巻かれた紐がダイバーのスーツに貼りつく。紐の端にはストロボ付きのフロートがついているから、簡単に位置が特定できる。あとはこっちの仕事だ。機雷捜索も同じ要領だ。まずイルカが機雷を発見したと伝えてきたら、磁石を持って潜らせる。イルカは磁石を機雷に貼りつけ、磁石についた紐をくわえて戻ってくる。機雷が海底に固定されていない場合は、おれたちがロープを引っ張れば作業は完結だ。オルカやシロイルカは魚雷を探して、水深千メートルまで潜る。

これは感動的だぜ。人間が機雷を探すのは命にかかわる危険な作業だ。目の前で爆発するかもしれないなんて理由じゃないぜ。まさに紛争真っ只中の海岸近くの海に潜らなければならないからだ。人間は陸からあっさり撃たれてしまう」

「動物は機雷で死なないのか？」

「公式には、任務で死んだ動物は一頭もいない。例外はあるが、許容の範囲内だ。いずれにせよ、MK0については当初から耳にはしていたが、おとぎ話だと思っていた。それは正式なシステム名ではなく、一連のプログラムと実験を統括するコードネームだったんだ。実験はさまざまな場所で、いつも新しい動物を使って行なわれる。MK0の動物はほかのシステムの動物とは隔離されている。だが、たまに通常のシステムの動物がMK0にリクルートされることもあった。そういう動物は二度と戻ってはこない」

グレイウォルフはひと息おいた。

「おれは優秀な訓練士だった。MK6はおれが初めに任されたシステムだ。さまざまな重要作戦に参加した。一九九〇年、MK7も引き受けて責任が重くなった。軍はおれの業績を称え、そのうち誰かが思いついた。おれにもう少し経験を積ませたらどうかと」

「MK0で」

「おれはもちろん知っていた。一九六〇年代初頭、海軍のバンドウイルカがベトナムで初めて大成功を収めたんだ。カムラン湾の港を防衛し、ベトコンの水中破壊工作を阻止した。海棲哺乳動物計画の初の成功例として、軍は今でも誇りにしている。しかし、そこで決して語られないことは、どういう状況で成功を収めたかだ。軍はダイバー無力化プログラムについては口を堅く閉ざしている。これは通常のイルカの任務とは違う。イルカはダイバーのマスクとフィンを引きはがし、エアチューブを引き抜くように訓練されるんだ。これだけでも残酷すぎる行為だが、ベトナムではイルカの鼻やヒレに短剣を取りつけた。捕鯨砲を背負わされたイルカまでいた。こうなると、もうイルカじゃない。殺人マシンだ。だが、海軍はまだまだ考案した。イルカの鼻先に皮下注射器を取りつけて、ダイバーを積極的に襲うように訓練したんだ。注射器には二酸化炭素が三千ポンド毎平方インチに圧縮されている。ダイバーの体に突き刺さると、ガスはわずか数秒で体内に広がり、ダイバーは爆発して粉々（こなごな）になる。こういう具合に、四十人以上のベトコンがおれたちのイルカに殺された。こちらの過失でアメリカ兵も二名死んだが、少々の損失はどこにでもあるものだ」

　アナワクは胃が締めつけられるような感覚に襲われた。

「同様のことが、一九八〇年代にバーレーンで行なわれた。そのときおれは初めて前線に派遣された。おれのシステムは果敢に任務を遂行した。だが、おれはＭＫ０のことは何も知らなかったんだ。動物たちは人が近寄れない海域に、パラシュートをつけられて投下された。高度三千メートルから落とされたこともあるが、一頭だって生き残ってはいない。パラシュートなしでヘリコプターから投下されたケースもある。海面から二十メートルの高さだ。機雷を敵艦や潜水艦に貼りつけに行かされた動物もいた。動物が充分に敵艦に接近するのを待って、遠隔操作で起爆することさえ行なわれたんだ。カミカゼ攻撃だな。おれはしばらくして事実を知った」

彼は一瞬沈黙した。

「その当時に除隊すればよかったんだ。けれど、海軍はおれのわが家だった。おれは幸せだったんだ。わかってはくれないだろうが、それが真実だ」

アナワクは答えなかった。充分すぎるほど彼の気持ちは理解できた。

「だから、おれはいい兵士の一人になることでよしとした。だが、上層部はおれをＭＫ０のプログラムに組み入れようと考えた。悪い兵隊さんたちは、おれなら動物をうまく扱えると思ったんだ」

グレイウォルフは唾を吐いた。

「くそったれどもの思ったとおりだ。やつらに一発かます代わりにイエスと言ってしまったおれが、ばかだったんだ。おれは自分に言って聞かせた。戦争なんてこんなもんだ。人は戦って死ぬ。地雷を踏んだり、撃ち殺されたり、焼かれて死ぬんだ。たかだか数頭のイルカの死を嘆けというのか？　そうしておれはサンディエゴに行った。そこでは、オルカに核弾頭を取りつける研究を……」

「何だって？」

グレイウォルフはアナワクを見つめた。

「驚いたのか？　おれはとっくの昔に驚くのをやめた。そういうものをオルカに積んで送りだすプログラムだ。重さ七トンの弾頭を大人のオルカに積み、何マイルも離れた敵の港に送りだす。核武装したオルカを止めるのは不可能だ。プログラムがどこまで進んだか知らないが、今では問題はまったくないのだろう。あの頃は運用実験の真っ最中だったんだ。こうして、おれはほかの実験についても知ることになった。海軍はイルカのビデオをよくジャーナリストに見せるだろう。イルカに本物の機雷をくわえさせて放す。すると、イルカはロシアの潜水艦だと定めたもののところまで行く。だが、木っ端微塵(こっぱみじん)に吹き飛ばしたりはしないで、機雷をくわえたまま嬉しそうに戻ってくる。これを根拠に、海軍は殺人部隊は存在しないと主張するんだ。実際にイルカが機雷をくわえたまま戻ってくるときもあるが、そんなことはめったに起きない。起きたとしても、最悪の場合、兵士三名が乗ったボートが吹っ飛ぶだけだ。それくらいでは海軍は痛くも痒(かゆ)くもないから、実験を進める障壁にはならない」

グレイウォルフはひと息おいた。

「けれど、核武装したオルカを放すとなると、話が違ってくる。オルカが核弾頭、しかも実弾をくわえたまま戻ってきたら、それは困ったことだ。海軍は何頭でもオルカを放せるが、それはオルカがばかな気を起こさないことが絶対条件となる。そして、ばかな考えを回避する最良の方法は、オルカが考えるのを禁止することだ」

「ジョン・リリーか」

アナワクがつぶやいた。

「え？」

「脳科学者だ。一九六〇年代に、イルカの脳で実験した」

グレイウォルフは考えこんだ。

「聞いたことのある名前だ。サンディエゴにいたときに、おれはイルカの頭に穴を開けるところをまのあたりにした。一九八九年のことだ。ハンマーとノミで、イルカの頭蓋に小さな穴を開けるんだ。イルカは意識があって手術台で飛び跳ねるから、大男数人がかりで押さえつけなければならない。痛くて飛び跳ねるんじゃない。ハンマーの音が気に障るんだそうだ。実際のプロセスは、言うよりずっと残酷に思えたが。そして、穴から電極を入れ、電流を使って脳に刺激を与える」

「ジョン・リリーの実験と同じだ！　彼は脳内地図を作ろうとしたんだ」

アナワクが興奮して大声を出した。

「おれは、海軍が脳内地図をいくつも作り上げたと信じている。つらいことだが、おれは口をつぐんだ。次に見せられたのが、首にハーネスのような装置をつけて、プールで泳ぐ一頭のイルカだった。頭蓋から電流を通す装置だ。電気信号でイルカを操ることに成功したんだ。そこまでするとは本当に驚きだった。イルカを電気信号で左右に泳がせ、ジャンプさせる。イルカは攻撃性を発揮してダイバーのダミー人形を襲う。逃避行動もするし、静かにもなる。イルカがそんなことをしたいかどうかは、どうでもいい。イルカに意志はもうない。ラジコンカーのように動くだけだ。当然、軍は大喜びした。何もかもが大成功するかに見えた。サンディエゴで、オルカに核弾頭を積むプログラムが進行中のときのことだ。一九九一年、おれたちは遠隔操作できるイルカを二十四頭ばかり連れて、湾岸戦争に向かった。おれは任務に同行したが、いつものでかい口を閉じ、これはおれのプログラムじゃないと自分を騙していた。おれのイルカは機雷を探す。おれは餌をやり、頭を撫でてやった。おれはすぐにもＭＫ０に加わるように迫られたが、なんとか考える時間をもらうことができた。軍隊では、考える時間は好まれない。考えてはならないことになっているんだ。おれたちはジブラルタルを通過し、海でのテストを始めた。順調にスタートしたが、すぐに問題が起きた。サンディエゴの実験室やプールでは遠隔操作はスムーズに機能するが、外洋ではイルカはほかの刺激にさらされる。自然界ではうまくいかない。とにかく、軍の思惑どおりにはいかなかった。そして、おれたちの信用問題にまで発展した。アメリカに連れて帰ることも、湾岸戦争に連れてもいけない。そこで、フランスの海岸に錨(いかり)を下ろした。そこには提携関係にある研究所があり、フランスの専門家もMK0プログラムに参加していた。フランスは今では最良の友人ではないが、海洋研究には優れていたから提携したんだ。その研究所で、実験失敗の原因がわかればいいと思った。おれたちを出迎えたのが、有名な動物音響学研究所の所長で、ルネ・ギィ・ビュネルという男だった。この問題をいっしょに考えると約束し、施設を案内してくれた。まず見せられたのが、万力(バイス)で口を締められたイルカだった。背中から腕ほどの長さのナイフが突きでている。その理由を、おれは尋ねなかった。助手が研究所のカードをくれたんだが、イルカの血でサインをしておいたと、彼らは冗談を言って笑った」

グレイウォルフは息を止めた。巨大な胸の奥から大きなため息が聞こえてきた。

「ビュネルは、プログラムについて専門用語を並べたてて延々と話したあげく、欠陥は多いと締めくくった。プログラムの責任者たちは明らかに多くを見落とし、見積もりを誤っていたんだ。船に戻ると会議が開かれ、イルカたちを海に放すことが決定された。おれたちはすぐにイルカを海に放した。イルカが船から数百メートル遠ざかると、誰かがボタンを押した。技術が敵の手に渡るのを防ぐため、電極には起爆装置がセットしてある。電極だけを破壊する威力の小さなものだ。イルカは死に、おれたちは航海を続けた」

グレイウォルフは唇を噛みしめた。そして、アナワクを見つめた。

「これが、フランスの海岸に打ち上げられたイルカだ。あんたの見つけた《アイランド・アース》とかなんとかいう雑誌の。これでわかっただろう」

「お前はそのあと……」

「軍にもう充分だと言った。彼らはおれの決心を変えさせようとしたが、無駄だ。優秀なイルカの訓練士が除隊する理由を、軍の書類に記載できないのは困る。そんなことになれば新聞記者が押しかけ、テレビ局が殺到する。あんたも経験があるだろう。そこでおれたちは話し合って合意に達した。おれは何がしかの金を受け取る。軍は健康上の理由でおれを除隊させる。おれは本来は潜水兵だ。心臓に欠陥があれば、任務はあきらめるしかない。心臓疾患で除隊になれば、誰も不審に思わない。そして、おれは軍を去った」

アナワクは入江に目をやった。

グレイウォルフが静かに口を開いた。

「おれはお前のような科学者ではない。けれど、イルカのことは少しわかるし、扱い方も知っている。だが、脳神経学などおれには何の意味もない。誰かがクジラやイルカに関心を持つのを見るのさえ、おれには耐えられない。写真を撮るところですら我慢がならない。こんな自分を変えることはできないんだ」

「シューメーカーは、お前がぼくたちにまだ何かするつもりだと思っている」

グレイウォルフは首を振った。

「ホエールウォッチングは大丈夫だと考えたときもあった。けれど知ってのとおり、うまくいかなかった。おれは自ら飛びだした。あんたたちに放りだされるように仕向けたんだ」

アナワクは頬杖をついた。

ここはなんと美しいところだ。山々に囲まれた湾も、何もかも胸が痛くなるほど美しい。

「ジャック、考えを変えるしかない。クジラは復讐しに来たのではない。操られているんだ。誰かがMK0プログラムを展開した。しかも、海軍がしたよりもっと残酷なことだ」

グレイウォルフは答えなかった。二人は立ち上がると、小道を通ってトフィーノの町に戻った。〈デイヴィーズ〉の前で、グレイウォルフは立ち止まった。

「除隊する直前、核弾頭のプログラムは決定的な段階に入ったと聞いた。それに関連する名前も聞いた。神経学だか、ニューラルネットワーク・コンピュータだったか。動物を完全に支配するには、カーツワイル教授の理論を追究しなければならないと。あんたの役には立たないだろうが、ちょっと思い出したから」

アナワクは考えこんだ。

「いや、役に立つと思う」

カナダ　〈シャトー・ウィスラー〉

夕方、ウィーヴァーはヨハンソンの部屋をノックした。いつもの習慣で、返事も待たずに扉の取っ手を押し下げたが、部屋には鍵がかかっていた。

彼がナナイモから帰ってきたのは知っている。ボアマンと話をするつもりだろう。彼女はエレベータでロビーに降りると、バーに向かった。ボアマンとスタンリー・フロストといっしょに座るヨハンソンを見つけた。三人はダイヤグラムに身を乗りだすようにして、激しく議論していた。

「皆さん、進展はあった？」

彼女は近づきながら声をかけた。

「足踏み状態だ。わからないことが多すぎる」

ボアマンが言った。

「おい、われわれはいつか手がかりをつかむ。神はサイコロを振らない」

フロストがうなって言った。

「アインシュタインはそう言ったが、彼は間違っていた」

ヨハンソンが応じた。

「神はサイコロを振らないんだ！」

彼女はしばらく待って、ヨハンソンをつついた。

「邪魔してごめんなさい。二人だけで話したいのだけど」

ヨハンソンはためらった。

「今すぐに？　フロストのシナリオを検証しているところなんだ。冷や汗の出るストーリーだよ」

「ごめんなさい」

「ここではだめなのか？」

「ちょっと抜けられないの？　時間はとらせないわ」

彼女は言って、あとの二人にほほ笑みかけた。

「あとでわたしも参加します。検証結果を教えてもらったら、鋭い指摘をして、皆さんを困らせてあげますよ」

「それはいい」

フロストがにやりとした。

ヨハンソンは席を離れた。

「どこで話す？」

「どこでもいいわ。ホールに行きましょう」

「重要なことなのか？」

「重要どころの騒ぎじゃないわ！」

「オーケー」

二人は外に出た。ホテルや雪を頂くロッキー山脈の峰々が、夕日に赤く染まっていた。ホテルの前に停まるヘリコプターは、巨大な昆虫が羽を休めているようだ。二人はウィスラー・ヴィレッジの方角に歩いた。ヴィーヴァーは決まりの悪さを覚えた。彼らは、ヨハンソンと自分が二人だけの秘密を持っていると勘ぐるにちがいない。だが、彼の意見だけを聞きたかったのは事実だ。彼の理論をいつ参謀本部に教えるかは、彼が決めることだが、その前に伝えなければならない。

「ナナイモはどうだった？」

「ホラーだった」

「ロングアイランドは殺人ガニに蹂躙されたそうね」

「殺人藻類を携えたカニだ。ヨーロッパと同じだが、毒性はずっと強い」

「新たな攻撃が始まったわけね」

「オリヴィエラ、フェンウィック、ルービンが毒素の分析にとりかかった。さあ、今度はきみの話を聞こうか」

「一日かけて、衛星の観測データを調べたの。レーダーの測定結果と多波長画像も比較した。バウアーが投入したフロートのデータを呼びだそうとしたら、フロートは機能していなかった。でも、それで充分だわ。大洋の循環流が大陸にぶつかるところで海面が盛り上がることは知ってるでしょう？」

「聞いたことはある」

「メキシコ湾流がそうよ。バウアーは、そういうところで異変が起きているのではと心配していた。北大西洋には海水が深海に沈みこむ煙突がいくつかあるはずだけど、煙突は今ではもう見つからないのよ。つまり、海流のバランスを崩すような何かが起きた。でも、彼にはその何かがわからなかった」

「それで？」

彼女は立ち止まって彼を見つめた。

「わたしは計算をして、データを比較して、チェックして、また計算して、比較して、チェックして、また最初から計算をした。メキシコ湾流の盛り上がりが消えていた」

ヨハンソンは眉間に皺を寄せた。

「つまり……」

「循環流は今までのように循環していない。マルチスペクトル画像を重ねて見てみれば、同じように水温が低下したのがはっきりわかる。間違いないわ。地球は新たな氷河期に向かっている。メキシコ湾流は流れるのをやめた。何かがメキシコ湾流を止めた」

国家安全保障会議

「なんと卑劣な！　誰がその代価を支払うのだ？」

大統領は激怒した。

彼はオファット空軍基地に着くとすぐ、国家安全保障会議を招集した。盗聴不能な回線を使ってワシントン、オファット、ウィスラーが結ばれ、テレビ会議の最中だった。ホワイトハウスのシチュエーションルームには副大統領をはじめ、国防長官および副長官、国務長官、国家安全保障問題担当大統領補佐官、FBI長官、統合参謀本部議長が集まっている。ポトマック川の対岸に建つCIA本部では、奥深くにある対テロセンターにCIA長官、国家秘密任務本部副本部長、対テロセンター長が集まった。アメリカ中央軍司令官ジューディス・リー海軍大将と、CIA副長官ジャック・ヴァンダービルトを加えて全メンバーが揃う。二人は〈シャトー・ウィスラー〉の作戦司令室におり、数台のモニター画面には会議の参加者の姿が映しだされていた。大半の顔には決意が浮かんでいるが、困惑気味の顔もある。

大統領は怒りを隠そうとはしなかった。その日の午後、副大統領が、ホワイトハウス大統領首席補佐官に非常事態内閣の指揮を任せてはどうかと提案した。しかし、大統領は国家安全保障会議を招集すると主張した。手綱を手放すつもりはないようだ。

それは、リーの思惑どおりだった。

助言者の序列の中で、彼女の発言権は大きくない。軍の中では、大統領の軍事顧問である統合参謀本部議長が最上位だ。彼は副議長を伴っているが、無能な者には必ず次席がいるものだ。しかし、リーは大統領が喜んで彼女の話に耳を傾けるとわかっており、それが燃えるような誇りだった。会議に集中している今でさえ、彼女の頭の中には将来のキャリアの道が鮮明に浮かんでいた。まず司令官から、統合参謀本部議長になる。現在の議長は退官寸前だし、副議長は明らかに能なし。その次は政治の道に転身し、国務長官か国防長官になる。そして、いよいよ大統領選に出馬するのだ。この任務がうまく果たせれば、つまり合衆国の利益のためだけに首尾よく任務を遂行できれば、当選は確実になる。世界は奈落の縁に立っているが、リーの前には出世の階段があるのだ。

大統領が言った。

「われわれは顔の見えない敵を相手にしている。諸君の中には、脅威を発するところに注意を向けなければならないと言う者もいる。またある者は、悲劇的な自然災害にほかならないと言う。私は長々とした講義はいらない。われわれが行動できるコンセンサスが欲しいのだ。私はプランを見たい。費用がいくらかかり、時間がどれだけ必要か知りたいのだ」

大統領は目を細めた。彼の怒りや決心の度合いは、目の細め具合で容易に窺い知れる。

「私個人は、自然が度を越えたというおとぎ話を信じはしない。これは戦争だ。アメリカは戦っている。さあ、われわれは何をすべきか？」

「守りから攻撃に転じなければなりません」

統合参謀本部議長が発言した。

彼の言葉は厳しく響いた。国防長官が眉間に皺を寄せて彼を見つめる。

「誰を攻撃するおつもりか？」

「われわれが攻撃する敵は必ずいる。そこが重要だ」

統合参謀本部議長は断言した。

副大統領が彼に応じる。

「どのようなテロリスト集団も、単独ではこのような多様な攻撃は行なえない。だとすると、背後に国家が隠れている。あるいは、政治ブロックか複数の国かもしれない。ジャック・ヴァンダービルトが初めてそこを疑ったのだが、私もそういうものなら可能だと思う。われわれが注目すべきは、誰がこのような事態を引き起こせるのかということだ」

「可能な者はそう多くない」

ＣＩＡ長官が言った。

大統領はうなずいた。彼の就任直前にＣＩＡ長官が行なった、ＣＩＡの善玉・悪玉・卑劣漢リストについての長いレクチャーを聴いて、アメリカの沈没を企む信仰心のない悪党が、世界には大勢いると信じるようになった。彼はＣＩＡ長官の言うとおりだと思った。

「旧知の敵の中から見つけだす必要があるのかどうかはわからない。攻撃を受けているのは自由世界であって、アメリカだけではないのだ」

大統領はコメントした。

国防長官が鼻を鳴らす。

「自由世界？　それはわれわれです！　ヨーロッパは自由の国アメリカの一部なのです。日本の自由はアメリカの自由だ。カナダ、オーストラリア……アメリカが自由でなければ、彼らにも自由はない」

国防長官は目の前にあった一枚の紙を平手でたたいた。会議用のメモだ。一枚の紙に書ききれないほどの複雑な状況は絶対にないと考える男だった。

「参考までに言いますと、生物兵器を保有するイスラエルとわが国。これはいい国だ。それから南アフリカ、中国、ロシア、インド。彼らはたちが悪い。さらに北朝鮮、イラン、イラク、シリア、リビア、エジプト、パキスタン、カザフスタン、スーダン。悪い国だ。そして今、バイオ攻撃が起きた。これは悪いことだ」

「化学兵器の要素も忘れてはならないのでは？」

国防副長官が言った。

ＣＩＡ長官が手をあげる。

「まあ先を急がないで。まず、われわれを襲ったような攻撃を用意するには、巨額の金と労力が要ると仮定してみよう。化学兵器は費用もかからず簡単に作れる。だが、生物兵器には莫大な資金が必要だ。そこで、われわれの目は節穴ではない。パキスタンとインドはわれわれに協力している。われわれは、百名を超えるパキスタン人を秘密作戦のために訓練してやった。アフガニスタンやインドではCIAのために働くエージェントがおり、良好な関係を保っている。これらの国はリストから除外できる。スーダンには、われわれは準軍事的組織を持ち、現地の反政府組織と連携している。南アフリカでは、われわれの友人が政府の中枢にいる。これらの国で、大それた計画が進行中だと示唆するものはない。まずわれわれがすべきは、最近どこで金の動きがあったか、不穏な活動が見られたかに注目することだ。世界中の悪党を一人ずつ数える必要はないのだ」

「金の流れに関しては、不審な動きはないが」

FBI長官が言った。

「どういうことだね？」

「テロリストの資金源を監視する新しい法規制のおかげで、財務省は不正送金を充分に把握することが可能になった。われわれも情報をつかんでいる」

「どのような？」

ヴァンダービルトが尋ねた。

「不審な流れはないということだ。アフリカにも極東にも中東にも、国家が絡んでいると示唆するものは何もない」

「やつらがわざわざ教えるはずがない。《ワシントン・ポスト》にだって載らないんだ」

ヴァンダービルトがささやいた。

「もう一度言おう。われわれはいかなる不審……」

「誰かさんを現実に引き戻すようで悪いが、北海を破壊し、ニューヨークに毒をばらまいたやつが、金の入った鞄をわれわれの手の者に見せると思うんですか?」

ヴァンダービルトはFBI長官をさえぎって言った。

大統領は限界まで目を細める。

「世界は変化している。そのようなときは、われわれは各人の鞄を覗くことができなければならない。悪党どもが賢いのか、われわれがばかなのか、はっきりさせよう。悪党の中にはずる賢い者もいるが、われわれの任務はもっと賢くなることだ。しかも今から。さて、われわれはどれほど賢いかな?」

大統領は言って、対テロセンター長に目をやった。

センター長は肩をすくめた。

「直近にインドから警告が入りました。パキスタンのジハード団がホワイトハウスを吹き飛ばすと言っている。しかし、よく知られたテロリストで、危険はありません。以前から情報はつかんでおり、資金の流れも調べていました。テロリストの情報はグローバル・レスポンス班が日々収集していますから。大統領、不審な動きがないのは確かです」

「今も平穏だと？」

「決して平穏ではありませんが、重大な計画の兆候や、資金の活発な動きを示すものはないのです。何も決定づけられません」

大統領はセンター長をしばらく見つめたあと、CIA国家秘密任務本部副本部長に視線を向けた。

「きみの部下には二倍の働きを期待する。どこで作戦を展開しようとかまわない。誰かが任務を怠ったために、アメリカ国民が被害を受けることがあってはならない」

「もちろんです」

「もう一度言う。われわれは攻撃を受けている。これは戦争だ！　私は敵が誰か知りたい」

「中東を見てください」

ジャック・ヴァンダービルトがいらいらとして声を上げた。

「それは、わたしたちが見ています」

彼の隣で、リーが言った。

彼はリーを見ずに、ため息をついた。彼女とは考えが違う。

リーが続ける。

「誰かに殴られたと思わせるために、自分の顔を殴ることは可能です。ですが、現実的な行為でしょうか？　わたしたちに悪意を抱く国々に、わたしたちが強い関心を寄せたからといって、彼らが自らの手で自国に損害を与えると推測するのは、ばかげてはいませんか。彼らの狙いがわたしたちだとしても、それを悟られない目的で、よその地域でテロを起こすことは意味があります。ですが、このような大規模なものではない」

「われわれの考えとは違うな」

ＣＩＡ長官が言った。

「承知しています。わたしの考えは、わたしたちが主たる目的ではないということです。あまりにも多くの不吉な事件が起きている。こんな蛮行を働くテロリスト集団がいるでしょうか。動物を操り、新種の生物を創りだし、北海で津波を引き起こし、漁業を妨害し、オーストラリアや南米にクラゲの毒をばらまき、船を沈める。こんな行為に経済的、政治的な利益は見いだせない。しかし現実に起きたのです。ジャックが気に入らなくても、中東でも現実に起きている。それを考慮すると、アラブ人に罪をなすりつけられません」

「中東で沈んだのは、貨物船が数隻だけだ」

ヴァンダービルトがうなった。

「それ以上です」

「誇大妄想の犯罪者かもしれないわね」

女性の国務長官が言った。

リーは続けた。

「それどころではありません。巨額の資金を水面下で動かし、あらゆるテクノロジーを駆使できる者なのです。わたしたちはそれに対抗しなければなりません。つまり、誰かが何かを発明すれば、こちらはそれに対抗するものを発明する。誰かがゴカイを送りつけてきたなら、そのゴカイに対抗できるものを見つける。誰かが殺人ガニや毒性を持つ藻類や怪しい物質を作りだしたなら、わたしたちは対抗策を見つけなければならない」

「どういう対抗策を考えているのかしら？」

国務長官が尋ねた。

「われわれは……」

答えようとした国防長官をリーがさえぎる。自分の手柄を横取りされるのが嫌なのだ。

「わたしたちはニューヨークを封鎖しました。直近に受けた報告によると、カニがワシントンに対して深刻な脅威であることも、無人偵察機により確認できました。ワシントンも検疫隔離することになります。この危機が続くあいだ、ホワイトハウスのスタッフは大統領に同行するか、別の安全な場所への移動をお勧めします。沿岸都市には、すでに火炎放射器を投入しました。さらに、化学薬品の使用も考えています」

「潜水機やカメラロボはどうなったのだ？」

ＣＩＡ長官が尋ねた。

「わかりません。わたしたちが投入した無人潜水機は行方がつかめません。海の中はコントロールできないのです。有索無人潜水機(ROV)はケーブルで母船とつながっており、ケーブルを引き上げると、ＲＯＶは引きちぎられている。それはカメラが青白い光を捉えた直後に必ず起きています。自律型無人潜水機(AUV)の消息はまったくわかりません。ロシアの勇気ある科学者四名が相次いでミール潜水艇で水深千メートルの深海に潜りましたが、いずれも何かに襲われて沈みました」

「つまり、海はあきらめろということか」

「現在は、ゴカイのいる海底を底引き網でさらっています。追加措置として、ロングアイランドに押し寄せたようなカニの上陸を阻止するため、海岸に防護ネットを設置しました」

「古風な手段に思えるが」

「古典的な方法で攻撃されたのです。さらに、バンクーバー島沿岸のクジラは、サータスLFAソナーで追いつめています。何かがクジラを操るのなら、こちらも対抗して、音波で頭蓋が割れるまでクジラを操るのです。どちらが勝るかお見せしましょう」

「リー、ちょっとまずいのでは」

「もっといいアイデアをお持ちでしたら、大歓迎です」

一瞬、誰もが口をつぐんだ。

「衛星監視は役に立っているかね？」

大統領は尋ねた。

CIA国家秘密任務本部副本部長が首を振る。

「制約はされますが。衛星監視は、梢(こずえ)に紛れる迷彩戦車の発見を前提としています。カニのように小さな物体を認識できるシステムは少ないのが現状です。われわれにはもちろんKH-12や次世代型キイホール衛星がある。さらにラクロスも。ヨーロッパは、トペックス／ポセイドンやSAR-Lupeを提供してくれました。だが、それらはレーダー衛星です。そもそもの問題は、小さな物体を認識するにはズームしなければならず、つまり一度に小さな範囲しか監視できないということです。海のどこから何が来るのかが判明しないかぎり、正しい方向を監視できるとはかぎらない。リーから、偵察機を使って海岸をパトロールするという提案を受けました。いい考えではありますが、偵察機も全部を見ることはできない。国家偵察局（NRO）や国家安全保障局（NSA）も最善を尽くしています。得た情報の分析評価に可能なかぎりの進展を図ります。われわれはあらゆるシギントを駆使して情報を収集しているのです」

「そこがわれわれの問題だ。情報収集には、もう少しヒューミントを使ったほうがいい」

　大統領がゆっくりと言った。

　リーはにやりとした。ヒューミントは大統領のお気に入りだ。シギントはシグナル・インテリジェンスの略で、通信などを媒体とした情報収集活動を指す。ヒューミントはヒューマン・インテリジェンスの略で、人による情報収集活動だ。大統領は技術には疎（うと）いが、開拓精神に満ち溢れた気さくな人物で、人の目を信じたい。技術の粋を集めた軍隊に命令を下すのだが、衛星よりも下草に紛れて忍び寄るスパイのほうが性に合うのだ。

「部下たちを配置につけたまえ。コンピュータのプログラムに身を隠す者もいるだろうが、私は頭を使って考えるほうがいい」

　大統領は言った。

　ＣＩＡ長官が両手の指先を合わせると言った。

「では、中東説に重きをおく必要はないでしょう」

リーはヴァンダービルトを見た。彼の視線はまっすぐ前を見つめている。

「ジャック、先走りすぎたわね」

リーは彼にささやいた。

「黙ってろ」

彼女はカメラに身を乗りだした。

「ポジティブな話をしませんか？」

大統領は笑みを浮かべた。

「われわれにはふさわしい話題だ」

「いつでも新しい時代が訪れます。世界は変わります。重要なのは、誰が最後に勝利を収めるかなのです。この危機が過ぎ去れば、世界は変わります。それまでは多くの国が不安定な状態になるでしょうが、その不安定さを利用することができます。世界は恐ろしいまでの危機的状況にある。しかし、危機を裏返せば、それはチャンスなのです。わたしたちにとって好ましくない政権が崩壊しても、こちらに責任はないでしょう。わたしたちは少々後押しして、のちに適切な人間を送りこめばいいのです」

「そうだな」

大統領は考えこんだ。

「そうだとすると、問題は誰が戦争を指揮するかではなく、誰が勝つか、ですね」

女性国務長官がしばらく考えてから言った。

リーが力強く応じる。

「文明世界はスクラムを組んで、見えない敵と戦わなければなりません。この状況が続けば、国連を中心にまとまるでしょう。初めはそれでいいのです。わたしたちが積極的になる必要はありません。手を貸す準備をしておけばいい。しかし、最後に勝利を手にするのはわたしたちです。そして、わたしたちを脅かし敵対したすべてが敗北する。わたしたちがこの状況の解決に大きく影響を及ぼせば及ぼすほど、勝者と敗者の区別はより鮮明になるのです」

「明快な意見だ」

大統領が言った。

皆がうなずいて同意を示したが、軽い憤りもその中にはあった。リーは椅子の背に体を預けた。意見は充分に表明した。自分の立場として許される以上のことを言ったのだ。だが、彼女の言葉は効果を失わなかった。本来ほかの誰かが言うべき意見でもあり、気に障った者もいただろう。そんなことはかまわない。意見は大統領がいるオファットに届いたのだから。

「よろしい。われわれはそのような提案を引き出しに入れることにしよう。だが、引き出しは少し開けておく。とにかく、われわれが主導権に興味があるという印象を世界に与えてはならない。ところで、あなたの科学者たちには進展があったかな？」

大統領がリーに尋ねた。

「彼らは最高の財産です」

「成果はいつ見られるだろうか？」

「明日、全員が集まります。ピーク少佐にも戻るように指示しました。ニューヨークとワシントンの指揮は、彼がこちらから執ることになります」

「国民に呼びかけるときです」

大統領に向かって副大統領が言った。

「まさしく」

大統領はデスクをたたいて言った。

「スピーチライターに伝えてくれ。私は誠実に語りたい。なだめるような言葉ではなく、希望を与える言葉を」

「敵については言及しますか？」

「必要ない。相手は自然災害ということになる。われわれは人々を安心させるには至っていない。彼らを守るために、人間にできるかぎりを尽くすと約束しなければならない。そして、われわれにはその力と可能性がある。われわれは、あらゆることに対する準備をしたと確約しなければならない。アメリカは最も自由な国であるだけでなく、最も安全な国なのだ。何が起きようとも、アメリカは安全だ。人々はそれを信じなければならない――諸君には祈りを捧げてもらいたい。ここは神の国だ。神はそばにいてくださる。神は、われわれがすべてを解決する力を与えてくださる」

アメリカ合衆国　ニューヨーク

どうすることもできない。

サロモン・ピークはヘリコプターに乗りこみながら、ただそう思った。われわれは何の準備もしていなかった。この残酷な惨状に立ち向かう術(すべ)は何ひとつない。

ヘリコプターは夜のウォールストリート・ヘリポートを飛び立ち、ソーホー、グリニッチ・ヴィレッジ、チェルシーを横切って北に向かう。町は煌々(こうこう)と灯りに照らされていた。

しかし不思議な光景だ。光の洪水の中に現われる通りに行き交う車はない。上空からカオスのすべてを一望できた。ニューヨークは市の緊急管理局（OEM）と軍によって制圧されている。ヘリコプターが着陸しては、また飛び立っていく。港も封鎖され、軍艦だけがイーストリバーを巡航していた。

しかし、人々は今も死んでいく。

なす術がなかった。OEMは災害時の身の守り方を記したパンフレットを発行していたが、日頃の警告も訓練も効果がなかったようだ。各家庭に備えるべき飲料水用キャニスターは用意されていなかった。たとえ用意してあっても、水道管や洗面台、トイレや食洗機から立ち昇る気体に含まれる毒素に、人々は次々と感染した。彼に唯一できたのは、確実に感染していない人々を危険地帯から連れだして、広大な検疫所に隔離することだった。ニューヨークは死の都市と化した。学校、教会、公共施設は病院に姿を変え、町を取り囲むベルト地帯は巨大な刑務所を彷彿させた。

彼は右手を見た。

トンネルの中は今も燃えている。軍用トラックの運転手がガスマスクをきちんと着用しておらず、そのため高速走行中に意識を失った。トラックは輸送部隊の一台だった。次々と衝突し、十数台が爆発炎上したのだ。現在も、トンネル内の温度は火山の内部と同じだ。

ピークは、事故を未然に防げなかった自分を責めた。当然、トンネル内での感染の危険度は、毒素が拡散する町中の通りよりずっと高い。しかし、あらゆるところを同じ濃度にすることなど不可能だ。そもそも何を防げばいいのだろうか。

彼が心の底から憎むものがあるとすれば、それは無力感だ。

そして、今度はワシントンの番だった。

「どうすることもできません」

彼はリーに電話で伝えた。

「なんとかしなさい」

彼女の答えだった。

ヘリコプターはハドソン川を越えて、ハッケンサックの空港に向かった。そこには、彼をバンクーバーに運ぶ飛行機が待機している。マンハッタンの灯りが遠ざかっていった。

明日の会合では成果が得られるだろうか。ニューヨークの恐怖を収束させる薬だけでも完成しているといいのだが。しかし、希望を抱くのは危険だと、何かが彼にささやきかけた。

心の声はいつも正しい。

ローターの騒音で頭が割れるように痛かった。

シートに体を預け、彼は静かに目を閉じた。

カナダ　〈シャトー・ウィスラー〉

リーは満足していた。

もちろん、忍び寄るアルマゲドンを前に震えるのがふさわしいかもしれないが、会議は成功裏に終わったのだ。ヴァンダービルトは防御にまわり、大統領は彼女の言葉に耳を傾けてくれた。その後、彼女は次々とかかってくる電話の報告を聞き、世界が沈んでいく現状を知った。今はいらいらして、国防長官と電話がつながるのを待っている。明日から始める、クジラへのソナー攻撃に使う軍艦の話をするつもりだ。国防長官は会議中だった。そこで、満天の星を背にして、彼女はシューマンを弾いた。

電話が鳴ったのは、午前二時になる少し前のことだった。リーは飛び起きて受話器を取った。ペンタゴンからかと期待したが、声の主がわかると一瞬驚いた。

「ドクター・ヨハンソン！　何かご用ですか？」

「時間はありますか？」

「今？」

「二人だけで話したいのです」

「今は困ります。ちょっと電話をするところがあるので。一時間後では？」

「気になりませんか？」

「何のことかしら？」

「私が理論を持っていると考えておられるのでしょう」

「そうだわ！……わかりました。いらしてください」

彼女は笑みを浮かべて受話器をおいた。期待したとおりだった。ヨハンソンは、約束の期限をぎりぎりまで待つような男ではない。律儀にも期限の前に、しかも自ら時間を決めたのだ。真夜中にしようと。

彼女はコールセンターを呼びだした。

「ペンタゴンとの約束を三十分延期してちょうだい」

彼女は言うと、しばらく考えた。

「いえ、一時間にして」

ヨハンソンはたっぷり語ってくれるだろう。

アナワクは、グレイウォルフの話を聞いてから食欲をなくしていた。しかし、シューメーカーは張りきっていた。上等な肉を焼き、クルトンとナッツを散らしたおいしいサラダを作ってくれた。デラウェアを加えて三人はベランダで食事をした。彼女は新しいボーイフレンドの話題には触れなかったが、話し上手だった。ウイットに富み、気の利いたジョークをタイミングよく披露する、本当に楽しい女性だ。

その夜は、悲嘆という海に、ぽっかりと浮かんだ島のようだった。

中世ヨーロッパでは黒い死神がやって来ると、人々は祭りをして踊った。三人はそこまではしなかったが、いつまでもベランダに座ってさまざまな話をした。話題は津波やクジラや殺人藻類のことだけではない。アナワクにはありがたい気晴らしになった。シューメーカーは〈デイヴィーズ〉開設当時からの話を聞かせてくれた。三人は笑い、おしゃべりをし、穏やかな夜を楽しんだ。リラックスして入江の真っ黒な海を眺めていた。

午前二時、アナワクは帰ることにした。デラウェアは残った。シューメーカーと古い映画の話で盛り上がり、もう一本ワインを開けていたのだ。二人はすっかり酔いがまわったようだ。アナワクは最後に水を一杯飲んでから礼を言い、夜更けのメインストリートに出た。〈デイヴィーズ〉に戻ってパソコンをつけ、インターネットに接続した。

カーツワイル教授はすぐに見つかった。

空が白みはじめる頃、頭の中でイメージが鮮明になりはじめた。

五月十二日

カナダ〈シャトー・ウィスラー〉

おそらく、これがターニングポイントだ。ヨハンソンは思った。それとも、頭のおかしな爺さんだと思われるだけか。

彼はスクリーンの左にある小さな演壇に立っていた。プロジェクタのスイッチはまだ入っていない。トフィーノに泊まったアナワクが最後に到着して、全員が揃ったところだ。最前列にはピーク、ヴァンダービルト、リーの三人が座っていた。ピークは憔悴（しょうすい）しきっている。夜中にニューヨークから戻ったが、まるで力の大部分を向こうにおいてきたようだ。

ヨハンソンは、人生の半分を大学の教室で過ごし、人々に講義することには慣れている。ときには、自分が体験で得た知識や仮説を定説に加えて講義し、専門家や自称専門家と議論することもある。しかし多くの場合、演壇に立つのは最も容易なことだ。他人が発見した知識をさらに人に伝え、最後に質問を受ければいいだけだから。

　ところが今朝は、予期せぬことに自信を失い演壇に立つ自分にとまどっていた。自分の理論をどう説明すればいいのだろう。ばかげた理論に、聴衆は椅子から転がり落ちるほど笑うのではないか。リーは、彼の理論が正しいと大筋で認めてくれた。彼女が自分の説明を理解してくれたことで、彼は楽観的になった。だが、全員にうまく説明できるかという不安のほうが大きい。そこで原稿を何度も書き直した。彼は幻想など抱かない。チャンスはこの一回きりだ。結果、聴衆を驚愕させられるか、愚か者のレッテルを貼られるかのどちらかだった。

　全員の視線が彼に注がれ、部屋は死んだように静まり返っていた。

　彼は原稿の書き出しに目をやった。導入部分には詳細が書いてある。三時間眠ったあと、こうして見てみると、それは複雑で難解だ。うまく伝えられるだろうか。原稿を書いたときには満足だった。だが目は疲れ、眠さから明晰に考えられない。あらためて読み返すと、詳細すぎて論証がうまく成り立たない。言葉を並べ立てただけだ。

　ヨハンソンは躊躇した。

　やがて原稿を脇においた。

　その瞬間、驚くほど心が軽くなった。まるで原稿は何トンもの重さがあったかのようだ。

自信が戻ってきた。旗がはためき、ファンファーレが鳴り、突撃の合図を待つ騎馬兵になった気分だ。一歩進みでて一同を見わたした。聴衆の注目を確認すると、口を開いた。

「まるで単純なことなのです。結論を導きだすには頭を抱えるだろうが、根底にあるものは単純で明白なことだ。われわれが体験しているものは自然災害ではない。テロ組織や不徳義な国々にかかわることでもない。また、異常な進化でもなかった。何もかも違う」

　彼はひと息おいた。

「事態はまったく別のものだった。これからわれわれは惑星間の戦いの証人となるだろう。惑星間とはいえ、われわれには一つの惑星だ。なぜなら、二つは一つに融合しているから。われわれが空を見上げて、宇宙の知性体を探しているあいだに、われわれが決して知ろうとしなかった地球の部分に、彼らは姿を現わした。この惑星には今日まで互いの邪魔をすることなく、根本から異なるシステムを持つ二つの知性体が共存していたのだ。一方の知性体は、もう一方の生命体が発展を遂げていく様子を見ていた。ところが、もう一方は今日まで、海の中に複雑な世界が存在することを想像すらしなかった。つまり、われわれはこの惑星を未知の宇宙と共有していたわけだ。宇宙は大洋の中にあった。エイリアンは銀河の果てから来るのではなく、深海の底で発展を遂げていた。海洋生物は陸上生物よりずっと起源が古い。この知性体もわれわれよりずっと長く生きているはずだ。どのような姿をしているのか、どのような生態か、どのように思考してコミュニケーションを図るのか、私には想像もつかない。しかし、われわれは、神が創りだしたもう一つの知性体の存在を認めなければならない。その彼らの生命空間を、人間は何十年にもわたって破壊し続けてきた——彼らが激怒するのも当然だ」

誰も何も言わなかった。

ヴァンダービルトの目が彼に釘づけになった。垂れた頬が震えている。巨体が揺れはじめた。死刑囚に狙いを定めた一斉砲火のように、彼の笑いがヨハンソンに襲いかかろうとしている。ぶ厚い唇が震えていた。口がついに開いた。

「あなたの考えは理解できます」

リーが言った。

彼女の言葉はヴァンダービルトの開いた口にナイフのように突き刺さった。口を閉じると、大きく肩をすくめた。呆然とリーを見つめ、彼はうなった。

「本気で言っているんじゃないだろ」

彼女は落ち着いて答える。

「もちろん本気ですよ。わたしは、ドクター・ヨハンソンが正しいと言ったのではない。けれど、彼の話に耳を傾ける価値はあると思う。彼には推測の裏づけができるのでしょう」

ヨハンソンは会釈した。

「ありがとうございます。証明してみせましょう」

「では先を続けてください。ただ、手短にお願いします。すぐに討論に移りたいので」

ヴァンダービルトの顔は衝撃で歪んでいた。ヨハンソンは一同を順に眺めた。聴衆の反応を期待しているという印象を与えてはならない。拒絶を示す者は一人もいなかった。多くの者は驚愕して凍りつき、ある者は魅了されたように、ある者は信じられないというように、またある者は無表情で彼を見つめていた。ここからは第二のステップだ。聴衆が彼の理論を吸収し、自ら発展させるところまで導かなければならない。

「この数週間、特にこの数日、われわれは多様な事件を関連づけようと試みた。ゼラチン質に遭遇するまでは、個々の事件には関連性がないように見えた。ゼラチン質はさまざまな状態で発見されたが、空気に触れるとすぐに分解してしまう。残念ながら、ゼラチン質の発見はわれわれをより混乱させた。カニや貝、クジラの脳にも見つかったからだ。だが、この三つの生物はそれほど異なった生物ではない。そこで伝染病の可能性が浮かび上がった。菌なのか、ゼラチン質に姿を変えた恐水病の病原体か、BSEや豚コレラのような疫病かもしれない。しかしそれでは船の沈没事故や、カニが猛毒を持つ藻類をなぜ運んだのか説明できない。しかも、大陸斜面に繁殖するゴカイにはゼラチン質は認められなかった。その代わり、ゴカイはメタンを餌とするバクテリアを運び、膨大なメタンガスを発生させる要因となった。結果、ついに大陸斜面が崩壊して津波が起きたのだ。そのあいだに、突然変異の生物が現われ、魚の群れは自然に反する行動をとるようになった。

あらゆる事象を一つの絵に描くことは不可能だ。この点では彼は正しい。ジャック・ヴァンダービルトは、背後にすべてを操る者がいるという説を唱えた。だが、彼は人間である科学者を高く評価しすぎた。海の生態系を熟知し、このような操作ができる科学者は一人もいないのだ。われわれは深海よりも宇宙空間に詳しいとよく言われるが、まさにそのとおりだ。それはなぜか。人間は宇宙空間では深海よりもうまく動け、よく観察することができるからだ。ハッブル宇宙望遠鏡は難なく遠い銀河を覗きこむ。一方、海の中では強力なライトをつけても、せいぜい十メートルほどしか見通せない。宇宙服を着れば宇宙空間を自由に移動できるが、高性能のダイビングスーツを着ていても、深海では水圧に押し潰されてしまう。潜水艦もAUVもROVも一定の条件下でなければ機能しない。人間には、何十億匹というゴカイをメタンハイドレートに巣くわせる技術もない。ましてや、ゴカイを人間には未知である世界に適応進化させる知識など持てるはずがないのだ――海底ケーブルは破壊された。だが、原因は津波だけではない。深海から貝やクラゲの大群が上がってくる――すべてを操る者が背後にいると仮定すれば、これらの現象には簡単に説明がつくではないか。すべてを引き起こせる者がいる。人間が陸上をよく知るように、深海を熟知する者がいる。すなわち、深海に生き、彼らの宇宙を支配する者がいるということだ」

「私の理解が正しければ、われわれはもう一つの知性体と地球を分け合っているのか?」

ルービンが興奮して訊いた。

「私はそうだと思う」

「そうだとしても、今までその知性体について見聞きしなかったのは、なぜですか?」

ピークが尋ねた。

「そんなものは存在しないからだ」

ヴァンダービルトが不機嫌そうに言った。

ヨハンソンは強く首を振る。

「それは違う。少なくとも理由は三つ。まず、不可視の魚の法則」

「何だって?」

「深海の生物は人間のように目でものを見るのではなく、視覚に代わる感覚器官を進化させた。微弱な水圧の変化を感じとり、何百キロメートル、何千キロメートル離れた地点で生じた音波を知覚する。潜水艦の乗員がその生物を目視するずっと前に、潜水艦は感知されているのだ。理論的には、一定の海中には何百万匹という魚が生息している。だが、そこがまったく光のない深海だとすると、人間の目に魚は見えない。知性体も同様なのだ！　知性体が姿を見せようとしなければ、われわれには決してその姿が見えない。

　第二の理由は、知性体の真の姿がまるで想像できないということだ。謎の現象をカメラが捉えたことはある。青い靄、放電のような閃光、ノルウェーの大陸斜面で遭遇した物体。それらが未知の知性体の姿なのか？　ゼラチン質は何なのか？　マレー・シャンカーでも特定できない音の正体は？

　そして第三の理由だ。かつて、海は光の届く上層にしか生物は生息できないと思われていた。今では、どの深さにも生命が溢れていることが知られている。深さ一万千メートルの深海にさえ生物がいるのだ。多くの生き物には、浅いところに移住する理由は見あたらない。それどころか不可能なのだろう。海水温が高すぎるのかもしれないし、水圧が低すぎるのかもしれない。必要な獲物が浅い海にはいないのかもしれない。海面に近い海は頻繁に調査が行なわれている。だが深海となると、わずかな人々が潜水艇に乗って何度か行ったか、カメラロボを送りこむだけだ。ありふれたたとえだが、干草の山から針を見つけるのと同じだ。干草を地球だと想像してみよう。エイリアンが宇宙船から地球にカメラを下ろす。周囲数メートルしか撮影できないカメラだ。一台がモンゴルの草原のワンショット、一台はカラハリ砂漠、三台目は南極だ。最後の一台がようやく大都市に下ろされる。たとえばそこはニューヨークのセントラルパークだとしよう。数平方メートルの緑と、木の根元におしっこをする犬。エイリアンはどのような結論に至るだろうか？　原始的な生命体がまばらに見られるだけの、無人の惑星だと考えるかもしれない」

「深海の知性体はテクノロジーを持っているのね？　でなければ、あれほどの現象を引き起こすことはできない」

オリヴィエラが尋ねた。

「それについては私も考えてみた。知性体は、人類のテクノロジーに代わるものを持っている。われわれは材料から道具や機械、家、乗り物、ラジオ、洋服など何でも作りだす。しかし、海水は大気よりもずっと生命には攻撃的だ。深海で重要なことはただ一つ。最大限の適応性。生物は一般に驚異的な適応性を持つものだ。ここで、純粋なバイオテクノロジーを想像してみよう。この生命体が非常に高度な知能を持つとすると、高度な創造性と海洋生物についての詳しい知識を備えていると仮定できる。つまり、われわれならどうする？　何千年も前から、人間はほかの生物を利用してきた。馬は生けるオートバイだし、ハンニバルは生けるトラックの象でアルプスを越えた。いつの時代も動物を訓練してきたが、現代では遺伝子を組み換える。クローン羊を創りだし、遺伝子組み換えの小麦を栽培する。この考えをもう少し発展させれば、バイオロジーにのみテクノロジーや文明の基礎をおく知性体にたどりつく! 彼らは必要なものを培養するのだ。日常生活に必要なもの、移動するためのもの、戦いに使う武器を」

「これは驚いた」

ヴァンダービルトがうめいた。ヨハンソンは彼に目もくれず、先を続ける。

「われわれはエボラウイルスやペスト菌を培養したり、天然痘で実験を繰り返す。つまり生物だ。さらに、弾頭にそれらを積みこむ。これが厄介なことに、たとえ人工衛星に制御されたロケットでも、いつも標的にあたるとはかぎらない。むしろ、病原体を体内に持った犬を訓練したほうが、ずっと効果的に被害を与えることができる。鳥でもいいし、私なら虫に! ウイルスに感染したノミの群れや、汚染されたアリに抵抗できるだろうか。あるいは、殺人藻類を運ぶ何百万匹のカニに」

彼はひと息おいた。

「大陸斜面のゴカイは培養された。われわれが初めて見るのも無理はない。以前は存在しなかったのだから。ゴカイの目的はバクテリアをメタン氷の中に運ぶことだが、それは多毛類を使って作った巡航ミサイルだ。この生物兵器は、生物を操作することに文明の基礎をおく誰かによって作られた——これで、突然変異の謎は一度に解決する！ わずかに変異しただけの生物もいれば、すっかり変わってしまった生物もいる。たとえばゼラチン質だ。無形の有機体だが、明らかに普通の進化をたどって生まれたものではない。ゼラチン質も目的を持っている。生物の神経系を自らとつなぎ、操ることだ。ゼラチン質は何らかの方法で、クジラの行動を変えた。一方、カニやロブスターはまったく違うやり方だ。殻の中は神経系だけを残して空洞で、カニはただの機械になった。ゼラチン質がそれを動かし、殺人藻類を積みこんだ。これでは、カニは生きているとはいえない。外界に突撃できる有機の宇宙服に変えられたのだ。もちろん、外界とは地上の世界だが」

「そのようなゼラチン質は、科学者が作った可能性もあるのではないか」

ルービンが言った。

「ありえない」

アナワクが口をはさんだ。

「ぼくにはドクター・ヨハンソンの説は理解できる。背後にいるのが人間なら、都市に病原体をばらまくのに、わざわざ深海に寄り道などするはずがないですよ」

「殺人藻類はもともと海にいたからだ」

「別のものを使えばいいでしょう。フィエステリアよりも毒性の強い殺人藻類を生みだせる人物なら、水に関係ない病原体だって作れるはずだ。なぜカニを操る必要があるのです？　アリでも鳥でもネズミでもいいでしょう」

「ネズミでは津波は起こせない」

「人間の実験室で作ったんだ。合成物質じゃないか」

今度はヴァンダービルトが言い張った。

「そうは思わない。海軍にさえ、そんな能力はない。しかも、軍はクジラやイルカを操ることをめざしていたんだ」

アナワクが声を荒らげた。

ヴァンダービルトは痙攣するかのように首を振った。

「何の話だ？」

「MK0というコードネームで行なわれた実験のことだ」

「知らないな」

「あなたは闇に葬るつもりなのでしょう。何年も前から、海軍はイルカの行動を操ろうとして、頭に穴を開けて電極を……」

「くだらない！」

「うまくいかなかった。少なくとも、期待どおりの成果は上がっていない。だからレイ・

カーツワイルの……」

「カーツワイル？」

「人工知能の権威ですよ」

フェンウィックが割って入った。顔が輝いている。

「カーツワイルは、現代の脳研究の常識を超えるヴィジョンを発展させた。人間がどれほど脳の機能を……いや、それ以上だ。未知の知性体がどれほど優れているかがわかる。カーツワイルのニューラルネットワーク・コンピュータ。そうだ、まさに一つの可能性だ」

彼は明らかに興奮していた。

「申しわけないが、私にはさっぱりわからないが」

ヴァンダービルトが言った。

「本当に？　CIAは洗脳に重要な関心を抱いていると、ずっと思っていたわ」

リーがにやりと笑って言った。

ヴァンダービルトは鼻を鳴らすと、周囲を見まわした。

「いったい何のことだ？　誰かもう一度、説明してくれないか」

オリヴィエラが口を開く。

「ニューラルネットワーク・コンピュータは、脳を完璧に再構築する一つのモデルです。

人間の脳は、何十億個という脳細胞が集まってできている。脳細胞の一つひとつはほかの無数の細胞と結ばれていて、電気信号によって情報を伝達し合う。こうして、知識や経験、感情という情報を常に更新し、記録し、蓄える。脳は一日中、わたしたちが眠っているときでさえ、構築を続ける。現代の技術では、脳が活発に働くエリアを、一ミリメートルまで精密に描けるんですよ。まるで地図みたいにね。わたしたちは、脳がどのように考え、感じるかを見ることができる。どの脳細胞が活性化しているかを、たとえばキスをしているときや、痛みを感じたとき、何かを思い出しているときに」

アナワクが彼女の言葉を引きつぐ。

「希望どおりの反応を引きだすには、どこに電気信号を与えればいいか。これは解明されているし、海軍も知っている。しかし、解明されたのはすべての領域ではなく、地図におき換えれば、まだ五十平方キロメートルといったところだ。カーツワイルは、じきに脳を完璧にスキャンできる日がやって来ると考えている。つまり、神経細胞の結びつきやシナプス、神経伝達物質など、細胞ひとつひとつに至るまでわかるのです」

ヴァンダービルトは大きく息を吐いた。

ふたたびオリヴィエラが説明した。

「その完璧な情報が手に入れば、脳をあらゆる機能とともにコンピュータの中にコピーすることができる。つまり、コンピュータはその人物の思考プロセス、記憶や能力の完璧なコピーを作り上げ、第二の自己が完成する」

リーが手をあげた。

「はっきり言っておきますが、MK0はその段階までは到達していない。カーツワイルのニューラルネットワーク・コンピュータはまだヴィジョンにすぎない」

「どういうつもりだ。それは極秘事項だぞ」

ヴァンダービルトが驚いて彼女にささやいた。

リーは静かな口調で説明を始めた。

「MK0は軍事的必要に迫られて生まれたプログラムだった。MK0がなければ、人間で実験するしかなかったでしょう。あなたが断言したように、わたしたちはいつも戦争を選べるとはかぎらない。プログラムはいきづまったけれど、一時的なものでしょう。人工知能への道は開かれた。体の機能をマイクロチップが代替する日も遠くはない。現に、視覚障害者にチップを埋めこんで、輪郭(りんかく)が認識できるようになった。これからは、まったく新しい形の知能が生まれるのでしょうね」

彼女はひと息おいた。アナワクを見つめると先を続けた。

「それが、あなたの言いたいことでしょう？　人類がカーツワイルの予想したところまで発達していれば、状況はヴァンダービルトの唱える中東説に味方する。けれども、わたしたちはそこまで達していない。アメリカも、ほかの誰も。明らかにニューラルネットワークとして機能するゼラチン質を作りだすことは、人類には不可能だわ」

アナワクが口を開く。

「ニューラルネットワーク・コンピュータとは、他者の思考を完全に支配するということだ。ゼラチン質がそういうものだとするなら、動物を単純に操るのではなく、動物そのものになったことになる。ゼラチン質は脳の一部になる。ゼラチン質の細胞が、動物の脳細胞の機能を引きつぐ。そして、その脳をさらに発展させるか……」

「脳にとって代わった。レオンの言うとおりよ。そんな生命体を、人間の手で作りだせるはずがない」

オリヴィエラが締めくくった。

ヨハンソンは鼓動の高まりを聞いた。聴衆は彼の理論を吸収し、新しい側面を付け加えていく。誰かが発言するごとに、彼の理論は重みを増していった。議論が白熱する中で、彼は脳細胞をコピーするバイオコンピュータを想像していた。そのとき、ローシュが椅子から飛び上がった。

「ドクター・ヨハンソン、もう一つ説明してもらいたい。深海の知性体は、なぜわれわれのことを知っているのだ？　あなたの理論は素晴らしいと思うが、どのようにして知性体は人間のことを見つけだしたのだね？」

ヨハンソンは、ヴァンダービルトとルービンが同感だと大きくうなずくのを見た。

「それは容易なことです。われわれが魚を解剖するとき、それは人間の世界である陸上で行なうのであって、魚のいる海ではない。だが、知性体はわざわざ外界に出なくても知識を得られるのではないだろうか。毎年、多くの人間が水死する。サンプルが欲しければ、知性体はいくらでも手に入るのだから。とはいえ、知性体はどのようにして人類のことを知ったのだろうか？　私が初めて生物による攻撃ではないかと疑ったのは、大陸斜面が崩壊する少し前のことだった。不思議なことに、背後にいるのは人間だという気は全然しなかった。この戦略が、あまりにも奇異に思えたのだ。北ヨーロッパのインフラを一瞬にして殲滅（せんめつ）した方法は巧みに計画されており、われわれに深刻な結果をもたらした。一方、クジラが小型船を襲って沈めるのは単純なやり方だ。魚の乱獲は、猛毒を持つクラゲの大群だけで止められるものではない。船舶の遭難事故はわれわれには痛手だ。だが、突然変異した生物の大量繁殖で、世界中の船舶の航行を麻痺（まひ）させられるのか、私は疑問に思う。とはいえ、知性体は船というものを熟知しているように見えるのだ。彼らの生きる場所と密接に結びつくものに関しては、何でもよく知っている。地上は、彼らには馴染みのない世界だ。カニの中に殺人藻類を積みこんで陸に送ったのは見事な作戦だった。だが、最初のブルターニュ産ロブスターはむしろ失敗だ。明らかに、彼らは水圧を考えていなかった。ゼラチン質が海底でロブスターの体内に侵入したときは、かなりの水圧で圧縮されていた。当然、地上では圧力がかからないから膨張し、ロブスターは爆発してしまった」

「カニのときは、それを学習していたのね。カニは安定していたわ」

オリヴィエラが言った。

「本当にそうなのか？　上陸してすぐに死んだじゃないか」

ルービンが口をとがらせた。

ヨハンソンが答える。

「すぐに死んでもおかしくはない。カニは任務を遂行したから。こうして創られた生物はすぐに死ぬ運命にある。われわれの世界と戦うために生まれたのであって、われわれの世界に移住するのではないからだ——どういう視野でこの戦いを捉えても、人間にできることではない！　なぜ海というまわり道をするのか？　人間がこんな実験をするだろうか？　どのような理由で、よりにもよってユノハナガニのように水深千メートル以上の深海に生息するカニを、遺伝子操作する必要があるのか？　そこに人間は介在しない。これは、人類のウィークポイントを探しだすための実験だ。しかも、われわれの注意をそらそうとしている」

「そらす？」

ピークが尋ねた。

「そうです。敵は同時に複数の前線を展開した。われわれを悪夢に突き落とした攻撃もあれば、少々煩わせただけの攻撃もある。だが、いずれも人間を追いたて続けたことに変わりない。針を刺せば、たいていは強烈な痛みを感じる。敵はその痛みでわれわれを惑わし、本当に起きていることを隠した。人間は皿まわしの曲芸師と同じだ。何本もの棒を行き来して、皿が落ちないように棒を動かし続けなければならない。いちばん端の棒をまわして皿を安定させると、反対の端の皿がぐらぐらと落ちそうになる。皿の数が増えれば、もっと速く走りまわらなければならない。われわれの場合は、皿の数が人間の能力を遥かに超えていた。クジラの攻撃や魚の大群が現われた事象だけを見れば、解決できない問題には思えないだろう。だが、全部いっしょになれば、敵はわれわれを麻痺させ圧倒させる目的を遂行したことになる。さらに事態が拡大すれば国々は統制力を失い、それを利用しようとする国が出てくる。すると地域紛争や、もっと大きな紛争が勃発し、結局、勝敗がつかないまま紛糾する一方となる。やがて何もかもが疲弊していく。国際援助組織の骨組みは崩壊し、医療援助は機能しなくなる。目の前で繰り広げられる戦いの陰に隠れて、静かに進行する真実を阻止するための手段も力も、ノウハウもわれわれにはない。そもそも、充分な時間すらないのだ」

「で、その真実とは？」

ヴァンダービルトがつまらない顔をして訊いた。

「人類の絶滅」

「何だって？」

「当然ではありませんか。彼らはわれわれと同じやり方をしようと決めたのです。人間が害虫を駆除するように、われわれを根絶する……」

「そこまでで充分だ！」

「……われわれが海の生物を絶滅に追いやる前に」

ヴァンダービルトは仁王立ちになると、震える指でヨハンソンを指した。

「私が聞いたいちばんの荒唐無稽な話だ！　あんた、なぜここにいるのかわかってるのか？　映画の観すぎじゃないのか？　われわれに信じろというのか？　アビス——深海からやって来た行儀のいいエイリアンがわれわれを指さして、態度が悪いぞと脅すというのか？」

ヨハンソンは一瞬考えた。

「映画の『アビス』か。そのとおりだ。いや、そういう生命体ではない。あれは地球外生命体だった」

「荒唐無稽なのは同じだ」

「そんなことはない。『アビス』では、人間より優れた生命体は宇宙からやって来た。映画にはむしろ道徳的なメッセージがある。映画の生命体とは違い、地球でわれわれと並行して進化を遂げた生命体は、人間を地球の進化の頂点から追い払おうとしているのだ」

「ドクター！」

ヴァンダービルトはハンカチを取りだして、額と鼻の下の汗を拭った。

「あんたはプロの情報屋じゃない。われわれのような経験もないんだ。十五分も楽しい話を聞かせてくれたことには感謝する。だが、つまらない話を打ち明けたいなら、まず話の根本をはっきりさせてくれ。つまり、誰が得をするかということだ。それが正しい手がかりになるんだ。詮索しなくても……」

「得をする者などいない」

誰かが言った。

ヴァンダービルトが億劫そうに振り返ると、ボアマンが立ち上がって言った。

「あなたは間違っている。昨夜までゲオマールでは、さらに大陸斜面が崩壊したらどうなるか、シミュレーションを続けていた」

「わかっているよ。津波とメタンだろう。ちょっとした気候変動……」

「それは違う。ちょっとした問題ではない。死刑宣告だ。五千五百万年前に地球で起きた現象はよく知られている。すべてのメタンガスが大気中に漏れ……」

「五千五百万年前に起きたことが、どうしてわかるんだ？」

「計算して割りだしたのだ。そして、また同様のことが起きるという計算結果になった。津波が海岸線を襲い、海岸に住む人々を殲滅する。気温が次第に上昇し、耐えられないほど暑くなる。われわれはみんな死ぬ。ミスター・ヴァンダービルト、中東の人々も、テロリストも。アメリカ東海岸と西太平洋に埋蔵されるメタンガスが大気中に放出されるだけで、人類の運命は終わりだ」

突然、会議室が静まり返った。

ヨハンソンはヴァンダービルトを見つめ、静かに口を開いた。

「あなたはそれに抵抗できない。抵抗する術を知らないからだ。しかも、対抗手段を考える暇すらない。クジラやサメ、貝やクラゲ、カニ、殺人藻類や海底ケーブルを食いつくした目に見えない敵に気をとられているあいだに、海中を探索するダイバーや潜水機が消されてしまうからだ」

「人類の生命を脅かすほど気温が上昇するのに、あとどれほどの時間があるのかしら？」

リーが尋ねた。

ボアマンは眉間に皺を寄せた。

「二、三百年ほどでしょうか」

「それなら安心だ」

ヴァンダービルトがうなった。

「それは違う。人間に生存の場を脅かされて知性体が攻撃してきたのなら、彼らは人間をすぐにでも消滅させるはずだ。地球の歴史からすれば、二、三百年はわずかな時間だ。だが、人類はもっと短時間に最悪のことをしてしまった。だから、彼らは悠然と次の一歩を踏みだした。メキシコ湾流を止めたのだ」

ヨハンソンが反論した。

ボアマンは彼を凝視する。

「何を止めたって？」

ウィーヴァーが代わりに答えた。

「もう海流は止まってしまったのです。少しは流れているかもしれないけれど、臨終の床にある。すぐに氷河期がやって来るわ。次の世紀までには、地球は恐ろしく寒冷化するでしょう。そんなに時間はかからないかもしれない。四十年、五十年、あるいはもっと早いかもしれない」

ピークがさえぎった。

「ちょっと待ってくれ。メタンガスが気温を上昇させるのは、よくわかる。大気がすっかり変わってしまうのだから。だが、メキシコ湾流がなくなると、どうして氷河期になるのだ？　氷河期が来るとどうなる？　二つの気候変動はバランスがとれないのか？」

ウィーヴァーは彼を見すえた。

「二つが相まって、もっと悲惨なことになるわ」

初めは、ヴァンダービルトだけがこの理論を断固として拒絶していたが、会議の様相は次第に変化を見せた。意見は二つに分かれ、両者のあいだで激しい論戦が始まった。あらゆる事象が初めから見直された。最初に起きた数々の異変。クジラの攻撃の開始。ゴカイが発見された状況。さながらラグビーの試合のようだ。言葉で武装したボールをかかえて相手と押し合い、論拠を打ちだして次々とパスをつなぐ。攻守が目まぐるしく入れ替わった。新しい切り口を見いだして側面攻撃で相手を揺さぶり、トリックプレーで相手をかわす。アナワクはこの論戦の根底に、ある響きを感じとった。並行して存在する知性体が、人類と優位を争うことなどありうるのだろうか。誰も口には出さない。しかし、言葉の奥に深い意味があることを、彼はかつて動物の知能について論争した際に学んだ。討論は過激になっていった。ヨハンソンの理論は科学を二分したのではなく、人々の認識を二分した。ヴァンダービルトはルービン、フロスト、ローシュ、シャンカーと、初めはためらいがちだったピークを味方につけた。リー、オリヴィエラ、フェンウィック、ボアマンとアナワクはヨハンソンを援護した。情報機関のエージェントや外交団は、くだらない芝居を観るようにしばらく眺めていたが、やがて一人、二人と加わった。

それは驚きだった。よりにもよって本物のスパイ、非常に保守的な安全保障アドバイザー、テロリズムの専門家という人々が、ほぼすべてヨハンソンの側にまわったのだ。その一人が言った。

「私は理性的な人間だ。納得できることには喜んで賛成する。私の経験に照らして、ごまかしでしか反論できないようなことに、私は信頼をおかない」

まず、ピークがヴァンダービルト小隊から逃走した。フロスト、シャンカー、そしてローシュがあとに続く。

ついに、ヴァンダービルトが疲労困憊して休戦を提案した。

彼らは会議室を出て、ジュースやコーヒー、ケーキが用意されたビュッフェに向かった。ウィーヴァーがアナワクの隣にやって来た。

「あなたはヨハンソンの理論に納得していたわね。どうして？」

アナワクは彼女を見てほほ笑んだ。

「コーヒーでいい？」

「ええ、ミルクもお願い」

彼はカップにコーヒーを注ぐと、一つを手わたした。ウィーヴァーの身長は彼とほとんど変わらない。そのとき、こうして初めて話をする彼女を自分は好きなのだと思った。ホテルの玄関で彼女と目が合ったあの瞬間に、一目惚れしていたのだ。

「そうだね、彼の理論はよく練ってある」

「それだけの理由で？　それとも、あなたは動物の知能を信じるから？」

「そうじゃない。ぼくは動物一般に知能があると信じるが、動物は動物、人間は人間だと思っている。イルカが人間と同じ知能を持つと証明されたら、イルカは動物ではなくなる」

「で、証明されると思うの？」

アナワクは首を振った。

「人間の価値観で判断するかぎり、決してわからないと思う。きみは人間を賢いと思うかい？」

彼女は笑った。

「一人ひとりは賢いけれど、大勢が集まれば冴えない集団だわ」

彼はその答えが気に入った。

「そうだね、まさにこの……」

「ドクター・アナワクですね？」

足早に近づいてきた男が尋ねた。情報機関のエージェントの一人だ。

「そうですが」

「あなたに電話です」

アナワクは眉根を寄せた。ホテルでは、電話は個人に直接つながらない。緊急連絡用の電話番号は聞いていたが、リーから取り扱いには注意するようにと言われている。

シューメーカーには教えたが、ほかに誰かいるか？

「ロビーにしますか、部屋にまわしましょうか？」

「ロビーで結構です。すぐに行きます」

「じゃあまたね」

ウィーヴァーが彼に呼びかけた。

彼は男のあとについてロビーを横ぎった。壁際に電話ブースが設置してある。

「この電話をどうぞ。ここにまわしますから、ベルが鳴ったら受話器を取ってください。トフィーノにつながります」

トフィーノ？　ではシューメーカーだ。

アナワクは待った。ベルが鳴り受話器を取ると、トム・シューメーカーの声が聞こえた。

「レオン、申しわけない。忙しいところを邪魔して。だが……」

「大丈夫だよ、トム。昨日の夜は楽しかった」

「ああ、そうだったな。で……ちょっと大事な話が……何と言えばいいか……」

シューメーカーは言葉を探し、小さくため息をついた。

「レオン、悲しい報せだ。ケープ・ドーセットから連絡があった」

突然、アナワクは足もとの床が消えていくのを感じた。次の言葉を聞かなくても、何の話かわかっていた。

「レオン、お前の親父さんが亡くなった」

彼はブースの中で立ちつくした。

「レオン？」

「大丈夫だ。ぼくは……」

ぼくは大丈夫。いつでも大丈夫だ。

どうすればいいのだ？

大丈夫であるはずがない！

リー

「地球外生命体？」

大統領は不思議なほど落ち着いていた。

「違います」

リーは何度も同じ問答を繰り返していた。

「地球外生命体ではありません。地球の住人です。ライバルと言ってもいいでしょう」

オファット空軍基地と〈シャトー・ウィスラー〉は回線をつないで、大統領と会議中だ。

オファット側には、国防長官、国家安全保障問題担当大統領首席補佐官、国土安全保障省（DHS）長官、国務長官、CIA長官が参加していた。そのあいだにも、ワシントンがニューヨークと同じ運命をたどるのは間違いなかった。首都は封鎖され、議会の大半はネブラスカに移動した。死者も出ているが、国家中枢の内陸部への移動は計画どおりに運んだ。今回は首尾よくいっていた。

〈シャトー・ウィスラー〉側には、リー、ヴァンダービルト、ピークが集まっていた。オファットの面々は無為に過ごすことが嫌でたまらないという顔をしている。CIA長官は、ポトマック河畔の本部ビル六階にある執務室に自分がいられないのを悲しんでいた。対テロセンター長が部下たちを決して避難させなかったことを、彼は密かに羨(うらや)んでいる。

「職員の安全を確保したまえ」

彼はセンター長に指示した。

「これは誰かの仕組んだ陰謀です。テロ攻撃なのです。グローバル・レスポンス班はコンピュータにかじりついて働かなければならない。彼らの目が国際テロリズムを監視しているのです。彼らを避難させることはできません」

センター長は答えた。

「これは、ニューヨークを襲った殺人生物のしわざだ。あそこがどうなったか知っているだろう。ワシントンも同じことになる」

「グローバル・レスポンス班は、状況を遠くから眺めるために設置されたのではありません」

「よろしい。だが、きみの部下は死ぬかもしれない」

「それなら死ぬまでです」

国防長官もできることなら自分の巨大な執務室から指揮を執りたかった。大統領に至っては、しっかりつかまえておかないと、ジェット機を奪ってホワイトハウスに戻りそうな勢いだ。大統領への陰口は多いが、臆病者だと言われたことはない。ばかだから恐怖を感じないのではないかと政敵から疑われるほど、彼は勇敢なのだ。

オファットに政府機能が移され、彼らはそこに行くしかなかった。だが、それが彼らには問題だった。だからこそ、彼らは海に存在する知性体の仮説を前向きに受け入れるだろうとリーは考えた。敵が人間で、その敵に抵抗もできずに後退したとなれば、政府首脳にとっては耐え難い屈辱だ。ヨハンソンの理論は、この状況を照らす光明になった。情報機関、国防省、そして大統領のストレスを過去に遡って取り除いてくれたのだ。

「諸君の意見は？　そんなことが可能だろうか？」

大統領が一同に尋ねた。

「個人的に可能と思うかどうかは問題ではありません。〈シャトー・ウィスラー〉にいるのは専門家です。彼らがそう結論したのなら、われわれは真剣に受け止めるしかない。あとは、次のステップをどうするかです」

国防長官が無愛想に言った。

「真剣に受け止める？　エイリアンを？　リトル・グリーン・メンを？」

ヴァンダービルトが驚いて訊いた。

「そのような地球外生命体ではありません」

リーが辛抱強く繰り返した。

「違った問題が出てくるわ。その理論が正しいとして、どこまで公表できるかしら？」

女性の国務長官が言った。

「そんな無茶な！　世界中が大混乱に陥ってしまう」

ＣＩＡ長官が言って、強く首を振った。

「どのみち大混乱しているわ」

「それでも、われわれはマスコミに徹底的にやられてしまう。政府が発狂したと報道するだろう。彼らはわれわれを信じないし、そもそも信じようとしないだろう。そういう知性体の存在は、人類存亡の危機なのだから」

「これはかなり宗教的な問題だ。政治的には意味がない」

国防長官は手を振って言った。

「もう政治の問題ではありません。恐怖や悲しみしか残っていない。マンハッタンに行って見てきてください。人々が今日ほど教会で祈りを捧げた日はないのです」

ピークが言った。

大統領は天を仰ぐ。

「神の意図がどのようなものか、われわれは考えなければならない」

「言わせてもらえば、大統領のキャビネットに神はいませんよ。われわれの味方でもない」

ヴァンダービルトが言った。

「ジャック、それはいい見方ではないぞ」

大統領は眉根を寄せて言った。

「見方がいいの悪いのと区別するのは、もうやめたんですよ。中身に意味があれば、それで結構。ここにお集まりの皆さんは、この理論に賛成のようだ。この中で、誰の頭がおかしいか……」

「ジャック」

ＣＩＡ長官が制した。

「……だが、白状しましょう。おかしいのは私だ。私だって証拠を見れば、譲歩しますよ。

海の中にいる嫌なやつらと話ができたらね。だけど、それができるまでは警告しますよ。大規模に計画されたテロ攻撃の可能性を除外しないように。注意を怠らないように」

リーは彼の腕に手をおいた。

「ジャック、テロリストがどうやって海から攻撃できるの？」

「あんたのような人間まで、ETがわれわれを狙っていると信じるんだな。それなら、そうなんだろう。きっとそうなんだ！」

大統領首席補佐官が腹立たしげな顔をして反論する。

「ジャック、ここにいる人間は誰もばかじゃない。注意は怠らないはずだ。とはいえ、きみのテロリズム説ではまったく前進できない。アラブのテロリストや金持ちの犯罪者が出てくるのを待っていたら、大陸斜面が崩れてわれわれの都市が波に呑まれ、罪もないアメリカ人が死んでしまう。きみはどうすればいいと提案するのだ？」

ヴァンダービルトは腹の上で腕を組んだ。ふくれ面をした仏陀のようだった。

「いい策を一つ聞いたことがあります」

リーがゆっくりと言った。

「それは？」

「知性体とコンタクトをとることです」

大統領は両手の指先を合わせた。やがて慎重に口を開いた。

「これは試練だ。人類への試練なのだ。神はこの世界を二つの種にお与えになった。それが海から来た動物のことなら、聖書が正しいのだろう。神は地を従わせよと言われる。しかし、海の生き物に言われたのではなかった」

「絶対に違う。神はアメリカ人に言ったのだ」

ヴァンダービルトはつぶやいた。

「これは悪との戦いだ。予言された大決戦だ。われわれは神に選ばれ、悪と戦い、悪に勝つ」

大統領は背筋を伸ばして言った。

「おそらく、この決戦の勝者が、世界の覇者になるのです」

リーがすかさず大統領の言葉を捉えて言った。

ピークは彼女の横顔を見つめたまま沈黙した。

「ヨハンソンの理論を、NATO諸国とEUに伝えましょう。そのあとで国連に知らせればいいわ」

国務長官が提案した。

すぐさまリーが続ける。

「そして、国連にはこのような作戦を遂行する能力はないと、明確に示してやるのです。国連の中でも優秀な人材の持つノウハウや創造性は利用する。アラブやアジアの友好国も組み入れるといいでしょう。どのような場合でも好印象となります。けれどもそれは同時に、国連がわたしたちに国際社会の指揮を任せるというチャンスになる——これは、人類を地上から消し去ってしまう気象現象ではない。恐ろしい脅威ですが、今ここでミスを犯さなければ、わたしたちは脅威を制圧できるのです」

「対抗策はあるのか？」

大統領首席補佐官が尋ねた。

「世界中の研究所が総出で血清を開発しています。カニの侵入を阻止し、クジラの攻撃に対抗し、ゴカイを駆除しようと努力していますが、厳しい状況です。危機をくいとめようと手を尽くしてはいますが、従来の方法では充分ではない。メキシコ湾流が消えれば、なす術（すべ）がない。メタンガスの放出を止めることはできない。たとえ何百万匹のゴカイを駆除しても、ゴカイがどこに巣くっているのか調べられないのです。すぐに新たなゴカイが現われる。カメラロボや無人潜水機を使った海中探査が困難になって以来、わたしたちには何も見えない。海で何が起きているか、まるでつかめないのです。今日の午後に受けた報告では、ジョージ浅瀬で稼動していた巨大な底引き網が二帖消失したそうです。やはり海底をさらうために出航したトロール船三隻が、カナダ東海岸を航行中に連絡を絶った。航空機で捜索していますが、気候条件が非常に悪い地域です。浅瀬はニューファンドランド島の東に位置し、常に霧がかかる上、二日前からは嵐に襲われています」

リーはひと息おいた。

「これは何千という事故のうちの、たった二例にすぎません。ほとんどの報告が失敗を伝えてきています。無人偵察機はよく機能し、カニの大群を発見しては、わたしたちは火炎放射で阻止しています。ですが、カニはまた別の場所に上陸する。海に関する報告は非常に少ないと認めざるをえません。少なすぎて、危険かどうかも判断できないのです。ですが、現在……」

「ソナーを用いた攻撃は？」

「続行していますが、本当の意味での成功はありません。クジラを殺すしかないのです。クジラに本能があれば音を嫌うのに、クジラは逃げない。かなりソナーで痛めつけられているはずですが、操られているために自分ではコントロールできない。クジラは相変わらず脅威です」

「すべての事件の背景には、戦略があると言うのだね？」

国防長官が尋ねた。

「五段階にわたると考えています。第一は、人間を海上からも深海からも追い払うこと。第二は、海岸地帯の人間を殲滅、駆逐すること。これは北ヨーロッパを見ればわかります。第三は、インフラの破壊。同じく北ヨーロッパでは、海洋油田に壊滅的被害が及びました。漁業を不能にするだけで、深刻な食糧問題が生じます。特に第三世界では。第四は、文明社会の支えである大都市を津波や細菌感染で壊滅させ、人間を内陸に追いやる。第五は最終段階です。気候変動を引き起こして、地球を人類が居住できない惑星に変える。地球は凍りつくか、水没するか。気温が上がるか下がるかのどちらかですが、今のところ詳細はわかりません」

重苦しい沈黙が流れた。

「すると、地球はすべての生物にとって居住不能になるのではないのか？」

大統領首席補佐官が尋ねた。

「陸上はそうなるでしょう。あるいは、多くの生物が死に絶えると言うのがいいかもしれない。五千五百万年前の事象を考えてください。大部分の動植物が絶滅し、新しい生物に場所を譲った。知性体は、このようなカタストロフィが自身に被害を及ぼすことがないように、非常に緻密に計画を練ったはずです」

「そんな殲滅戦争は……恐ろしく非人間的な……」

国土安全保障省長官が言葉を探した。

「人類ではないのです」

リーは辛抱づよく繰り返した。

「われわれに彼らを止めることなどできるのだろうか？」

「やつらの正体を突き止めれば」

ヴァンダービルトが言った。

リーが彼に顔を向ける。

「遅まきの見解を聞けるのかしら？」

「あいにく見方は決して変えていない。だが、やつらの目的がわかれば、正体もわかるだろう。正直に言うが、あんたの五段階戦略は今までで最高によく理解できた。ならば、こっちは次のステップに進むしかない。やつらの正体、どこにいて、何を考えているのか、見つけだすんだ」

「対抗手段もだ」

国防長官が付けたした。

「敵は悪だ。どのようにして悪に打ち勝つか」

大統領はきつく瞼(まぶた)を閉じて言った。

「彼らと話してみましょう」

リーが言った。

「コンタクトをとるのか？」

「きっと交渉できるでしょう。今は、そうするしかない。彼らがわたしたちを急きたてるのは、解決策を見つける暇を与えないためだと、ヨハンソンは主張しています。そんなことを許してはならない。わたしたちに余力があるうちに、彼らを見つけてコンタクトをとる。そうしておいて攻撃する」

「深海の生き物を？」

国土安全保障省長官は信じられないというように首を振った。

ＣＩＡ長官が一同を見まわした。

「この理論を真剣に受け止めるという意見で一致したはずだ。私はあらゆる疑念が払拭されたと思っている。われわれは第二の知性体と地球を分け合っていると考えるのだろう？」

大統領が決然として口を開く。

「神の手になる種は一つ。そして、それが人類なのだ。深海の生物が知性体かどうかは別問題だ。その生物がわれわれと同様に地球を必要とする権利を持つかどうかは、大いに疑問だ。そのような生物のことは聖書には書かれていない。地球は人間の世界だ。世界は人間のために創りだされた。神の計画はわれわれの計画だ。だが、すべての事件の責任はその生物にあるという考えは、受け入れられる」

「世界にはどう伝えましょうか？」

国務長官が確認した。

「世界に伝えるのは、時期尚早だ」

「いろいろ訊かれますよ」

「あなたが答えを考えなさい。そのための外交官だ。われわれが、海には第二の人類が住んでいると言ったら、世界はショックを受ける」

「ところで、深海の病める生命体を何と呼ぼうか？」

ＣＩＡ長官がリーに尋ねた。

リーは笑みを浮かべた。

「ヨハンソンは〝Ｙｒｒ（イール）〟ではどうかと言っています」

「イール？」

「偶然に生まれた名前です。指が勝手にパソコンのキイボードをたたいたそうです」

「くだらない」

「これに勝る名前はないと思ったそうです。わたしもそう思います。イールと名づけてもいいのでは？」

大統領がうなずいた。

「リー、それで結構だ。この理論がどのような形になるか見てみよう。われわれはあらゆる選択肢、あらゆる可能性を考えなければならない。だが、われわれがイールと名づける生物との決戦のときが来たら、われわれはイールと戦い、イールに打ち勝つ。イールとの戦いだ。これは大きなチャンスだ。このチャンスを利用しよう」

大統領は一同を見まわした。

「神のご加護とともに」

リーが言った。

「アーメン」

ヴァンダービルトがつぶやいた。

ウィーヴァー

ホテルが参謀本部に転用された利点の一つは、すべての施設が一日中使用できることだ。いまだかつて、ホテルがこのようなサービスを提供したことはない。リーはホテル側に、とりわけ科学者は昼夜かまわずに働かなければならず、希望すれば午前四時にでも、Tボーンステーキが食べられるようにと要求したのだ。そのおかげで、温かい食事をいつでも好きな時間にとることができ、レストランやバーには常に人の姿があった。さらに、サウナやプールも含めたスポーツ施設も二十四時間オープンしていた。

午前一時過ぎ、ウィーヴァーはプールで三十分泳いだあと、濡れた髪のままバスローブを羽織り、ロビーをエレベータに向かって裸足で歩いていた。そのとき、バーのカウンターにいるレオン・アナワクの姿が目に入った。彼には似合わない場所だ。手つかずのコーラとナッツの皿を前にして、背中を丸めてスツールに座っている。皿からナッツを一粒つまんで外に出し、しばらく眺めて皿に戻す。その動作を繰り返していた。

彼女は声をかけるのをためらった。

午前中、会話の途中で別れてから、彼の姿は見ていない。きっと邪魔されたくないのだろう。広いロビーは今も賑（にぎ）やかだった。バーだけがひっそりしている。片隅で、ダークスーツを着た男が二人、小声で熱心に話をしており、その向こうでジーンズ姿の女性がノートパソコンに没頭していた。静かに流れるウェストコーストサウンドが、ありふれた雰囲気をかもしだしていた。

部屋に戻ろうかと考えていると、彼女の足がひとりでにバーに向いていた。固い床に裸足の足が触れるかすかな音がする。彼が座るカウンターの端に向かった。

「こんばんは！」

アナワクが振り向いた。その目は虚ろだった。

彼女は思わず立ち止まった。迷惑だと気づかないまま相手の心に踏みこんで、騒々しい人だと思われることもある。彼女はバスローブの前をきつく合わせると、カウンターに寄りかかった。二人のあいだにはスツールが二つあった。

「やあ」

アナワクは言った。視線が揺れて、ようやく彼女だと気がついたようだ。

彼女は笑みを浮かべた。

「あの……何してるの？」

愚かな質問だ。カウンターに座って、ナッツをつついているのに決まっている。

「今朝、突然いなくなったから」

「すまなかった」

「謝らなくてもいいわ。邪魔するつもりはなかったのだけど、あなたがいるのが見えたから……」

どこか変だ。すぐに立ち去るのがいいだろう。

彼は完全に現実世界に戻ったようだ。グラスを手に取ってかかげると、カウンターに戻す。視線が隣のスツールに止まった。

「何か飲んだら？」

「本当に迷惑じゃない？」

「かまわないよ。ところで……レオンと呼んでくれ」

「わかった。それなら……わたしはカレンと。それから……ベイリーズをオンザロックで」

アナワクはバーテンダーに合図して、彼女の飲み物を注文した。ウィーヴァーは近寄ったが、スツールには座らなかった。髪から垂れた冷たい雫が首筋を伝い、胸の谷間に流れていった。この恰好で外を歩くことに抵抗はないのだが、突然、居心地の悪さを感じた。

一杯飲んだら、すぐに帰ろう。

「仕事は順調に進んでる？」

彼女はクリーム色のリキュールに口をつけると尋ねた。

彼の額に皺が寄った。

「どうかな」

「どうかなって？」

彼はナッツをつまむと、目の前においてした。

「親父が死んだ」

ばかなことを訊いてしまった。

ここに来てはいけなかったのだろう。それなのに、彼の横でベイリーズを飲んでいる。彼は近寄るべからずという看板を背負って、バーの片隅に引きこもっていたのに。

「どこが悪かったの？」

彼女は慎重に尋ねた。

「さあね」

「医者は何と？」

彼は首を振った。

「ぼくは知らないし、知りたいのかどうかもわからない」

彼は言って、しばらく黙りこんだ。

「今日の午後、ぼくは何時間も森の中を駆けまわった。たまにのろのろ歩くが、また狂人のように走りだす。何かを感じようとしていた。この状況にふさわしい感情があるはずだ。けれど、ただ悲しいだけだった」

彼は彼女を見つめた。

「こんな感覚を知っているかい？　きみがどこにいようと、そこから逃れたくてしかたない。何もかもが苦しい。だが、突然気がつく。それは自分のせいじゃないんだってね。きみがそこから逃れようとしているんじゃない。その場所がきみから逃れようとしているんだ。その場所はきみを突き放し、こう言う。お前の居場所はここではない。けれど、きみの居場所がどこなのか誰も教えてくれない。そして、きみは走って、走って……」

「不思議な感覚ね。お酒に酔うと、そんなふうになるかな。べろべろに酔っ払って、ぐるぐるまわっていようが、ひっくり返っていようが、とにかく気分が悪い。ごめんなさい、不謹慎な答えね」

「そんなことはない！　きみの言うとおりだ。すべて吐いて、やっと気分がよくなる。同じ感覚だ。ぼくも吐けばいいのだろう。でも、どうしたら吐けるのかわからない」

彼女はグラスの縁を指でなぞった。ウェストコーストサウンドが切れ目なく流れていた。

「お父さんとの関係がうまくいってなかったのね」

「関係なんか、そもそもなかった」

彼女は眉間に皺を寄せた。

「嘘でしょう？　人と人の関係がないなんておかしいわ」

アナワクは肩をすくめた。

「きみのご両親は元気なの？」

「二人とも亡くなった」

「それは……すまない」

「かまわないわ。人は誰でも死ぬでしょ、両親だって。父と母は、わたしが十歳のときに死んだ。オーストラリアで、潜水事故だったの。そのときわたしはホテルにいた。海底には強い流れがあって、しばらくは静かで、突然沖にさらわれる。二人は慎重だった。経験豊かだったし……まあ、海はいつも同じ顔をしているわけではないけれど」

彼女は言って肩をすくめた。

「ご両親は見つかったの？」

「いいえ」

「それで、きみは悲しみをどうやって乗り越えたの？」

「ずいぶんつらい時期もあった。わたし、びっくりするような子ども時代を過ごしたのよ。旅行ばかりしていた。両親は二人とも教師で、海にとりつかれていた。マリンスポーツは何でも試した。モルジブではヨットに乗ったし、紅海のダイビング。ユカタン半島では地底洞窟に潜った。スコットランドやアイスランドでさえ潜ったの。わたしがいっしょのときは、もちろん深くには潜らない。それでも、いろいろなものを眺めた。危険な場所に潜るときは、わたしは連れていってもらえなかった。あの日、二人は帰って来なかった」

彼女は笑みを浮かべた。

「でも、今の元気なわたしになった」

「本当にそうだね」

彼は笑い返した。救いようのない、悲しい笑みだった。彼はじっと彼女を見つめていた。

それから、スツールを降りた。

「少し眠ってみるよ。明日、葬式に行ってくる――じゃあ、おやすみ……ありがとう」

「何が？」

彼女は飲みかけのベイリーズを前にして、スツールに腰を下ろした。そして、両親とあの日のことを思い出した。ホテルの人たちがやって来て、支配人の女性が彼女に言った。

「勇気を持たなければいけないわ。カレン、あなたは勇敢で強い女の子よ」

彼女はリキュールのグラスを揺らした。

つらい時代のことは、アナワクには話さなかった。うろたえ、怯える子どもは祖母に引き取られた。彼女の悲しみは怒りに変わり、祖母の手に負えなくなった。学校の成績はみるみるうちに下がり、友だちも変わった。盛り場をうろつき、家には寄りつかない。マリファナやドラッグにも手を出した。パンクの恰好をして盛り場に繰りだし、酔っ払っているか、薬で朦朧としているか、ノーと言わない男と寝ているか。ノーと言う者は一人もいなかったが。やがて、盗みにも手を染め、退学、自堕落な妊娠と中絶、ドラッグ、車上荒らし、補導。児童養護施設で半年過ごした。全身につけたピアス、スキンヘッド、あざだらけの体。肉体も精神も戦場そのものだった。

しかし両親の事故は、彼女の海への愛情を奪うものではなかった。むしろ暗い魅力が彼女を虜にした。海が彼女を呼んでいた。海の底には両親が待っていてくれる。こうして海に誘われて、ヒッチハイクでブライトンの海岸に行き、沖に向かって泳いだ。浜の灯りが、月を映す黒く淀んだ海に呑まれて見えなくなると、彼女はゆっくり体を海に沈めた。

人は簡単には死ねないものだ。

息を止めて真っ暗な海峡に漂った。心臓の鼓動が聞こえる。命を奪う代わりに、海は彼女に言った。「ごらん、心臓はこんなに強い！」それでも彼女は抵抗し、冷たい水に身を委ねた。すると呼吸がひとりでに戻り、海水が肺に流れこんできた。父親が話すのを聞いたことがある。海水は肺の中で泡立ち、小さな肺胞をつぶしてしまう。極度の酸素不足に陥って死に至るのだ。二分で横隔膜が痙攣（けいれん）を起こし呼吸できなくなる。五分で心臓が止まる。

彼女は海面に向かって足を蹴り、悪夢から覚めた。十歳から始まった悪夢は、十六歳で終わった。通りかかったカッターに助けられ、重度の低体温症の彼女は病院に運ばれた。そこで体を休めるうちに、将来への勇気と決心が湧いてきた。退院すると、鏡の前に立って自分の体を眺めた。そして、このような体でいるのはやめようと決めた。ピアスをはずし、スキンヘッドをやめる。腕立て伏せをし、十回目にくずおれた。

一週間後、二十回できるようになった。

過去に失ったものを懸命に取り戻そうとした。学校は、彼女がセラピーを受ける条件で復学を許し、彼女は同意した。学習意欲と強い意志を示し、誰に対しても愛想よく優しく接した。手あたり次第に本を読んだ。特に、海や陸上の生態系に興味が湧いた。体を鍛えない日は一日もない。ジョギング、水泳、ボクシング、フリークライミング。過去の痕跡はすべて消え去り、痩せて、目の落ちくぼんだ少女の面影はどこにもなかった。一年遅れて十九歳で高校を卒業し、輝かしい成績で大学に進んだ。生物学とスポーツ学を学び、オリンピック選手の体型を手に入れた。

カレン・ウィーヴァーは生まれ変わった。

昔の憧れを抱いて。

さらに世界を知るために情報工学も学んだ。複雑な事象をコンピュータで再現できることに感嘆し、海や大気の流れを再現するプログラムを自分で作り上げた。初めての仕事は、海流の仕組みを再現することだった。目新しい発想はないが見事な出来栄えで、彼女が愛した両親へのオマージュとなった。両親が授けてくれた愛情と知識を、自ら海に潜って研究することで、二人に返したのだ。彼女は〈ディープブルーシー〉という名のPRオフィスを設立し、《サイエンス》や《ナショナル・ジオグラフィック》に一般読者向けのコラムを書いた。それが研究機関の目を引き、さまざまな研究航海に招待された。研究機関は、自分たちのアイデアを世間にアピールする声が必要だったのだ。彼女は、ロシアの潜水艇ミールに乗ってタイタニック号まで行った。伝説の潜水艇アルヴィンで、大西洋の深海にある熱水噴出孔までも潜った。ドイツの海洋調査船ポーラーシュテルン号に乗って、南極で越冬する人々に会いにいった。どこにでも出かけて最善を尽くした。真っ暗な海峡を漂った夜から、彼女は恐怖を忘れた。怖いものは何もない。

ときとして、一人でいることが怖くなるほかは。

彼女はバーの鏡を見た。濡れた体をバスローブに包む、当惑気味の姿が映っている。

ベイリーズを飲み干すと、彼女はベッドに急いだ。

五月十四日

アナワク

エンジンの音は彼をゆっくりと、だが確実に眠りの世界に引きこんだ。

アナワクは故郷に帰ろうと決めたが、リーが許可しないのではないかと考えた。ところが、すぐ次の飛行機に乗るように、彼女は強く勧めてくれた。

「親や子どもが亡くなったときには、家族のそばにいるべきだわ。ここに残れば、あなたは自分を許せなくなるかもしれない。いちばん大切なものは家族よ。家族は信頼の絆で結ばれている。行ってあげなさい。わたしがあなたに願うのはそれだけ」

こうしてアナワクは機上の人となり、リーには家族があるのだろうかと考えた。

では、自分には？　自分には家族があるのだろうか。

家族を持たない者が、やはり家族を持たない者に、家族の絆を歌いあげる——ナンセンスだ。

隣の席で、マサチューセッツから来た気候学者が小さな鼾をたてはじめた。アナワクはシートに体を預けて窓の外を眺めた。これで本当によかったのかと何時間も考えたが、答えは出なかった。彼はまずバンクーバーから、カナディアン航空のボーイング機でトロント・ピアソン空港に飛んだ。到着した飛行機の多くが、ふたたび出発準備が終わるのを待っている。トロント上空ではいつにない嵐が吹き荒れて、飛行機の運行が麻痺していた。彼は嫌な予感がした。外では、次々と機体に蛇腹の搭乗ブリッジがつながれていく。出発ロビーで落ち着かないときを過ごし、二時間遅れてようやくモントリオールに向けて飛び立った。

そこからは順調だった。予約しておいた、モントリオール・ドルヴァル空港近くの〈ホリデイ・イン〉に一泊し、早朝の出発ロビーに座っている。目の前で繰り広げられる光景に、別世界に足を踏み入れたことを実感した。大きな窓の前に、湯気の立つコーヒーカップを手にした男たちが集まっていた。彼らが着ているオーバーオールには石油会社のロゴがついている。そのうちの二人はアナワクと同じ顔立ちをしていた。浅黒い幅広の顔に、切れ長の目。外では、カナディアンノース航空のボーイング737の胴体に、脱落防止ネットをかけた荷物パレットが積みこまれている。その作業が終わらないうちに、搭乗アナウンスが流れた。乗客は、機体後部に設置されたタラップに歩いて向かう。座席は前方三分の一に限られ、あとは貨物室に使われていた。

モントリオールを離陸して二時間以上が過ぎた。時間とともに機体の揺れは小さくなった。ここまで厚い雲の中を飛んできたが、ハドソン海峡の手前でうず高い雲の山を抜けだすと、眼下にこげ茶色のツンドラの眺めが開けた。起伏に富んだ岩だらけの大地を、まばらに雪が覆っている。氷塊が浮かぶ湖が無数に点在していた。やがて海岸が視界に入り、ハドソン海峡が真下になった。アナワクは最後の境界を越えるのを感じた。激しい感情の渦が心の中に侵入し、鈍った感覚を取り去った。どのような冒険にも、後戻りできないポイントがある。厳密に言えば、それはモントリオールだった。だが、象徴的なのはハドソン海峡だ。海峡の向こうには、決して戻りたくない世界が広がっていた。

彼は生まれた土地に帰るところだ。故郷はヌナブト準州、北極圏の縁にあった。

考えるのをやめようと、窓の外を眺めた。三十分ほどしてまた陸上を飛んだ。やがて、バフィン島の南東に位置するフロービシャー湾が見えてきた。氷に覆われ、きらきらと輝いている。機体が右に旋回して降下しはじめた。ずんぐりとした管制塔のある、鮮やかな黄色の建物が目に飛びこんできた。どこかの惑星に人間が建てた前哨基地のようだが、イカルイトの空港だ。ヌナブトの州都イカルイトは〝魚の学校〟という意味だった。

機体は着地し、ゆっくりと滑走を終えた。

アナワクの荷物はまもなく現われた。目一杯につめこんだリュックサックを受け取って、到着ロビーに出た。タペストリーや凍石でできた彫刻が飾られ、イヌイットの文化を紹介していた。中央に、民族衣装を着けてブーツをはいた等身大の石像がある。高くあげた右手に平らな太鼓を、左手にばちを持ち、口を開けて歌を歌う鼓手像は気力と自信に満ち溢れていた。彼は像の前で立ち止まって碑文を読んだ。〝北極の人々が集えば、喉歌を歌い、太鼓をたたいて踊る〟と書かれていた。そのあと、ファースト・エアの搭乗カウンターで、リュックサックを預けてケープ・ドーセット行きの搭乗手続きをした。カウンターの女性から出発が一時間遅れると告げられた。

「町で用事を済ませる時間がありますよ」

女性は親切そうに言った。

アナワクは躊躇（ちゅうちょ）した。

「いいえ、ぼくはこの町は初めてなので」

女性はいくぶん驚いた顔をした。イヌイットの顔をした男が州都を知らないはずがない。

だが、すぐまた笑みを浮かべた。

「見所はたくさんありますから、散策なさってください。ヌナタ＝スナクタンギット博物館はリラックスできますよ。伝統文化と現代文化の展覧会をやってます」

「ああそうですか」

「ビジターセンターはどうですか。英国国教会に寄られてもいいですよ。イグルーの形をしているんです。イグルーの形をした教会なんて、世界中にただ一つ！」

彼女は土地の女性らしく、小柄で、黒髪をポニーテイルに結っていた。笑顔が広がり、目が輝いた。

「やっぱりイカルイトのご出身でしょ」

「いいえ」

一瞬、彼はケープ・ドーセットの生まれだと言おうかと思った。

「バンクーバーです。ぼくはバンクーバーの出身です」

「わたし、バンクーバー大好き！」

彼女は大きな声を上げた。

アナワクは周囲を見まわした。ほかの乗客の時間をとってはまずいと思ったのだ。しかし、ここから先に飛ぶのは、どうやら彼一人のようだ。

「いらしたことはありますか？」

「いいえ、そんな遠くに行ったことはないわ。でも、インターネットには写真や情報がたくさん出ているから。きれいな町ですね。イカルイトより、ちょっと大きいけれど」

彼女は言って笑った。

アナワクもほほ笑んだ。

「そうですね」

「ここは昔のように小さな町ではないのよ。人口は六千人。働く場所もたくさんある。もうすぐ、バンクーバーと同じくらいの大都市になるわね。ちょっとごめんなさい」

カップルが彼の背後に現われた。この先に飛ぶのは一人だけではなかったようだ。彼は早々に礼を言って空港の外に出た。でないと、あの女性が町を案内すると言いだしかねない。

イカルイト。

最後にこの町を訪れたのは、ずいぶん昔のことだった。懐かしい建物もあるが、ほとんどが初めて目にするものだ。雲はケベックの空においてきたようで、頭上には太陽が鋼(はがね)色の空に輝いていた。おかげで暖かい。摂氏十度はあるだろう。セーターの上にダウンジャケットまで着ており、彼は暑かった。ジャケットを脱いで腰に巻きつけると、埃っぽい道を町の中心に向かって歩きだした。車が多いのには驚きだ。昔は、これほど多くの四輪駆動車や全地形対応車(バギー)が走っていただろうか。道の両側には、北極地方に独特の、杭の上に建てられた木造家屋が並んでいる。永久凍土の上に直接建てると、家の放射する熱で氷が融解し、傾いたり沈んだりしてしまうのだ。

町を歩いていると、神がこの町を作るのに、両手の中でカラフルな建物の山を振って混ぜ、上からばらまいたのではないかと想像してしまう。窓のない真っ白の巨大な四角い建物が、オリーブグリーンや赤茶色に塗られた伝統的な小さな家屋のあいだに現われる。学校は着陸したUFOのような形だ。ガソリンの色かアクアマリンのように強烈な光を放つ住宅もあった。少し先に準州首相府が見える。居心地のいいヴィラと、宇宙飛行士の居住棟を混ぜたような建築だ。すぐそばに、大きな窓と人目を引く玄関があるエレガントな三階建ての建物があった。ほかのどの都市にも似合う建築だが、典型的な杭の上の建物で、玄関に通じる階段がある。アナワクは町の様子をじっくり眺めないように努めた。あの水上飛行機の事故から生還して以来、無関心を装うことで自身を鈍化するという能力を身につけていた。しかし、まったく異なる建築物が無秩序に混在するこの町は、深い不信感さえ覚えるほどあっけらかんとした明るい印象で、心を動かされずにはいられなかった。

この町に何が起きたのだろうか。一九七〇年代の停滞した町の印象はどこにもない。人人はおおらかな顔をして、イヌイット語で挨拶してくれる。彼はうつむきかげんで言葉少なに挨拶を返した。一時間、立ち止まりもせずに町を歩いた。一度だけビジターセンターに立ち寄った。そこには、空港で見たよりも大きな鼓手像があった。彼が子どもの頃、人々はよく太鼓をたたいて踊ったものだ。昔、何もかもがうまくいっていた時代のことだった。

まさか！　何もかもうまくいっていたことがあったのか！

外に出てまた歩きだした。きらきらと輝く陽光を浴びて暑かった。本当に英国国教会は天頂が尖ったイグルーの形をしていた。教会を左手に見てさらに歩き続け、ちょうど一時間後、空港ロビーに戻った。先ほどのカップルが搭乗を待っている。外界とのバリアを作るように、彼はベンチに座って新聞を広げた。記事の内容を理解するでもなく、ただ活字を追うが、結局、新聞をおいた。

若い女性がカウンターから顔を出し、三人についてくるように合図した。建物の脇の扉から滑走路に出ると、パイパー双発機が待っていた。わずか二段のステップを上って機内に入った。座席は六席あり、ネットを張った後部が貨物スペースになっている。操縦席とキャビンを分ける隔壁はなかった。滑走路をスタート位置に向けてゆっくり動きだし、先発の同型機が飛び立つのを待った。順番が来ると小型機はスピードを上げ、わずかな距離を走り機体を少し揺らしながら離陸した。空港が小さくなり、やがて見えなくなった。眼下にはフロービシャー湾が輝いている。ところどころ雪や氷に覆われ、氷河に削られた山々の上を、小型機は西に向かって飛んだ。太陽は左手のハドソン湾にも、右手の湖にも反射している。彼はその湖の名前をふと思い出した。アマジュアク湖だ。

何度か行ったことがある。

記憶が急激な速さで戻ってきた。記憶は吹雪の中の影のように現われて、彼を過去へと連れていく。

戻りたくなかった。

山地は平らになり、やがて終わった。ふたたび海上を二十分間飛ぶと、操縦席の窓に山地が見えてきた。七つの島が浮かぶテリク入江が視界に入る。その島々の一つに、ケープ・ドーセットの町の細い滑走路が見えた。

小型機は着陸した。

アナワクの心臓は飛びだしそうだった。故郷に帰ってきたのだ。決して戻るつもりのなかった故郷。嫌悪と好奇心が恐怖と混じり合ううちに、機体は空港の発着棟に着いた。

北のニューヨーク――人口千二百人にも満たないこの町を、半分は冗談で、半分は感嘆して人々はそう呼んだ。イヌイット文化の中心地だ。

今はそうだ。

当時はまるで違った。

ケープ・ドーセットは、イヌイット語でキンガイト——高い山々、という意味だ。町があるシクシイラク地方は、海に氷が浮かばないところ、という意味がある。事実、バフィン島の南西に突きだすフォックス半島が面する海は、暖流のおかげで極寒の冬でも凍らない。アナワクの記憶に土地の名前が次々と蘇ってきた。ケープ・ドーセットの近くに、マリクジュアクという小島がある。小さな奇跡がつまった自然保護地区だ。十九世紀のキツネ猟の罠、古代チューレ文化の遺跡、伝説ゆかりの墓、ロマンチックな湖。家族でよくキャンプをした湖だ。小さなカヤック・スタンドがあったはずだ。マリクジュアク島に行くのは楽しかった。彼の目に両親の顔が浮かんだ。そして彼は、彼をこの地から追い立てたもののことを思い出した。当時ここはヌナブトではなく、ノースウエスト準州と呼ばれていた。

彼はリュックサックを受け取って小型機を降りた。

男が一人、カップルに駆け寄った。知人であるらしく、大仰な挨拶を交わしている。だが、イヌイットはそれが習わしだ。出会いの挨拶は山のようにあるが、別れの言葉は一つもない。十九年前、アナワクがこの地を去るときも、別れの言葉をかける者は一人もいなかった。今、滑走路に現われた、皺だらけの小柄な男でさえ、別れの言葉はかけてくれなかった。カップルと友人はおしゃべりをしながら行ってしまった。アナワクはそこに立つ小柄な男が誰だかわかるのに、一瞬の時間がかかった。イジトシアク・アケスクは見るからに齢を重ねていた。昔はなかった銀色の髭を生やしている。皺だらけの顔に笑みが広がった。アナワクに近寄ると、リュックサックごと抱きしめた。口からイヌイットの言葉がほとばしる。それから、考え直して英語で言った。

「レオン、いい子だ。なんてハンサムな青年ドクターになったんだ」

アナワクは抱きしめられたまま、気のない様子でアケスクの背中をたたいた。

「イジ伯父さん、元気でしたか？」

「なるようにしか、ならんよ。フライトはどうだったかね？　長い道のりだっただろう。お前がどうやって来たのか知らんが……」

「何回か乗り換えたけど」

「トロントか？　モントリオールか？」

アケスクは彼を放すと、ほほ笑みかけた。イヌイットによく見られる、隙間のあいた上の前歯が口もとにのぞいた。

「もちろんモントリオールだな。あちこちまわってきたんだろう？　会えて嬉しいよ。たくさん話して聞かせておくれ。わしの家に泊まれよ。準備はできてるから。ほかに荷物は？」

「イジ伯父さん、それが……」

「イジだけで、伯父さんなんて言わんでもいい。伯父さんなんて言う年頃じゃないぞ」

「ホテルを予約してあるんだ」

アケスクは後ずさった。

「いったいどこに？」

「〈ポーラー・ロッジ〉」

老人はつかの間がっかりしたが、すぐに笑顔に戻った。

「キャンセルすればいい。支配人をよく知ってるから。ここじゃ、全員知り合いだからな。心配せんでいい」

「面倒かけたくないんだ」

ここに来たのは、父親を氷の下に埋葬するためだ。それが終われば、すぐまた消える。

「面倒などあるものか。お前はわしの甥っ子だ。何泊予約したんだ？」

「二泊だよ。それで充分だと思って」

アケスクは目を大きく見開き、彼を上から下まで舐めるようにして眺めた。それから腕を取ると、空港ロビーに引っ張っていった。

「この話はもう一度よく話そう。腹はへってないか？」

「ぺこぺこだ」

「それはよかった。メアリー＝アンがカリブーのシチューをこしらえた。アザラシのスープもある。うまいぞ。アザラシのスープを最後に食べたのはいつか覚えてるか？」

アナワクは引きずられるまま空港を出た。たくさんの車が停めてあったが、アケスクはまっすぐ一台のピックアップ・トラックに向かった。

「リュックサックは荷台においてくれ。メアリー＝アンを知ってるか？　知るわけないな。彼女がサルイトから越してきて、わしらが結婚したときには、お前はもうここにはいなかった。わしは一人でいるのが耐えられないんだ。彼女はわしより若いぞ。それは問題ないと、わしは思っておるよ。お前、結婚は？　こりゃ大変だ。お前がいなくなってから、話すことが山ほどある」

アナワクは助手席に体を滑りこませると、沈黙した。アケスクはとことん話し合おうと決めたようだ。昔もこれほど話し好きだっただろうか。

伯父は自分と同じように神経質な男だということを、彼は思い出した。

一人は黙りこみ、一人は話し続ける。それぞれが、それぞれの道を行く。

トラックはがたがたとメインストリートを進んだ。ケープ・ドーセットは丘によって町が分かれている。もともとのキンガイトを中心に、北東にイトジュリトゥク、西にクウガラアク、南にムリウジャクの三地区がつながっていた。アナワク一家は西のクウガラアクに、母親の兄であるアケスクは、キンガイトに住んでいた。

今もそこに住んでいるのかどうか、彼は尋ねなかった。いずれわかるだろう。

彼らは町中の通りを走った。伯父はほぼすべての建物を説明する。突然アナワクの頭にひらめいた。伯父は観光案内をしているのだ。

「イジ伯父さん、ぼく、全部知ってるよ」

「そんなはずはないぞ。十九年もいなかったんだ。町は何もかも新しくなった。あそこのスーパーマーケットを覚えておるか?」

「いや」

「それみろ。どうだ? みんな新しくなったんだ! もっとでかい店もできた。昔は〈ポーラー・サプライストア〉に行ったものだが、覚えとるだろう? その後ろが新しい学校の校舎だ。そう新しくもないが、お前が見るのは初めてだ——右を見てごらん! ティクタリクタク・ホールだ。このホールに誰が喉歌を聴きに来たか知ってるか? ビル・クリントン、ジャック・シラク、ヘルムート・コールの三人だ。コールはでかかったぞ。わしらは双子のように隣り合わせで座ってな。あれはいつだったか……」

すべてがこういう具合だった。二人は英国国教会を訪ねた。その墓地に父親が埋葬されることになる。イヌイットの女性が家の前で、大きな鳥の彫刻を作っていた。それは彼にカナダ西海岸のヌートカ族の文化を思い出させた。二階建ての、近未来的な入口のある青いビルは役所の建物だ。ヌナブト準州政府は高度に分権化されており、各市町村には必ず行政府がおかれている。アナワクは今のこの運命に身をまかせようと思った。なぜなら、町は子どもの頃とはすっかり変わってしまったことに気がついたからだ。

そのとき、自分の口から思いがけない言葉が漏れた。

「イジ、港に行こうよ」

アケスクは急ハンドルを切った。トラックは急勾配の道を港に向かって猛スピードで下った。さまざまな色や大きさの木造家屋が、こげ茶色の風景の中に無秩序に点在していた。ツンドラの硬い草地が見え隠れする。あちらこちらに雪が残っていた。ケープ・ドーセットの港は一つきりの栈橋に荷物用クレーンがあるだけの小さな港だ。年に一度か二度、生活必需品を満載した船が錨を下ろす。港の近くから、干潮時にはテリク入江を隣の島まで歩いて渡ることができた。マリクジュアク島は小さな国立公園で、古い墓とカヤック・スタンドと湖がある。その湖によくキャンプに出かけたものだ。

港に着き、アナワクはトラックを降りた。栈橋を歩いて北極の青い海を眺めた。アケスクは黙ってついてきた。

アナワクが最後にこの桟橋を見たのは、ケープ・ドーセットを去る日のことだった。飛行機ではなく、船でこの島を出たのだ。彼が十二歳のとき、新しい世界への希望と喜びで満ち溢れ、新しい家族とともにこの島を去った。同時に、とっくに失われた氷の楽園を去る寂しさも感じていた。

五分後、彼はゆっくりと歩いてトラックに戻り、黙って乗りこんだ。

「わしらの港だ。古い港だ。レオン、わしは決して忘れない。あの日、お前が出ていったことを。みんなの心が砕け……」

アナワクは鋭い視線を伯父に投げた。

「誰の心が砕けたんだ？」

「そうだな。お前の……」

「親父か？　伯父さんか？　町の人たちか？」

アケスクは車を出した。

「さあ、家に帰ろう」

アケスクは今も定住者用の小さな家に住んでいた。濃紺の屋根と水色の壁のこざっぱりした家で、よく手入れされている。家の裏からゆるやかな丘が連なり、数キロメートル先のキンガイト、イヌイットの言葉で〝高い山〟という意味の町にそびえる山まで続いていた。山肌には雪が筋状に残っている。その山は単独の高峰というより、大理石でできた丸い丘の連なりとでも言おうか。アナワクの記憶の中では、キンガイトは天に続いていた。尾根歩きにはそそられるが、登山には充分な装備が必要となる。

アケスク伯父は、アナワクより先に荷台に乗り、リュックサックにかがみこんだ。小柄で弱々しそうなわりには、苦もなく荷物を降ろした。片手にリュックサックを持ち、もう一方の手で玄関の扉を開けた。

「ただいま、メアリー＝アン！　甥もいっしょだ！」

子犬が中から出てきた。アケスクは犬をまたいで室内に消えたが、数秒後、ふくよかな女性を連れて戻ってきた。巨大な二重顎の、優しそうな顔をした女性だ。アナワクを抱擁すると、イヌイット語で挨拶をした。

「メアリー＝アンは英語ができない。お前も、少しはお前の言葉を覚えておるだろう？」

アケスクがすまなそうに言った。

「ぼくの母国語は英語だ」

「そうだな……いつの間にか」

「だけど、まだかなりわかるよ。彼女の言うことは理解できる」

メアリー＝アンはお腹が空いていないかと尋ねた。

アナワクがイヌイット語でイエスと答えると、隙間だらけの歯を見せて笑った。アナワクの靴の臭いを嗅いでいた子犬を抱き上げ、ついてくるように合図した。玄関には靴がいくつか並んでいる。彼は無意識にトレッキングシューズを脱ぐと、いっしょに並べた。

「お前のいい習慣は忘れておらんようだな。お前はクアルナアクにはなっていない」

クアルナアク、あるいはクアルナアトともよく言うが、イヌイット以外の人々の総称だ。

アナワクは自分の姿を見下ろして肩をすくめた。メアリー＝アンに続いて台所に入った。バンクーバーの家庭にあるような、最新の電磁調理器や電化製品が揃っていた。当時の彼の惨めな暮らしを彷彿させるものは何もない。窓辺に丸い食卓があり、その脇にバルコニーに出る扉があった。アケスクは妻と言葉を交わすと、アナワクを居間に連れていった。

居心地のいい部屋で、テレビやビデオデッキ、ラジオや無線機がのった棚の前に、重厚な応接セットが並んでいる。台所が仕切り壁の開口部から覗けた。アケスクはバスルームを見せた。その隣には洗濯室と納戸が続き、奥に寝室と、シングルベッドのおかれた小部屋があった。ナイトテーブルには、ケシ、ユキノシタ、エリカといった北極の花が生けてある。

「メアリー＝アンが摘んできたんだ」

アケスクの言葉は、くつろいでくれとでも言うように聞こえた。

アナワクは首を振った。

「ありがとう。だけど、ぼく……ホテルに泊まるほうがいいと思うんだ」

彼は伯父を傷つけたのではないかと思った。だが、アケスクは少し考えこんだだけだ。

「何か飲むか？」

「ぼくは酒は飲まない」

「わしもだ。食事をしながらフルーツジュースを飲もう。それでいいな？」

「もちろん」

アケスクが濃縮ジュースをグラスに注いで水で割った。二人はグラスを持ってバルコニーに出た。伯父は煙草に手を伸ばした。シチューがまだのようで、メアリー＝アンはあと十五分ほど待つように言った。

「家の中では吸わせてもらえんのだ。結婚すると、こうなる。わしはずっと家の中で吸ってきた。だが、まあ悪くない。煙草は健康によくないからな。やめられたらいいんだが」

彼は言って笑った。満足そうに、深々と煙草を吸いこんだ。

「やめる方法を教えてくれないか。お前は吸わないんだろう」

「ああ」

「酒も飲まない。いいことだ」

二人はしばらく無言で、残雪の峰々を見わたしていた。刷毛で掃いたような雲が高い空に輝いている。その雲をゾウゲカモメがよぎり、急角度で降りてくる。

「親父はどうして死んだんだ？」

「転んだんだ。わしらは山にでかけた。ウサギを見つけて追いかけ、転んだ」

「伯父さんが連れて帰ったの？」

「ああ、遺体をな」

「酒を死ぬほど飲んでいたんじゃないのか？」

アナワクは、苦々しい思いで尋ねた自分自身に恐怖を感じた。アケスクの視線が山々を向いた。煙草の煙が彼を包んでいた。

「イカルイトから来た医者は心臓発作だと言った。動きもせず、煙草ばかり吸っていたからな。酒は、十年前から一滴も飲んではおらん」

カリブーのシチューは絶品で、子どもの頃に食べた味を思い出した。アザラシのスープはアナワクの趣味には合わないが、それでも平らげた。メアリー＝アンは満足そうだ。彼はできるかぎりイヌイット語を使おうとしたが、結果は惨憺たるものだった。聞くのは完全に理解できるが、いざ話すとなると言葉が出てこない。そこで、おおむね英語で話すことになった。この数週間の出来事、クジラの攻撃やヨーロッパの惨状、ほかにもヌナブトまで聞こえてきた事件について説明した。アケスクがそれをメアリー＝アンに通訳する。伯父はアナワクの死んだ父親のことを話そうとしたが、アナワクは応じなかった。父親は夕方、英国国教会の墓地に埋葬される。この季節、死者はすぐに埋葬された。一方、冬場で地面が硬く墓が掘れないときは、墓地近くの小屋に保管される。北極の自然の冷蔵庫の中で遺体は驚くほど長持ちするが、銃を持った見張りが必要になった。ヌナブトは野生の地だ。オオカミやホッキョクグマは腹が空いていれば、死者も生きた人間も容赦しないからだ。

食事のあと、アナワクは〈ポーラー・ロッジ〉に向かった。伯父は家に泊まれとは、もう言わなかった。小部屋から花瓶を取ってきて食卓においた。

「気が変わったら、いつでも戻ってこい」

彼は言った。

埋葬は二時間後だ。アナワクはホテルの部屋で、ベッドに横になって眠ろうとした。何をすればいいかわからなかった。いや、わかっていたのだろう。マリクジュアク島に渡ってもいい。テリク入江はまだ結氷しているから、きっと歩いて渡れるはずだ。あるいは、何をすべきか伯父に尋ねてもいい。ケープ・ドーセット中を連れまわし、会う人ごとに彼を紹介するだろう。イヌイットの居住区では血がつながっているか、婚姻によって誰もが親戚関係にある。また、イヌイット芸術の中心であるケープ・ドーセットをひとめぐりするのは、工房めぐりをすることでもあった。住人の二人に一人が芸術家で、町中に仕事場を構えているからだ。誰もが何年も前にいなくなった彼のことは知っている。そこを伯父が連れてまわっても、彼が故郷に帰ってきたとは誰も思わないだろう。アナワクは安全な距離をおこうと決めた。この世界に近づけば、傷口を広げるだけだ。そこで彼はベッドに横たわり、天井の節穴を見つめた。そのうちに、うとうとと眠ってしまった。

突然、目覚まし時計のベルに起こされた。

〈ポーラー・ロッジ〉を出ると、太陽がずいぶん傾いていた。しかし、まだ明るく暖かな陽光を注いでいる。入江の氷の向こうに、マリクジュアク島が手に届くほど近くに見えた。ホテルは町の北東の端に位置し、墓はその反対側だ。アナワクは腕時計に目を落とした。時間はまだ充分にある。墓には伯父のピックアップ・トラックで行くことになっている。ホテルの前の海岸まで続く道に〈ポーラー・サプライストア〉があった。近くで見ると、その店が宅配やレンタカー、自動車整備工場も兼ねていることがわかる。建物は記憶のままだったが、看板が真新しかった。中に入ると、カウンターの向こうから見覚えのない男二人が近寄ってきた。彼らはイヌイットではなかった。アナワクは快適な店内を見てまわった。カリブーのソーセージから、暖かなブーツまで何でも揃っている。店の奥には、リトグラフや彫刻が並んでいた。

彼の世界ではない。

店を出ると、町の中心に向かって歩いた。一軒の家の前で、老人が低い木の台に腰かけてアビの小さな彫刻を作っていた。少し先では、女性が白い大理石からハヤブサを削りだしている。二人ともアナワクに挨拶し、彼も歩きながら挨拶を返した。背中に二人の視線を感じた。彼の到着は、野火のように町中を駆けめぐったにちがいない。自己紹介するまでもないのだ。亡くなったマヌメエ・アナワクの息子がケープ・ドーセットに着いたことは誰でも知っている。なぜ伯父の家でなくホテルに泊まるのかと、さんざん批難していることだろう。

アケスクは家の前で彼を待っていた。二人はピックアップ・トラックに乗り、数百メートル離れた英国国教会に向かった。すでに教会にはかなりの人々が集まっていた。伯父のために人々は集まったのかと、彼は伯父に尋ねた。

アケスクは驚いて彼を見つめた。

「もちろんだ。でなければ、いったい何だと思ったんだ？」
「親父にこんなに……友人がいるとは知らなかった」
「ここに集まったのは、ともに生きた人々だ。友だちだろうが、そうでなかろうが関係ないだろう？　人は死ねば、皆のもとから去る。その旅立ちまで、皆はともにいる」

埋葬式はあっさりとしたものだった。アナワクは最前列に立ち、人々と握手を交わす。初めて会う人々がやって来ては、彼を抱擁した。神父が聖書を読み、祈りを唱えた。それから、棺が充分な深さのある墓穴に下ろされ、青いビニールシートで覆われた。男たちがその上に石を並べる。墓標となる十字架は、ほかの墓と同じように斜めに地面に立てられていた。アケスクが、ガラス蓋のついた小さな木箱をアナワクの手に持たせた。中には、造花と煙草が一箱、金属で縁どったクマの歯が一本入っていた。伯父につつかれて、アナワクは墓に近づくと、十字架の下に小箱をおいた。

父親の顔を最後にもう一度見たいかと伯父に訊かれたが、彼は断わった。神父が祈りを唱えている。この棺に眠るのは誰なのだろうか。そもそも、中には誰もいないのかもしれない。死者はもう罪を重ねることはない。父親は永遠に無に帰ったのだ。有罪も無罪も存在しないところだ。たとえ人生でどのような行ないをしようと、あるいは、しそこねたとしても、この飾り気のない棺に入って冷たい土の下に眠れば、すべては意味を失う。だが、そのずっと前から意味はなかった。アナワクにとって、老いた父親はずっと前に死んでおり、埋葬式は遅れてやって来た儀式にすぎない。

何かを感じようと、努力はしなかった。一刻も早く立ち去りたいだけだった。

家に戻りたかった。

だが、家はどこにあるのだ。

弔いの人々が賛美歌を歌っている。突然、氷のような寂しさが彼に忍び寄った。体が震えはじめた。北極の冷たい風に震えるのではない。彼はバンクーバーやトフィーノがわが家だと考えていた。しかし、そこは決してわが家ではなかったのだ。

アナワクは黒い墓穴を見た。

彼の視野が狭まった。世界がまわっている。闇が、よけられない巨大な波となって目の前に立ちはだかった。彼は罠に捕らえられた野獣のように、闇がのしかかってくるのを見つめるしかなかった。

「レオン」

恐怖の戦慄が体に走った。

「レオン！」

アケスクが彼の腕をつかんでいた。銀色の髭を生やした皺だらけの、当惑した伯父の顔が彼の目に入った。

「大丈夫か？」

「ああ、大丈夫」

彼はつぶやいた。

「かわいそうに。しっかりするんだぞ」

アケスクは優しく言った。弔問客の多くが二人を見ていた。

「もう大丈夫。イジ、ありがとう」

彼には人々の考えていることがわかった。とんでもない誤解をしている。彼らから見れば、葬式につきものの光景だ。愛する人の墓にくずおれる。たとえ何ものにも、いかなる者にも降伏しないことを誇りとするイヌイットであったとしても。

ただし、酒とドラッグには屈してしまう。

アナワクは気分が悪かった。

彼は墓に背を向けると、急ぎ足で立ち去った。伯父は止めようとはしなかった。教会の前まで来ると、踏み固められた地面を足の下に感じた。逃げだしたい衝動に駆られた。激しく高鳴る鼓動を聞きながら、二、三歩向こうに行っては、また戻った。どちらに走りだせばいいのかわからない。まるでわからなかった。

彼は早い夕食を〈ポーラー・ロッジ〉で食べた。メアリー＝アンが用意していたのだが、一人になりたいと伯父に伝えた。伯父は小さくうなずくと、車でホテルに送ってくれた。悲しそうな顔をしていたが、一人で父親のことを考えたいというアナワクの言葉を、信じたようには見えなかった。

アナワクは二つあるベッドの一つに横たわり、つけっ放しにしたテレビを眺めていた。明日は丸一日をこの町でどのように切り抜ければいいのだろうか。記憶をたどらないほうがいいのだろうか。ホテルを二泊予約したのは、遺品の整理やいくらかの法的な手続きをしなければならないと考えたからだ。しかし、それらは伯父がすべて済ませてくれた。ここにとどまる必要はない。

二泊目はキャンセルしようと決めた。イカルイトまでの飛行機は直前に変更できるということだった。モントリオールまでのフライトは運よく席が空いていた。そこまで行ってしまえば、乗り継ぎに何時間かかろうとかまわない。地の果てにあるケープ・ドーセットという町よりも、モントリオールは見る価値がある。

ようやく眠気が訪れた。

アナワクは眠ったが、心はヌナブトから逃れようとしていた。彼は飛行機に乗って、バンクーバーの上を旋回している。着陸許可を待っているのだが、管制塔は拒んでいる。パイロットが振り返って彼に言った。

「着陸許可が出ません。バンクーバーには行けません。トフィーノにも行けません」

「なぜ？　なぜ着陸できない？」

「管制塔はあなたが原因だと言っています。ここはあなたの故郷ではないと」

「でも、バンクーバーには家がある。トフィーノでは船で暮らしているんだ」

「問い合わせてみました。すると、あなたの家はここにはありません。レオン・アナワクを知る人はいません。私があなたを故郷に連れていけと、管制塔は言っています。どちらに飛びましょうか？」

「ぼくにはわからない」

「故郷がどこか、ご存じのはずです」

「この下にぼくの家がある」

「わかりました」

機体が降下し、着陸態勢に入った。飛行機は何度も弧を描き、町の灯りが近づいた。だが、バンクーバーにしては暗すぎる。そこはバンクーバーではなかった。あたり一面が雪に覆われ、暗い湖を氷塊が漂っていた。背後に大理石のような山がそびえ立っている。

ケープ・ドーセットに着陸した。

彼はわが家にいた。両親は健在で、彼といっしょにパーティーをしている。今日は彼の誕生日だ。近所の子どもたちが大勢集まり愉快に踊っている。父さんが、雪の上でかけっこをしようと言いだした。アナワクに紐でからげた巨大な包みを手渡して言った。

「たった一つのプレゼントだ。とても大切なものだ。これからの人生で必要なものが全部入っている。外でかけっこをするときには、必ず持っていくんだよ」

アナワクは巨大な包みを両手で頭の上に掲げ、バランスをとろうとした。彼らは外に出た。雪が闇の中に輝いている。彼の耳もとで誰かがささやいた。

「競走に勝つしか、お前に道はない。さもなければ、ほかの子どもたちに殺される。お前にそれを知らせる者はいない。だが、間違いなく彼らはお前を殺すつもりだ。夜になれば彼らはオオカミに姿を変える。お前が大急ぎで水の下に到達しないと、彼らはお前を食いちぎるだろう。だから、お前は速く走れ」

アナワクは泣きだした。なぜ自分がそのような目に遭うのかわからなかった。彼は誕生日を呪った。もうすぐ大人になるからだ。大人にはなりたくない。食いちぎられたくない。プレゼントの包みを指がくいこむほどしっかりつかみ、彼は走りだした。雪は深く、腰まで埋もれて前進できない。あたりを見まわした。彼とともに走る子どもたちはいない。たった一人だ。両親の家がすぐ後ろに見えた。扉は固く閉じて真っ暗だった。冷たい月が輝いている。突然、彼は死の静寂に包まれた。

戻るべきか。しかし、明らかに家にはもう誰もいない。不気味な禁断の場所に思えた。月の輝く凍てつく夜に、誰一人いない。あるのは静寂だけだ。オオカミのことが頭をよぎった。彼を生きたまま食いちぎろうと、腹を空かせたオオカミが待ち伏せをしている。あの家にいるのか。パーティーの客を血祭りにしてしまったのか。何もわからない。ケープ・ドーセットとあの家は、もう自然の法則の中には存在しない。誕生日のパーティーをしていたのに、あれは別の時空のことだったのか。遠い未来か、遠い過去のことなのか。それとも時間が止まってしまったのか。彼は凍りついた宇宙を眺めた。そこに生命はなかった。

彼は恐怖に気おされた。家に背を向け、海をめざして雪をかき分けた。本物のケープ・ドーセットとは違い、そこに桟橋はない。氷の先がすぐ海だ。プレゼントの包みはいつの間にか萎(しぼ)んで、難なく片手でつかめる。ずっと楽に歩けるようになった。氷の縁まで、あと数歩だ。

海を見わたした。

さざ波が月光にきらめき、氷塊が漂っていた。満天の星が輝いている。誰かが彼の名を呼んだ。弱々しい声が雪の吹き溜まりの向こうから聞こえてくる。恐る恐る震える足で近づいた。それは吹き溜まりではない、並んで横たわる二人の人間に雪が降り積もっていたのだ。彼の両親だった。虚ろな目で天を仰いでいる。死んでいるのか、声を出せないのか、彼に気づかないだけなのだろうか。

ぼくは大人になった。包みを開けなくてはならない。

手にした包みを眺めた。

包みは萎んでいた。包み紙をはがす。だが、その下はさらに何枚もの紙で包まれており、中身は見えない。皺くちゃの包み紙をむしり取った。一枚、また一枚とむしり取っては丸めて捨てる。そしてついに包みそのものがなくなった。横たわる両親の姿もない。あるのは、氷の縁と真っ黒な海だけだ。

巨大なザトウクジラが波を分けて現われ、また波の下に消えた。

アナワクはゆっくりと振り返った。小さくてみすぼらしいトタン小屋が目に入った。扉が開いている。

彼の家だ。

違う！　彼は泣きだした。どこかが傾いた。これが自分の人生であるはずがない。自分の居場所ではない！　こうなる運命ではなかったのだ。

彼は雪の中にうずくまり小屋を見つめた。涙は止まらない。言い表わしようのない惨め(みじ)さに襲われた。涙で胸が張り裂けそうだ。むせび泣く声が天にこだました。世界が悲しみに溢れる。彼のほかは誰もいない世界。

だめだ。だめだ！

光が見えた。

そこは〈ポーラー・ロッジ〉の一室だった。

アナワクはベッドに座っていた。全身が震えている。目覚まし時計は午前二時半を指していた。立ち上がれるようになるまで、しばらく時間がかかった。ミニバーを開けた。舌が上顎に貼りついている。水とコーラとビールのうち、コーラを手に取ると栓を開けて、ゆっくり喉に流しこんだ。缶を右手に持って窓辺に行き、カーテンを開けた。

ホテルは高台にあり、ホテルのあるキンガイトと隣の地区が見わたせる。夢と同じで、空には雲ひとつなかった。しかし澄みわたった星空ではない。ケープ・ドーセットは薄明かりに包まれ、家々やツンドラ、残雪や海は現実離れしたピンク色に染まっていた。この季節には真っ暗な夜は訪れず、夜の景色はおぼろな輪郭(りんかく)と淡い色調でできている。

彼はその美しさに突然気がついた。

魔法にかけられたように、不思議な色の空に見入った。視線は山々や入江にさまよう。テリク入江の氷は純銀のように輝いている。マリクジュアク島が、海に漂って眠るクジラのように黒く海に浮かんでいた。

彼はときどきコーラを口にしては、その光景を眺めた。

何をすればいいのだろうか。

シューメーカーとデラウェアの三人で夕食をしたときに抱いた感覚を思い出した。〈デイヴィーズ〉もトフィーノも、何もかもがまるで見知らぬものになってしまった。世界から引きこもる部屋はどこにもない。しかし、意義あることが訪れると彼は信じていた。畏敬の念を抱き、胸躍らせてその到来を待っていた。

その代わりに、父が死んだ。

それが意義あることだったのだろうか。父を埋葬しに、この北極の地に戻ることが。

彼はもっと大きな挑戦に立ち向かっている。人類がかつて直面した最大の挑戦の一つに、彼と数少ない人々が立ち向かっていた。それ以上に意義あるものはほかにない。しかし、彼の人生には関係のないことだった。彼の人生はまったく違った枠組みで実現されるのだ。そこでは津波もメタンガスの恐怖も、伝染病もまるで意味を持たない。彼の人生は父の悲報とともに前面に押しだされた。悲報が届いて初めて、ここヌナブトでは、死が新しい生命に変わるチャンスを与えられるとわかった。父は死んだが、父は生まれ変わったにちがいない。

しばらくして服を着こみ、帽子の毛皮の耳あてを下ろすと、薄明かりに照らされた夜の町に出た。彼のほかは誰もいない。一時間ほどして心地よい眠気を感じると、ホテルの暖かな部屋に戻った。服を床に脱ぎ捨てベッドに倒れこむ。頭が枕に触れる前に、彼は眠りに落ちていた。

朝起きて、彼はアケスクに電話をかけた。

「朝食をいっしょにどうかと思って」

伯父は驚いたようだ。

「今、朝飯の最中だ。お前はそっちで食べると思っていたよ」

「それならいいんだ」

「ちょっと待て……まだ食卓についたばかりだ。すぐにこっちに来い。ハムとスクランブルエッグがたっぷり一人前あるから」

「よかった。すぐに行くよ」

メアリー＝アンの用意してくれた朝食は本当にたっぷり量があり、アナワクは見ただけで満腹になった。だが、もりもりと食べた。彼女は顔を輝かせた。伯父は、アナワクが夕食を断わった理由を、どう説明したのだろうか。うまい口実を考えだしたのだろう、彼女は機嫌を損ねたようには見えなかった。

アケスクと彼の妻が差しのべた手を握ったのは、アナワクにとって不思議な気持ちだった。その手によって彼は家族の中に引き入れられたが、いいことなのかどうかはわからない。魔法の夜は消えてしまい、ヌナブトに心の平穏は感じられなかった。これからも慎重に行動しようと決めた。

朝食が終わるとメアリー＝アンは後片づけをして、買い物に出かけた。アケスクはトランジスタラジオのチャンネルをまわし、しばらく耳を澄ましていた。

「よかった」

「何が？」

アナワクは尋ねた。

「ＩＢＣラジオの天気予報によると、これから数日は天気がいいそうだ。あまりあてにはできないが、その半分でも好天が続けば、狩りに行ける」

「狩りに行くって？」

「明日出発するつもりだったが、お前がその気なら、これからいっしょに行ってもいいぞ。お前、何か予定があるのか？　それとも予定を切り上げて、カナダに帰るつもりか？」

老狐は予感していたのだ。

アナワクはコーヒーにミルクを入れてかき混ぜた。

「正直なところ、昨夜はそのつもりだった」

「そんなことだろうと思ったよ。で、今は？」

アナワクは肩をすくめた。

「さあね。マリクジュアク島かイヌクスク・ポイントに行こうかな——ケープ・ドーセットは居心地がよくないんだ。気を悪くしないでくれ。思い出には……」

「お前の父親がつきまとう。わしが驚いたのは、お前がやって来たことだ。この十九年間、お前はわしらの誰ともコンタクトがなかった。今では、わしがたった一人のお前の一族だ。お前に知らせるのは正しいことだと思い、わしは電話した。だが内心では、お前は来ないだろうと考えていた。どうして、来たんだ？」

「さっぱりわからない。ぼくを引き寄せるものはここにはない。むしろ、バンクーバーに突き放された気がするんだ」

「そんなばかな」

「絶対に親父のためではない！　ぼくに親父を悼む気持ちがないのは、伯父さんも知ってのとおりだ。ぼくにはどうにもできないんだ」

彼の言葉は必要以上に無愛想に聞こえたが、今さら変えることはできない。

「お前は厳しすぎる」

「親父の生き方は間違っていた！」

アケスクは長いこと彼を見つめた。

「そうだな。だが、当時はまともに生きる道はなかったんだ。お前はそれを忘れている」

アナワクは黙った。

アケスク伯父は音を立ててコーヒーを飲み干し、すぐに笑顔を見せた。

「こういうのはどうだ？　わしとメアリー＝アンはこれから出発する。今回は、北西のポンド・インレットに行く予定だ。どうだ、いっしょに行かないか？」

アナワクは彼をじっと見つめた。

「無理だよ。一週間はかかるだろう。たとえいっしょに行きたくても、そんなに長くは無理だ」

「よくわかってないようだ。わしらといっしょに出発して、二、三日したら一人で戻ればいい。ずっとお前の手を握っていてやらなくてもいいだろう。もう大人だからな。一人で飛行機に乗れる」

「でも、今は状況が状況だけに、ぼくは……」

「お前の状況は聞き飽きた。お前を氷の世界に連れていくのに状況も何もあるものか。わしらは、あっちで仲間と合流する。準備は全部できている。お前の文明かぶれした尻でも座れるところはまだあるはずだ。だが、ただの遠足だと思うなよ。お前にもクマの見張りはやってもらうから」

伯父は言ってウインクした。

アナワクは椅子の背にもたれて考えた。このような展開は予想してもいなかった。予備の日程は予定していたが、一日かそこらだ。三日や四日ではない。

リーにどう説明すればいいのか。

だが彼女は、好きなだけ行ってくればいいと言わなかったか？

ポンド・インレットに三日。

それほど長いわけではない。ケープ・ドーセットからなら飛行機で二時間だ。三日滞在し、二時間で戻れる。直接イカルイトに向かえばいい。

「どうして、ぼくを連れていきたいんだい？」

彼が尋ねると、アケスクは笑った。

「なぜだと思う？　お前を故郷に連れていくんだ」

狩りに行く。

そこに、イヌイットの人生哲学のすべてが凝縮されていた。狩りに行くとは、夏になると定住区を出て、海岸や叢氷（そうひょう）の近くにテントを張り、魚を釣り、イッカクやアザラシやセイウチを狩ることだ。イヌイットには、自分たちが食べるための捕鯨なら認められている。彼らは文明社会とは違う世界で生きるのに必要なもの、衣類、装備、狩りの道具をバギーや橇やボートに積んで持っていく。そこは、彼らが定住を迫られる前、何千年にもわたり放浪した野生の世界だった。

そこでは時間という概念はない。都市や定住区の秩序は存在しない。距離はキロメートルやマイルではなく、ここから二日の距離、半日の距離というように、日という単位で表現される。叢氷やクレバスを乗り越えて進むのに、五十キロメートルと言っても何の役にも立たないからだ。どのような計画も自然には歯がたたない。そこでは、人は瞬間を生きるだけだ。次の瞬間のことは誰にもわからない。人は自然の持つ独自のリズムに服従する。何千年もの放浪の中で、イヌイットは自然に支配されることを学んだ。二十世紀の中頃まで、彼らは何ものにも束縛されず、この地を放浪していた。彼らは今もなお、一つの土地に定住するよりも、自然の中で自由に生きるほうが適しているのだった。

何かが少しずつ変わっていることに、アナワクも気づいていた。かつて、イヌイットは定職を持ち、工業化社会の一員になることを期待された。アナワクが子どもの頃は、自分たちを否定することで社会に受け入れられた。しかし今は、社会がイヌイットそのものを受け入れはじめた。社会はかつて彼らから取りあげたものの一部を返還し、彼らの太古からの伝統とともに欧米のライフスタイルが存在する、将来の展望を与えたのだ。

この地が価値観やアイデンティティのない一地方になったとき、アナワクはここを去った。力を奪われ、尊厳を拒絶されて互いに尊敬し合えなくなった民族から、彼は逃げた。当時、その状況を正しい方向に変えられる人物がいたとすれば、それは彼の父親だった。ところが、今はケープ・ドーセットの墓地に眠る男は、あきらめの象徴になってしまった。疲れ果て、アルコールに依存して泣きわめく、短気な男。何をしても失敗し、ついには家族を守ることさえできなかった。ケープ・ドーセットから自分を連れ去る船の上で、アナワクは霧に向かって叫んだ。父親のために、彼の民族のために叫んだ声は誰にも聞こえなかったが、彼の耳には今も響いている。

「なぜ、自殺しないんだ！　そうすれば、恥をさらさなくてすむ」

自分が手本を示し、船から身を投げようかと彼はしばらく考えた。

結局その代わりに、彼は西海岸のカナダ人になった。里親はバンクーバーに移り住んでいた。親切な人たちで、彼の学業を全力で支えてくれたが、互いに慣れ親しむことはなかった。状況だけで結びついた家族だったのだ。アナワクが二十四歳のときに、彼らはアンカレッジに引っ越していった。今では年に一度、彼らから手紙が届き、アナワクは数行のそっけない返事を書くだけだ。会いに行ったことは一度もないし、彼らも期待していない。もし彼がアンカレッジに行けば、むしろ彼らは訝しがるだろう。よそよそしくなったのではない。一度も親しくならなかっただけなのだ。

それは彼の家族ではなかった。

アケスクから狩りに誘われて、アナワクに新たな思い出が蘇ってきた。長い夜に人々が焚き火を囲み、誰かが物語を聞かせてくれるとき、いつでも世界は生き生きとしていた。子どもの頃は、当然のように雪の女王やクマの王様が存在した。彼は氷の家に生まれた人人の話に耳を傾け、大人になった自分が氷上で狩りをするのを想像したり、北極の伝説に自分を重ね合わせたりしたものだ。人々は疲れれば眠り、天気がよければ、あるいはその気になれば、働いて狩りをする。腹が空けば食事をし、ランチタイムなどない。テントから少しだけ出るつもりが、一昼夜にわたる狩りになることもある。準備をしても、狩りに出ない日もあった。イヌイットでない者からすれば、彼らの行き当たりばったりの無計画な行動は信じられない。きちんとした計画や成果主義の概念を持たない人々が存在するとは、クアルナアトには理解できない。クアルナアトは外の世界に新しい世界を築き上げた。自然の流儀を締めだして、自らの概念に合わないものはすべて無視し破壊した。

アナワクは〈シャトー・ウィスラー〉で果たそうとしていた任務のことを考えた。CIA副長官、ジャック・ヴァンダービルトのことを考えた。彼はこの数カ月の出来事を、人間が計画し実行したと信じている。イヌイットの世界を理解しようとするならば、欧米社会を特徴づける、支配狂的な性格を捨てなければならない。

しかし、どちらもまた同じ人間だ。一方、深海の未知の力は人間のものではない。アナワクはヨハンソンの理論が正しいと確信した。人間の秩序や価値観ではこの戦いには勝てない。メンタリティを理解できないヴァンダービルトのような人間は、すでに戦いに負けているのかもしれない。おそらく彼はその欠陥に気がついている。だが、まっとうなアメリカ人の能力以上のことはできないのだろう。ましてや、人類ではない生物のことなど理解できないのだ。

イルカでさえも理解できない。ましてや、ヨハンソンがダダイズムのように何の既成概念にもとらわれず、イールと名づけた知性体など、理解できるはずがない。

正しいメンバーが集まらなければ、この危機は解決できないだろう。

メンバーが欠けているのだ。それが誰か、アナワクにはわかっていた。

伯父が出発準備をするあいだに、アナワクは〈ポーラー・ロッジ〉から〈シャトー・ウィスラー〉に連絡をした。数分後、盗聴不能な回線に切り替わり、さらに何人かにたらいまわしされたあげく、やっとリーが不在だとわかった。アメリカ海軍の巡洋艦に乗り、シアトル沖にいるという。それからたっぷり十五分も待たされて、ようやく彼女につながった。

彼は、戻る予定を三、四日遅らせることが可能か尋ねた。親戚の話を口実にすると、リーは認めてくれたが、彼は後ろめたさを感じた。そこで、世界の運命は彼がこれからの三日を有効に使うかどうかにかかっていると、自分に言って聞かせた。それに、最北の地にいても頭を使うことはできる。

リーは、クジラへのソナー攻撃の最中だと話した。

「あなたはこんな話を聞きたくないでしょうね」

彼女は言った。

「効果は出てますか？」

「ギブアップ寸前よ。期待した効果は上がらない。でも、何でも試してみなければ。クジラを遠ざけることができれば、ダイバーやカメラロボを投入するチャンスを得られるから」

「チャンスを大きくしたいのですか？　それなら、チームのメンバーを増やせばいい」

「どのような人物を？」

「あと三名」

彼はひと息おいて、積極的に訴えようと決心した。

「リクルートしてもらいたいのです。動物行動学や知能の研究をする仲間が必要だ。ぼくを手伝ってくれる、信用のおける人物が欲しい。アリシア・デラウェアを加えてください。夏場はトフィーノで、動物の知能を研究する学生だ」

「いいわ。二人目は？」

リリーは即答した。

「ユークルーリットに住む男です。ジャック・オバノンという名がMK0プログラムの書類にあるはずだ。彼は海棲哺乳動物に詳しい。ぼくたちに役立つ知識を持っている」

「やはり専門家なの？」

「いや、アメリカ海軍の海棲哺乳動物プログラムで訓練士をしていた」

「その人物については検討する必要があるわ。すでに、その分野の専門家はたくさんいるから。なぜ、あなたはその人物を？」

「とにかく必要だからです」

「三人目は？」

「最も重要な人物です。ぼくたちは、いわばエイリアンを相手にしているわけで、人類ではない生命体とコミュニケーションを図れる人物が必要だ。アレシボで、地球外知的文明探査プロジェクトを率いる、ドクター・サマンサ・クロウを呼んでください」

リーは笑った。

「レオン、あなたはお利口な坊やね。どのみちＳＥＴＩからは誰か引っ張るつもりでいた。ドクター・クロウを知っているの？」

「ええ。彼女は適任です」

「わかりました」

「ぼくの希望を叶えてくれますか？」

「ベストを尽くしてみるわ」

電話の向こうで、リーを呼ぶ声がした。

「じゃあレオン、元気で戻っていらっしゃい。わたしはまた前線に行ってくるわ」

アナワクを乗せたホーカー・シドレーのターボプロップ機は、目的地に向けてまっすぐ北には飛ばず、わずかに東に向かった。コウクジュアク地方の大平原を彼に見せてやろうと、アケスクがパイロットにまわり道を頼んだのだ。そこは湖や沼が点在する野生の楽園で、カモの世界最大のコロニーがある。飛行機には、ポンド・インレットへ狩りに向かうイカルイトとケープ・ドーセットの乗客がいたが、見慣れた光景らしく、たいていの者はまどろんでいた。

アナワクはいくら見ても見飽きなかった。

長い眠りから覚めたように見入っていた。

飛行機は海岸に沿って飛び、北極圏に入った。地理的にはここから北極が始まる。眼下にフォックス湾の月面のような光景が広がった。氷の海面に大小の亀裂が走り、ところどころ海水が溜まっている。ふたたび陸地が始まると、切り立った山肌や垂直の岩壁が見えた。深い峡谷の底で雪が輝いている。雪解け水でできた小川が凍った湖に流れこんでいた。次第に傾く陽光を浴びて、景色は荘厳さを増していった。険しい岩山は雪に埋もれたいくつもの峡谷に変わり、尾根の先端は雪の吹き溜まりに向かって延びていた。何の前ぶれもなく、飛行機は青白い海岸線を飛び越えた。眼下に叢氷が見える。エクリプス入江だ。

彼は自分を取り巻くすべてを忘れた。

北極の異様なまでの美しさをじっと眺めた。入江に巨大なクリスタルがそそり立っている。氷山だ。その麓（ふもと）では、二頭の豆粒のようなホッキョクグマが、ターボプロップ機の影から逃れるように氷原を走っていく。きらめく光点が飛び散った。カモメだ。少し前方に、バイロット島の巨大な岩壁と氷河が顔を出した。機体はふたたび岸に沿って飛び、茶色の斑（まだら）模様の景色が近づいてきた。定住区の家々や滑走路が視界に入る。ポンド・インレットだ。イヌイット語ではミッティマタリクと呼ばれ、〝ミッティマが埋葬されたところ〟という意味がある。

北西に見える水平線の上で、強烈な太陽が輝いていた。この季節、太陽は沈まない。午前二時頃に数分間水平線に触れるだけだ。到着したのは午後九時で、アナワクは時間の感覚を失っていた。彼は子どもの頃に過ごした場所を眺めた。そして、胸の重いつかえが消えていった。

アケスクは約束を果たした。二十四時間前には不可能だと思えた約束を。

伯父はアナワクを故郷に連れて帰ってくれた。

ポンド・インレットの人口はケープ・ドーセットとほぼ同じだが、ほかの点ではまったく異なる。この地方には四千年前から絶えることなく人が住んでいた。だが、イカルイトの町にあるような大胆なデザインの建物を造る者はいない。アケスクによると、この地方のイヌイットはヌナブトの中で最も伝統に重きをおく人々だという。また、敬虔なキリスト教徒ではあるが、今なおシャーマニズムを実践する者もいるそうだ。それについてアナワクはもっと知りたかったが、話題は明日スーパーマーケットで買う品々に変わってしまった。

その夜はホテルで過ごした。翌朝早く、アナワクは伯父に起こされて、二人で海岸に行った。伯父は大気の匂いを嗅ぐと、好天が続き、素晴らしい狩りが期待できると予測した。彼は満足そうに言った。

「今年は春の訪れが早かった。ホテルで聞いたが、叢氷帯まで半日の距離だそうだ。場合によっては一日か」

「場合って？」

アケスクは肩をすくめた。

「何が起きてもおかしくない。何が起きるか次第だ。さまざまな動物に遭遇するだろう。クジラ、アザラシ、ホッキョクグマ。今年は氷が割れるのが例年より早いからな」

世界で起きている事態の前では、何が起きても驚きはしないとアナワクは思った。

グループは全部で十二名だった。飛行機でいっしょに来た者たちと、ポンド・インレットで合流した者たちだ。アケスクは二人のガイドと相談をしている。皆は狩りに持っていく荷物をまとめ、不要なものはホテルに預けた。すでにカムティクと呼ばれる橇(そり)が四台用意されていた。アナワクの記憶の中では、橇を引くのは犬だったが、今ではスノーモービルが橇を引く。だが、カムティクの形は昔のままだ。四メートルの長さの滑走板に横木がロープでしっかり結わえてある。ねじや釘が一本も使われておらず、修理はいたって簡単だ。三台には、上方が開くキャビンが据えつけられており、悪天候から守ってくれる。四台目は荷物運搬用だ。

「その恰好じゃ寒いぞ」

伯父がアナワクのアノラックを見て言った。

「そうかな。温度計をチェックしたら、摂氏六度だった」

「風が体温を奪うことを忘れるな。靴下は二枚重ねてはいたか？　バンクーバーとは違う」

事実、彼は多くのことを忘れていた。身を切るような風の中を進む感覚が次第に戻り、それを忘れていた自分が恥ずかしかった。当然、足が凍えては何もできない。彼は靴下を重ねてはいた。セーターをもう一枚着こむと、樽のような姿になった。グループの人々も防寒具を着こみ、サングラスをかけて、まるで宇宙飛行士のようだった。

アケスクはガイドとともに装備を再点検している。

「寝袋、カリブーの毛皮……」

彼の目は輝いていた。銀色の薄い髭が喜びに逆立つようだ。橇から橇へと忙しく動く姿を、アナワクは見つめた。伯父のイジトシアク・アケスクは父親とはまるで違う男だ。いっしょにいると、イヌイットや彼らのライフスタイルがふたたび意味を帯びてくる。

アナワクは深海に潜む未知の力のことを思った。

氷上の旅が始まれば、自然の法則のみに従うのだろう。この野性の地で生き抜くには、神はあらゆるものの中にあり、あらゆるものが神だと考えなければならない。人は自身が重要な存在だと考えてはならない。人間は中心ではなく、生気に満ちた世界の一部にすぎない。世界は動物や植物や氷の中に、たまに人間の中に姿を現わすのだ。

そして、イールの中にも現われた。たとえイールが何であろうと、どのような外見であろうと、どこに、どのようにして生きていようと。

軽い衝撃とともに、アナワクとアケスク、メアリー＝アンが乗る橇がスノーモービルに引かれて動きだした。橇は凍って雪をかぶる海上を進む。たまに水溜まりを見かけることがあった。あちこちで氷が解けはじめているが、それは表面に近い層に限られる。橇はポンド・インレットの岸をまわり、氷の南にあるバフィン島から二、三キロメートル北東方向に進んだ。正面に、氷山に囲まれたバイロト島の岩山が空にそそり立った。巨大な氷河が山頂から岸まで流れている。橇が進むのは陸地ではなく、凍りついた海面だ。彼らの下には魚の群れが泳いでいるのだ。橇は勢いよく起伏を乗り越え、その衝撃を滑走面が吸収した。

しばらくすると、先頭の橇に乗るガイドが方向を変えた。ロープで結ばれた後続の橇もそれに従う。一瞬アナワクは驚いたが、すぐに氷の裂け目を迂回するためだと知った。橇で渡るには、裂け目が大きすぎたのだ。氷の青い縁の向こうに、底なしの海の黒々とした海面が見えた。

「しばらくはこの調子だな」

アケスクが言った。

「これでは時間がかかる」

アナワクはうなずいた。同じような裂け目をどれだけ迂回してきたか、思い出していた。

アケスクが鼻を鳴らした。

「そんな言い方はおかしいぞ。わしらは時間を失ってはいない。まっすぐ東に向かおうが、北に迂回しようが、わしらに時間はある。忘れたのか？　北極では、早く目的地に着くことは重要ではない。まわり道しても、人生は存在する。時間を失ってはいないのだ」

アナワクは沈黙した。

伯父は笑みを浮かべた。

「おそらく、この百年に直面した最大の問題は、クアルナアクがわしらに時間をもたらしたということだ。わしらは、無駄な時間があるということを学ぶしかなかった。クアルナアクにすれば、待つことは時間を失うこと。つまりは生きる時間を失うことなのだ。お前が子どもの頃は、わしらも皆そう考えた。お前の父親もだ。あいつは何か意義のあること、重要なことをする可能性を見つけられず、自分の人生は価値のないものだと思いこんでしまった。自分の人生は役に立たない無駄な時間でできていると、あいつは考えた。価値のない時間でできた人生は、価値のない人生だと」

アナワクは伯父を見つめた。

「親父に同情することはない。同情するなら母さんにしてくれ」

「妹もお前の父親に同情していたよ」

アケスクは答えて、メアリー＝アンとおしゃべりを始めた。

相当な距離を迂回して、ようやく氷の裂け目が狭まった。ここなら向こう側に渡れるだろう。ガイドの一人がスノーモービルから橇を切り離し、スピードを上げて裂け目を飛び越えた。向こう側からロープを次々と投げて、橇は一台ずつ裂け目を渡った。また旅が始まると、伯父は何かの脂肪の切れ端を口に運んだ。それが入った缶をアナワクに差しだした。

彼は戸惑いながら受け取った。イッカクの皮膚だった。子どもの頃に氷上を旅したとき、いつもイッカクで作った保存食を携帯したものだ。レモンやオレンジよりも豊富なビタミンCが含まれている。彼は一片を噛み砕いた。口の中にナッツの香りが広がった。

その味に、感覚が次々と蘇ってきた。声が聞こえる。今ここにいる者の声ではない。二十年以上前にいっしょに旅した人の声だ。彼の頭を撫でる母の手を感じた。

「氷の裂け目に、氷のバリケード……ここはハイウェイじゃない。正直に言ってみろ。ここを懐かしく思い出したことが、一度でもあったのか?」

伯父が笑って訊いた。

アナワクのセンチメンタルな気持ちに伯父が気づき、その気持ちを強めてやろうと訊いたのならば、それは逆効果だった。アナワクは首を振った。ただ意地を張りたかっただけなのかもしれない。

「いや」

言った瞬間、自分が恥ずかしくなった。

伯父は肩をすくめた。

バンクーバー島に長く暮らし、しかも海洋生物の研究をしていれば、人間の作った人工物よりも大自然に親しみを感じる。それでも、クレクワト入江でクジラを観察するのと、右に茶色のツンドラ、左にバイロト島の氷河に覆われた岩山を見ながら、輪郭のない白一色の氷の湾を橇で進むのとはまったく異質なものだった。天気はカナダ西海岸では人間のためにあるように思えるが、北極では地獄の脅威となって姿を見せる。素晴らしい好天ですら、人間の優位を幻想する者には致命的な結果をもたらした。ここに住むということは、絶対に手に入らないものを手に入れようとする無駄な努力と同じだ。氷上を橇で旅することは、未知のものに到達する旅だ。白夜が明け、アナワクは完全に時間の感覚を失った。彼らは世界の源を旅している。科学に根拠をおく冷静な無神論者のアナワクですら、ホッキョクグマが憂鬱そうに歩く理由を、イヌイットたちが長い夕べに語り合う物語を聞いて、すぐに理解した。クマはある既婚女性と恋に落ちた。一週間後、女の夫が獲物を仕留められないまま猟から帰ってきた。女はクマから密会のことを強く口止めされていたにもかかわらず、夫に同情して、クマの隠れ場所を教えてしまった。しかし、クマは女が裏切るところを聞いていた。猟師が隠れ場所に現われると、クマは密かに女のイグルーに忍びこんだ。前足の爪をむきだして襲いかかる寸前、女に哀れみを感じた。彼女の命を奪って何の意味があるのか。裏切りは行なわれてしまったことなのだ。クマは孤独な重い足どりで去っていった。

アナワクの顔は、凍てつく大気にひりひりと痛んだ。

自然が人間に近づけば、自然は人間に欺かれる。伝説によると、それからクマが人を襲うようになったという。ここはクマの王国で、クマは人間よりも強大だ。それでも人間はクマを征服したが、結局、自分たちも同じ運命をたどった。アナワクは二十年近くも故郷を離れていたが、DDTや毒性の強いPCBなどの化学物質が、アジアや北アメリカ、ヨーロッパから風や海流に乗って北極海に到達していることを知っている。有害物質はクジラやアザラシ、セイウチの体内に蓄積する。ホッキョクグマや人間はそれらの動物を食べて病気になる。イヌイットの女性の母乳に含まれるPCBの量は、WHOが上限とする値の二十倍に達する。子どもたちは神経障害に苦しみ、知能検査のたびに最低の結果を更新する。大自然は汚染されてしまった。クアルナアトが、地球が機能する原理を理解しない、あるいは理解しようとしないからだ。遅かれ早かれ、大気や海流によって毒物は世界中に広がる。

深海に潜む何かがそれを止めようと決心したとしても、不思議ではないだろう。

二時間後、彼らは今度はバフィン島の海岸にコースを向けた。長いこと橇に座って氷上を揺られたあと、重なった氷の高みを歩いて登り、雪のないツンドラに上陸した。苔の生えた湿地帯に、赤紫色のユキノシタやキジムシロの花が咲いている。この季節にやって来たのは運がよかった。夏の終わりになると、無数の蚊が飛びまわるからだ。

地面はゆるやかな登り勾配だった。彼らはガイドの一人に連れられて、雪を頂く山々と海が見わたせる高台に登った。そこにチューレ時代の住居跡と、二本の簡素な十字架があった。かつてドイツから来たクジラ猟師がそこに眠っている。数匹のホッキョクリスが一目散に高みに登り、地面の穴に姿を消した。メアリー＝アンが手頃な石を見つけてジャグリングを始めた。それは古いイヌイットのスポーツだ。アナワクも真似をするがうまくできず、皆の笑いを誘った。これがイヌイットだ。誰かの手から石が滑り落ちただけで大笑いする、単純な民族だった。

サンドイッチとコーヒーで昼食を済ませると、一行は出発した。さらに広い氷の海を征服し、対岸のバイロト島に向かう。スノーモービルのキャタピラが氷を解かし、水しぶきが激しくあがった。叢氷が奇妙な形に盛り上がって行く手を塞ぎ、橇はそれを迂回した。しばらくして、バイロト島の岩礁のすぐ脇を通りすぎた。大気は鳥の鳴き声で満ちている。何千羽というミツユビカモメが岩の隙間に巣を作っていた。いっせいに飛び立っては、また戻ってくる。一行はゆっくりと速度を落とし、やがて止まった。

「ちょっと散歩しよう」

アケスクが言った。

「散歩なら、さっきしたばかりじゃないか」

アナワクは驚いて言った。

「あれは三時間も前のことだぞ」

三時間？　なんてことだ！

バフィン島はゆるやかなツンドラの丘だったが、バイロト島は海岸からすぐに急斜面が始まっている。散歩は岩登りに変わった。伯父が頭上の岩の隙間に見える鳥の白い糞を指さした。

「シロハヤブサ。美しい生き物だ」

彼は口笛を吹いて鳥を呼んだが、ハヤブサは姿を見せなかった。

「島の奥に行けば、目にする機会もあるだろう。キツネ、ハクガン、フクロウ、ノスリにも会える。もちろん会えないかもしれない。それが北極というものだ。何もあてにできない。あてにならない叢氷や生き物。イヌイットもそうだろう？」

アケスクが言って、にやりと笑った。

「伯父さんがそう思うなら、ぼくはクアルナアクじゃない」

アナワクが応じた。

アケスクは大気の匂いを嗅いだ。

「そうか。登るのは、ここまでにしておこう。お前がクアルナアクでないのなら、いつかまた戻ってくるはずだ。さあ、天気がいいうちに氷の縁まで行かなければならない」

そのときを境に、時間は永遠に存在をやめた。

一行は東に向かう。バイロト島が後方に去ると、氷原が粗くなって橇への衝撃が急に増した。このあたりでは、氷は解けても冷たい風ですぐまた凍りつく。ガラスの上を滑っていくような音が響いた。アナワクが身を乗りだすと、小さな氷の隙間が見えた。スノーモービルを運転するガイドに知らせるが、すでに彼は気がついている。速度を落としもせずに氷上を疾走しながら、アナワクを振り返ってにやりと笑った。

「お前は、まだすべてを忘れてなかったようだな」

アケスクも言って笑った。

アナワクは一瞬ためらったが、すぐにいっしょに笑った。彼は嬉しかった。小さな裂け目を見つけたことが誇らしかった。

午後の太陽の光が幻日（げんじつ）を作りだした。イヌイットがサン・ドッグズと呼ぶ珍しい現象だ。

大気中の氷の結晶で太陽光線が屈折すると、太陽のまわりに大きな光輪ができ、その左右に小さな光点が現われる現象だ。遠くに、叢氷が荒々しく積み重なっているのが見えた。突然、右手の氷の中になめらかな海面が姿を現わした。アザラシが一頭、顔を出すとこちらを眺め、すぐまた消えた。少し先でふたたび頭を出し、興味深そうに眺めている。一行はその氷の穴を通りすぎ、前方のさらに大きな穴に向かって進んだ。巨大な穴だ。アナワクはそれが氷の穴ではなく、そこが氷原の縁だと気がついた。その向こうは広い海原だった。

しばらく走るとキャンプ地に着き、橇は止まった。キャンプでは温かい歓迎を受ける。知り合いもいたが、初対面の者は詳しく紹介された。ポンド・インレットやイグルーリクの人々だ。彼らはイッカクを仕留めて解体した。残骸は、氷の縁をさらに東に行ったところにおいてあるそうだ。アナワクたちがこれから向かうあたりだ。皮膚の断片が振る舞われ、狩りの専門用語が飛びかった。そこに猟師が二人加わった。氷原の縁からスノーモービルで戻ってきて、これから家に帰る予定だと言う。橇には猟に使うカヌーと、前日に仕留めたアザラシが二頭くくりつけてあった。一人の話では、アザラシはいつものこの時期よりは早く餌場と繁殖場に向かおうと、後退した氷原を追いかけているそうだ。男はウィンチェスター銃を振りながら、用心するようにと注意した。彼の帽子には、〝仕事とは、猟のしかたを知らない者のためにある〟と書いてある。アナワクは、クジラの行動に目立った変化がないか、攻撃的ではないかと尋ねてみた。しかし、猟師は気づかなかったと答えた。突然、キャンプの人々が全員集まってきた。皆、世界で起きている異常事態を詳しく知っているのだ。幸いにも、北極は今のところ、あの異常な被害はまぬがれているようだった。

夕方、彼らはキャンプを出発した。

二人の猟師はポンド・インレットに戻っていった。アナワクの橇は氷原の縁に向けて走った。しばらくして、イッカクの残骸を通りすぎた。鳥の群れが、肉の切れ端をめぐって騒々しい奪い合いを繰り広げている。彼らはそこから充分離れたところまで進んだ。とはいえ、まだ死骸が視界に入る地点で、氷の縁から三十メートルのあたりに、ガイドがキャンプを設営した。箱に入れた荷物が橇から降ろされた。通信用の無線アンテナを立てる。瞬くうちにガイドたちは五つのテントを張った。四つが宿泊用で、一つが食事用だ。床代わりに板を敷き、さらにキャンピングマットを広げる。トイレ用に、白く塗った合板が三枚立てられた。青いビニール袋をかけたバケツの上に、傷だらけのホーローの便座が鎮座した。

「では、ちょっと失礼」

アケスクは言って、顔を輝かせた。

キャンプの設営が終わらないうちに、彼はイヌイットが蜂蜜壺と呼ぶ仮設トイレに消えた。ガイドたちが、橇をはずしたスノーモービルで競走しようと提案した。アナワクは操作のしかたを教わったが、操縦は簡単だった。スノーモービルは、きらきらと輝く氷原にダイナミックなカーブを描いて疾走した。彼は心が軽くなっていくのを感じていた。

ここにいるのが楽しかった。

レースは何度も繰り返され、イグルーリクの男がトーナメントの優勝者となり終わった。腹が空いたが、メアリー＝アンに食事用テントから追い立てられた。そこで外に出て橇にもたれ、皆で固まって寒さから身を守った。若い女性がイヌイットの昔話を語りはじめた。昔話は語られるたびに、少しずつ内容が変わっていく。アナワクが子どもの頃、昔話は何日にもわたって語られることがあった。一度に最後まで語る必要はないとイヌイットは考える。氷上での日々は長い。物語も長い。少しずつ語ればいいではないか。

メアリー＝アンが食事の用意を終えたのは真夜中だった。彼女は料理の腕を振るい、マスのグリル、ライスを添えたカリブーチョップ、エスキモーポテトという北極の根菜のローストと、熱い紅茶が食卓に並んだ。食事用テントには全員が入れるという話だったが、かなり小さかった。アケスクは怒って、テントを貸した男を非難した。結局、橇や荷物の箱の上に皿を並べ、満腹になるまで食事を楽しんだ。

午前一時半になり、一人二人と眠りにつくと、アケスクが荷物の底からシャンパンの瓶を取りだした。アナワクに目配せする。メアリー＝アンは鼻に皺を寄せると、寝袋に入った。結局、起きているのはアナワクと伯父と見張りの男の三人になった。男は氷塊の上に立ってクマを警戒している。

「そろそろ、これを飲もうか」

伯父が言った。

アナワクは首を振った。

「ぼくは酒は飲まない」

「ああ、そうだった！」

アケスクは残念そうな目でシャンパンの瓶を眺めた。

「特別な機会に開けようと思って、荷物に入れてきたんだ。特別な機会……お前が故郷に帰ってきた。そこで、わしは……」

「コントロールを失いたくないんだ」

「何をコントロールするんだ？　お前の人生か？　それともこの瞬間をか？」

彼は肩をすくめ、瓶を荷物に戻した。

「まあいいだろう。また特別な機会はやって来る。獲物もたくさん獲れるだろう。きっとシロイルカか、太ってジューシーなセイウチが獲れるぞ。寝る前に散歩に行こうか？」

「いいよ、行こう」

二人は氷の縁までゆっくり歩いていった。伯父が先に立つ。どの部分の氷が頑丈で、どこが踏み抜くほど薄いか、彼ならわかるからだ。イヌイットには、氷や雪を表現する言葉が山ほどあるが、単に雪や氷にあたる言葉はない。今、二人の足もとにある氷は弾力性のある氷だった。海水が凍る際に塩分は分離されるので、氷山は真水でできている。しかし、流氷や海氷には塩分が残っている。速く凍るほど塩分濃度は高くなり、それだけ弾力性を帯びてくる。そのため冬の氷は割れにくいが、春になると割れる危険性が次第に大きくなる。冷たい海に落ちれば命はない。だが、もっと危険なのは、氷の下の海流に流されることだ。

氷の縁の近くに場所を見つけると、二人は氷塊にもたれた。目の前には銀色の海がある。海面のすぐ下を、グレイリングが鋼色の背を輝かせて泳ぎ去っていった。アナワクはしばらく景色に見入っていた。アケスクも沈黙に包まれている。静かにときが過ぎていこうとしたその瞬間、自然が彼らの辛抱に報いようとするかのように、螺旋（らせん）状の溝がある二本の牙が海面に突きだして剣のように交差した。オスのイッカクが二頭、すぐそこに姿を現わしたのだ。斑点のある丸い頭を海面に出すと、ゆっくりと潜っていった。遅くとも十五分後には、また現われるだろう。それがイッカクの習性だ。

アナワクは魅了された。イッカクはバンクーバー島沖ではめったに見られない。長年にわたってイッカクは絶滅の危機に瀕してきた。歯が変形してできた牙は象牙と同じで、そのため百年ものあいだ乱獲が続いた。現在も絶滅危惧種の一つではあるが、保護の結果、ヌナブトとグリーンランドのあいだの海域に生息するイッカクは一万頭にまで増えた。

氷が海水に揺れて軋んだ。少し離れたところでは、キャンプ地の人たちが置いたイッカクの残骸に、鳥がまだ集まっている。バイロト島の岩山や氷河は柔らかな光に包まれて、氷の海に影を落としている。水平線のわずか上で、青白い太陽が冷たい光を放っていた。

「ぼくに、ここを懐かしく思ったことがあったかと尋ねただろう？」

アナワクが言った。

アケスクは答えない。

「ぼくは憎んでいた。憎み、軽蔑していた。これが、伯父さんの聞きたかった答えだ」

アケスクはため息をついた。

「お前は父親を軽蔑していたのだ」

「そうかもしれない。でも伯父さんは、ともに惨めさに打ちひしがれる父親と民族の違いを、十二歳の子どもに説明できるのかい？　ぼくの親父は腑抜けで酒浸りだった。泣き言ばかりの毎日で、母さんを追いつめた。母さんは自殺するよりしかたなかったんだ。あの当時、家族の誰かが自殺しない家庭があったか？　みんなそうだった。イヌイットは誇り高き独立した民族だという伝説が語られるなら、それは結構な話だ。けれど、ぼくには理解できない」

彼はアケスクを見つめた。

「両親が生きる気力を失い、薬に溺れて廃人同様になったら、伯父さんは耐えられるのか？　もし伯父さんの母親がそんな自分に耐えられず首をくくったとしたら？　もし伯父さんの父親がただすすり泣いて、飲んだくれるしかないとしたら？　ぼくは親父に言った。ぼくが二人分働くから、そんなことはやめてくれと。ぼくは親父を怒鳴りつけた。ぼくが働く。ぼくがなんとかする。ぼくが父さんを助ける。だけど父さんも酒瓶を手放して、昔のように少しでも考えられる人になってくれ。けれど、親父はぼくを魚の死んだような目で見ただけで、またすすり泣きを始めた！」

アケスクは首を振った。

「そうだったな。あいつは自分を見失っていた」

「親父はぼくを養子に出した。親父といっしょにいたかったのに、ぼくを放りだした」

長年の悲痛の叫びが彼の口からほとばしり出た。

「お前と縁を切ったのではない。お前を守りたかったんだ」

「それで？　ぼくとどうしたら縁を切れるか、考えていただけじゃないのか？　親父はクズだ！　母さんは気落ちして死に、親父は酒で身を滅ぼした。二人とも自分の人生からぼくを放りだしたんだ。誰かがぼくを助けてくれたか？　一人もいない！　みんな雪に掘った穴を見つめ、イヌイットの困窮を訴えるのに忙しかったんだ──伯父さんのことも、よく覚えているよ。伯父さんは陽気な人だった。面白い話をする分にはいい人だ。でも、すべてを克服することはできなかった。いつも伝説のことばかり考えている人だった。自由の民族イヌイットのメルヘン。孤高の民族！　誇り高い民族！」

アケスクはうなずいた。

「そのとおりだ。わしらは誇り高い民族だ」

彼は伯父が怒りだすのを待った。しかし、アケスクは髭を撫でただけだった。

「いつからだい？」

「お前が生まれるずっと前だ。わしらの世代は、まだイグルーで生まれる時代だった。もちろんイグルーは誰でも造ることができた。火をおこすのは、マッチではなく火打石だ。カリブーは銃ではなく弓矢で仕留めた。橇を引くのは、スノーモービルではなく犬だ。ロマンチックじゃないか？　とっくに失われた時代か？」

アケスクは首を振った。

「五十年も前の話だ。まわりを見てみろ。今のわしらの生活はどうだ？　よくなったこともあるのだ。わしらほど、世界を知る民族はいないぞ。二軒に一軒はインターネットに接続し、わが家もそうだ。わしらには独自の国家もある」

彼はくすりと笑った。

「このあいだ、ヌナブト・コムにクイズが出ておった。うわべは毒のないものだ。カナダの昔の二ドル硬貨を覚えているか？　表がエリザベス二世で、裏がイヌイットの人々。そのうちの一人の男が手に銛(もり)を握ってカヤックの脇に立つ、のどかな光景だ。そこで質問は、この光景の本当の意味は何か。答えがわかるか？」

「さあ」

「わしはわかった。追放の絵柄だったんだ。オタワの政府は追放の代わりに、移住というもっとエレガントな言葉を使った。冷戦が契機となったのだ。政府は、アメリカ合衆国かソヴィエト連邦に、人の住まないカナダの北極地方を要求されるのではないかと心配した。そこで、北極の南部を拠点にして放浪生活を送るイヌイットを、北極点近くのレゾリュートやグリス・フィヨルドに定住させた。政府は、そこの猟場は獲物が豊富だと言ったのだが、現実は正反対だった。イヌイットは金属板に刻印した登録証を持たされた。犬のようにな。この話を知っておったか？」

「覚えていない」

「お前たちの世代や現代の子どもたちは、親の世代の生活環境をまったく知らない。しかも、この状況はもっと早い段階、一九二〇年代中頃に白人の猟師が銃を持ちこんだときから始まった。カリブーやアザラシの数は激減したが、もちろんクアルナアトとイヌイット、両方の責任だ。猟は弓矢から銃弾になったのだからな――とにかく、イヌイットは貧困に苦しんだ。かつては病気とは縁がなかったのに、ポリオや結核、麻疹、ジフテリアにかかるようになった。それでキャンプを去り、定住地に移り住む。一九五〇年代、わしらの民族は次々と飢えや感染症で死んでいった。政府はまるで関心を持たなかった。一方、軍はヌナブトの北西地域に関心を示し、伝統的な猟場に密かにレーダー基地を建設した。当然、周辺に暮らすイヌイットは邪魔になる。彼らは政府に勧告され、テントもカヤックも、カヌーも橇もおいて飛行機につめこまれて、何百キロも離れた北の地に追いやられた。わしも若い頃に移住させられた。お前の両親もだ。この措置の理由はこうだ。飢えたイヌイットにとって軍の施設の近くにいるよりも、北に移り住んだほうが生き残るチャンスはずっと多い。ところが、新しい居留地はカリブーの移動ルートや、夏場に子どもを育てる場所とは全然かけ離れた場所だった」

伯父は沈黙した。そのうちに先ほどのイッカクが現われ、アナワクは二頭が牙を交える様子を眺めた。やがて、伯父がふたたび口を開いた。

「わしらが移住させられると、昔の猟場にブルドーザーが持ちこまれた。わしらの望郷の念をたたき壊すために、わしらの思い出をすべて平らにならしてしまった。もちろん、カリブーはわしらといっしょには来ない。わしらには食糧も毛皮もなくなった。ホッキョクリスやウサギ、魚をわずかばかり獲るのに、全力を尽くす必要があるか？　固い決意と力に溢れてはいるのに、同じ民族の人々が死んでいくのを黙って見ているだけで、抵抗もできない。細かいことまで話すのはよそう。二、三十年のうちに、わしらは社会保障の世話になるようになった。わしらは昔の生活を取り戻せず、ほかにどうやって生きていくのか学んだこともない。ちょうどお前が生まれた頃、政府はわしらに対して責任を感じるようになった。そこでわしらに箱を建てた。家のことだ。クアルナアトにとっては当たり前のものだ。彼らは箱の中で暮らす。移動するときも箱に乗る。その箱を停める、そのための箱まである。公共の箱の中で食事をし、飼い犬も箱の中で暮らす。自分たちが住む箱のまわりを、さらに箱が取り巻き、さらに塀や柵で囲まれている。これは彼らの暮らしであって、わしらのではない。ところが、今ではわしらも箱の中に住んでいる――失われたアイデンティティの代価が、酒とドラッグと自殺だ」

「当時、親父はイヌイットの権利のために戦っていたのか？」

アナワクは静かな口調で尋ねた。

「誰もが戦った。わしらが追い立てられたとき、わしは若かった。わしは賠償をめぐって戦った。三十年のあいだ法廷で激しく争った。お前の父親もともに戦ったが、最後には精神が壊れてしまったんだ。一九九九年、わしらの国を勝ち取った。ヌナブト――われらの土地という意味だ。何者もわしらに干渉しない。何者もわしらを移住させない。だが、わしらの暮らし、かつて営んだ唯一の生活は二度と帰ってはこない」

「それなら、新しい生活を見つけるしかないだろう」

「お前の言うとおりだ。嘆いていても何の助けにもならん。わしらは今でも放浪の民族で、誰にも束縛されない。しかし、限られた領土の中で生きるという考え方と折り合いをつけたのだ。少し前までは、わしらは家系以外に社会組織があるのをまったく知らなかった。首長も指導者もいなかった。今では現代の自由国家と同じように、イヌイットがイヌイットを治めている。財産というものを知らなかったわしらは、今では工業国の道を歩もうとしている。一方で、伝統の再生にも取り組み、犬橇を使う者もいれば、イグルーの造り方や火打石で火を起こす方法を教える者もいる。こういうことは素晴らしいが、時代の流れは止められない。言っておくが、わしは不満だというのではないぞ。世界は動いている。今日、わしらはインターネットの中を放浪しているのだ。データのハイウェイをくまなく駆けめぐり、情報を駆り集める。わしらは世界中を放浪する。若い者は世界中の人々とチャットをし、ヌナブトのことを話して聞かせる。ここでは、いまだに自殺する者は多い。多すぎるくらいだ。わしらはトラウマを乗り越えなければならない。わしらには時間が必要だ。生きる者の希望を、死者の犠牲にしてはならない。お前はどう思う？」

アナワクは、太陽がゆっくりと水平線に触れる様子を見つめた。

「伯父さんの言うとおりだ」

彼は答えた。そして衝動に駆られるように、伯父にすべてを語った。〈シャトー・ウィスラー〉で彼らが発見したこと。参謀本部の役割。深海の知性体をどのように推測しているか。口からほとばしるままに語った。リーとの約束に反するとわかっているが、そんなことはどうでもよかった。伯父は一生涯このことは漏らさない。彼は自分に残された最後の家族なのだから。

アケスクは耳を傾け、最後に尋ねた。

「シャーマンの意見が聞きたいか？」

「いや、ぼくはシャーマンを信じてないから」

「そうだな、今どき信じる者はいないか。だが、この問題は科学では解決できないぞ。シャーマンなら、お前たちは精霊を相手にしていると言うだろう。生き物の中に息づく、この世界の精霊だ。クアルナアトは生命を抹殺しはじめた。精霊たちを怒らせ、海の女神セドナの怒りを買った。海にいるのが誰であろうと、戦うつもりなら、お前たちは何も成し遂げられない」

「じゃあどうすればいい？」

「それをお前たちの一部だと思え。世界はネットワークで結ばれて小さくなった。だが、それでも他人同士はエイリアンなんだ。コンタクトをとれ。お前がよそ者になったイヌイットとコンタクトをとったようにな。またともに暮らしていくのも悪くないだろう？」

「相手は人間じゃない」

「そんなことはどうでもいい。お前の手足がお前の体の一部であるように、彼らもこの地球の一部なんだ。支配権をめぐる戦いに勝者はいない。殺し合いは犠牲を生みだすだけだ。いったい誰が殺し合いに興味があると？　どれだけの生命がこの地球を分かちあっているんだ？　彼らにはどれくらい知性がある？　戦うのではなく、彼らを理解することを学べ」

「なんだかキリスト教の教義のようだけど。左の頰を打たれたら、右の頰も向けよ」

アケスクはくすくす笑った。

「それは違うぞ。これは、あるシャーマンのアドバイスだ。この辺には、そういう者たちはまだ大勢いるが、たいしたことじゃない」

「どのシャーマン……まさか伯父さんが……」

アナワクは眉を上げた。

伯父は肩をすくめて、にやりと笑った。

「まあ心理カウンセラーのようなものだよ。おい、あれを見ろ！」

巨大なホッキョクグマが、イッカクの残骸に覆いかぶさるところだった。鳥は追いたてられて四方に飛び散り、少し離れた氷上で様子を窺っている。ミズナギドリが一羽、急降下を繰り返すが、クマは無関心だ。キャンプからは充分な距離があり、見張りが警告を出すほどではない。だが、見張りは銃を構えて注意深く見守った。

「ナヌクは何でも嗅ぎ分ける。わしらの臭いもだ」

ナヌクとはクマのことだ。アナワクはクマがイッカクを食べる様子を観察した。まったく怖くはなかった。しばらくすると、クマは満腹になったのか、悠然と立ち去った。一度だけ振り返ってキャンプをじっと見ていたが、やがて叢氷の壁の向こうに消えた。

「悠然としておったな。だが、クマは走れるんだぞ。走れるのだ！」

アケスクは言って、くすりと笑った。アノラックのポケットに手を入れると、小さな彫像を取りだした。それをアナワクの膝におく。

「わしはこのときを待っていた。贈り物には適切な機会が必要だろう？　今が、これをお前に与えるちょうどいい機会だ」

アナワクは彫像を手にとって眺めた。髪が鳥の羽根でできた人間の顔で、後頭部にあたるところが鳥の形に彫ってある。

「鳥の精霊？」

アケスクはうなずいた。

「そうだ。隣人のトゥーヌー・シャーキーがこれを彫った。今では立派な芸術家で、近代美術館にまで作品が収蔵されるほどだ。これをお前にやろう。お前には挑戦することが山ほどある。いずれ、これが必要になるだろう。そのときが来たら、これがお前の考えを正しい方向に導いてくれる」

「そのときって？」

「お前の意識が空を翔るときだ」

アケスクは手で翼の形を作り、翼を振ってにやりと笑った。

「だが、お前は長いことよそに行っていた。練習が足りない。この鳥の精霊が何を見るのか、お前に告げる者が必要だな」

「どうして謎めいたことを言うんだい？」

「シャーマンの特権だ」

鳥が一羽、彼らの頭上を飛び去った。

「ヒメクビワカモメだ。レオン、お前は運がいい！　あのカモメを見るためだけに、毎年何千という世界中の野鳥愛好家がやって来るんだぞ。とても珍しい鳥だ。お前は何も心配することはない。精霊がお前に合図を送ってくれたんだ」

ようやく寝袋に入ったあとも、アナワクはしばらく起きていた。夜の太陽がテントを明るく照らしている。一度だけ、「ナヌク！」と見張りの叫ぶ声を聞いた。彼は体の下に広がる、黒く深い北極の海を思い浮かべた。心は氷を突き破り、未知の世界に沈んでいく。眠りの海を静かに漂い、巨大な氷山に流れ着いた。氷山はグリーンランドの氷河で生まれ、バイロト島の東海岸を漂流し、凍った海に閉じこめられる。風と流れにふたたび砕かれて、今度は南に漂っていく。アナワクは、雪をかぶる細い尾根を登って頂上に立った。そこには、氷が解けてできたエメラルドグリーンの湖がある。氷山のまわりに、鏡のようになめらかな青い海がどこまでも広がっている。氷の山が解ければ、彼は静かな海をあらゆる生命の源まで沈んでいくのだろう。謎がそこで、解かれるときを待っている。

そのときが来れば、きっとシャーマンが助けてくれる。

五月二十四日

フロスト

火山学者のスタンリー・フロストは、いつものように独自の見解を持っていた。

資源産業の調査によると、メタンの主な賦存(ふぞん)海域は北米西海岸や日本沿岸の太平洋で、オホーツク海、ベーリング海、さらに北のボーフォート海にも続く。大西洋では、ほとんどが合衆国沿岸に見られるが、カリブ海やベネズエラ沿岸にもある。また、南米大陸と南極とのあいだのドレーク海峡にも集中する。ノルウェー沿岸のメタンハイドレートの存在はよく知られていたが、東地中海や黒海にも存在することがわかっている。

アフリカ北西部沿岸だけは、明らかにメタンの資源量は少ないとされる。特に、カナリア諸島の周辺海域は。

しかし、フロストはそれに納得するつもりはなかった。

カナリア諸島周辺では、深海から冷たい水が上昇している。その水には、カナリア諸島周辺の豊かな漁場の土台となる、単細胞藻類のための栄養素が豊富に含まれていた。それを考えると、カナリア諸島沿岸には膨大なメタンハイドレートが眠っているにちがいない。有機体が多く集まるところには、遅かれ早かれ、深海のメタン層が形成されるからだ。

この海域の特異な点は、生物の腐敗した残骸がどこにも沈殿しないということだ。カナリア諸島は何百万年も前に、海底火山の爆発によってできたため、海底からまるで塔のように島がそそり立っている。テネリフェ、グラン・カナリア、ラ・パルマ、ゴメラ、エル・イエロの島々は、海底から三千メートルから三千五百メートルの高さに火山岩が針のようにそそり立って形成された。したがって、堆積物や生物の残骸が岩の壁に溜まることはなく、まっすぐ深海に沈んでしまう。それが、現在の海底地図にメタンの存在が示されない理由だった。スタンリー・フロストからすれば、完全な誤算ということになる。

海底火山の火口が海面に盛り上がって島になったとき、一般に考えられているほど急傾斜ではなかった。彼はそう推測している。もちろん急傾斜だが、家の壁のようになめらかな垂直の岩壁ではない。彼は火山の形成や成長を研究しており、非常に急峻な火口にさえ、尾根やテラスがあるのを知っている。だから、今まで詳しい調査がされなかっただけで、カナリア諸島沿岸にはかなりのメタン資源があると確信している。ここのメタンハイドレートは大きな氷塊ではなく、小片が細かな血管網のように斜面に分布しているのではないか。いずれにせよ、堆積物に覆われた尾根があれば、メタン氷は存在するはずだ。

彼は火山学者であり、メタンハイドレートには詳しくない。そこで〈シャトー・ウィスラー〉で、ドイツ・ゲオマール研究所の地球科学者、ゲーアハルト・ボアマンに相談した。結果、フロストの推測の真偽を確かめることで意見が一致した。彼の作成した危険性の高い火山島のリストには、ラ・パルマ島のほか、ハワイ、アフリカ西海岸のカーボヴェルデ諸島、さらに南のトリスタン・ダ・クーニャ島、インド洋に浮かぶレユニオン島が挙げられた。どの島も潜在的に爆弾を抱えているが、ラ・パルマ島は間違いなく危険度が最も高い。フロストの懸念が現実のもので、ヨハンソンが考えるように深海の知性体がずる賢いとするならば、ラ・パルマ島のクンブレ・ビエハ火山列は高さ二千メートルのダモクレスの剣となって、数百万の人類の頭上にぶら下がっていることになる。

ボアマンが尽力し、フロストはドイツの海洋調査船ポーラーシュテルン号で調査航海に出ることになった。船はゾンネ号と同様、ロボット潜水機ヴィクター6000を搭載する。また、船は大型でクジラの攻撃は心配ない。さらに、貝やクラゲなどの侵入生物をすぐに発見できるように、水中カメラを船体に設置した。ヴィクターを深海に投入して、無事に戻ってくるだろうか。あらゆる調査機材が消息を絶つ今では、フロストの心配は尽きない。

運を試すしかないのだが、誰も反対はできなかった。

ヴィクターはラ・パルマ島の西岸沖に投入された。ポーラーシュテルン号から島が視界に入る位置だ。潜水機が火山の急峻な山腹を精密に探査し、水深四百メートルたらずのところで、山肌からバルコニーのように張りだしたテラスを発見した。堆積物に広く覆われているのがわかる。

そこに、フロストの予測したメタンハイドレートが見つかった。

メタン氷は、強大な顎を持つピンク色の生物に覆いつくされていた。

六月八日

アフリカ西海岸　カナリア諸島　ラ・パルマ島

「なぜ、ゴカイはこのリゾートアイランドの土台に、こんなにも執着するのだろうか？日本やアメリカの玄関先よりももっと悪さができるのか？　私が考えるには、北海には相当数のゴカイが密生していた。アメリカ東海岸や日本の本州沿岸にも確かに密生しているが、ひと騒動を引き起こせる数ではない。ところが、ゴカイが過度に密生する場所を、われわれはついに発見した。それが、アフリカの西に浮かぶリゾートアイランドとは、いったいどういう意味だ？　ゴカイは休暇旅行でもしているのか？」

フロストはいつものようにオーバーオール姿に野球帽をかぶり、ラ・パルマ島の中央山脈西側の高地に立っていた。山脈は南北に島を貫いている。北部のカルデラ・デ・タブリエンテと呼ばれる噴火口を岩山が取り巻き、無数の火山の峰が島の南端まで続く。

彼といっしょにいるのはボアマンと、デビアス社の二人だ。一人は女性役員で、もう一人はヤン・ファン・マールテンという名の技術責任者だった。四人はヘリコプターから少し離れた砂地の斜面に立っていた。緑に覆われた美しい巨大クレーターの光景を、感慨深く見下ろしている。いくつもの火口が続き、海岸まで延びる黒い溶岩斜面はところどころに緑が生い茂っていた。ラ・パルマ島の火山の噴火周期は決まっていない。つまり、次の噴火はいつ起きても不思議ではない。一九七一年、島の最南端に新しい火山が誕生した。テネギアと名づけられた火山は、島の面積を数ヘクタール広げることになった。厳密には、この山脈は複数の火口を持つ一つの巨大火山だ。そのため、この島のどこかが噴火しても、単にクンブレ・ビエハ山の噴火と描写する。

「問題は、大損害を与えるには、どこにゴカイを密生させるかだ」

ボアマンが言った。

「誰かがそんな企みを抱いていると、あなた方は本当に信じているのですか？」

女性役員は言って眉根を寄せた。

フロストが応じる。

「すべては仮説だ。だが、背後に頭のいいやつが潜んでいるとすれば、そいつは巧妙な手口を使うだろう。北海で大惨事が起きたのを見れば、次に惨劇が発生するのは、人口が密集する海岸地域や工業地帯のすぐ近くだと誰でも予想する。事実、そういう海域でゴカイが発見されたが、数は少ない。それは、いわゆる敵の兵力が減退したということだろうか。あるいは、ゴカイを生みだす時間を稼いでいるのだろうか。こうして、われわれの注意は間違った方向に向けられる。そこで、ボアマンと私が至った結論は、北米や日本沿岸のゴカイの中途半端な密生は陽動作戦ということだ」

「でも、ラ・パルマのメタンハイドレートを崩壊させてどうなるのかしら？　ここでは、たいした被害は起こせないでしょう」

女性役員が訊いた。

フロストとボアマンがゴカイを浚渫するのに使える既存のシステムを探していると、デビアス社に行き着いた。二、三十年前から、ナミビアや南アフリカ沖の海底に眠るダイヤモンド鉱脈の探査が進められている。多くの企業が参入しているが、最先端を行くのが世界的なダイヤモンド企業であるデビアス社だ。船や海洋プラットフォームを使い、水深百八十メートルの海底を浚渫している。数年前には、大深度の海底を浚渫する新技術を開発した。遠隔操作の水中ブルドーザーが海底を削り、付属の吸引チューブを使って土砂をポンプで汲み上げる。最新型のシステムに使われる吸引チューブは、急斜面でも危険を伴わずに作業が可能だ。理論的には、このシステムは水深数千メートルでも稼動できるが、それにはまず海底に吸引チューブを設置する必要がある。

参謀本部はデビアス社の関連部門を参加させることに決めた。デビアス社から来た二人は、自社のシステムが非常事態の収拾に一役買えるとよく承知しており、緊急に吸引チューブを数百メートルにまで延長する必要性を痛感していた。フロストが二人をクンブレ山に連れてきたのは、このミッションが失敗すれば、人類にどのような危機が迫るのか、明確に伝えたかったからだ。

「過小評価しないでほしい。ここでは、かなりのことが起きる」

野球帽からはみ出したフロストの髪が、冷たい貿易風に震えていた。サングラスのレンズに空が反射している。彼は、アメリカのテレビアニメ『原始家族フリントストーン』のフレッドと、ターミネーターを足して二で割ったようだとよく言われる。よく響く彼の声が、まるで新たな十戒を与えるように静かな松林に轟いた。

「今ここに立てるのは、二百万年前に海底火山の噴火でカナリア諸島ができたおかげだ。美しい風景だが、騙(だま)されてはいけない。この下にある町ティハラーフェはかわいらしい町で、ケソス・デ・アルメンドラスというおいしいチーズで有名だ。町では、毎年九月八日に悪魔の祭りが催される。悪魔が大きな音を立てて火を吹きながら町の広場を駆けまわる祭りだ。なぜ悪魔がそんなことをするかわかるか？　島民はクンブレ山をよく知るからだ。

炎も轟音も日常生活の一部だ。ゴカイを送りこんだ知性体も、この島の成り立ちを知っている。そこまで知れば、当然ウィークポイントもわかるというものだ」

フロストは火口の縁に近づいた。彼のドクターマーチンのブーツの下で、角ばった溶岩が音を立てた。遥か麓の岩壁に、大西洋の波が砕けてきらめいた。

「一九四九年、クンブレ・ビエハ山はふたたび目を覚ました。正確には、火口の一つであるサン・ホアン火山だ。肉眼では確認できないが、この西斜面に何キロにもわたる亀裂が走っている。おそらく、亀裂は地下深くに達しているだろう。当時、クンブレ・ビエハの一部地域が海側に四メートル横滑りした。私は過去数年間、この地域の計測を頻繁に行なっている。次に噴火すれば、山の西斜面が完全に崩れるのは明白だ。地層のかなりの部分が大量に水分を含んでいるからだ。灼熱のマグマが火道を昇ってきたら、その水分が一気に膨張して蒸発する。その際の圧力で不安定な層はいとも簡単に砕け散る。さらに東や南側の斜面には反対の圧力がかかる。結果、五百立方キロメートルの岩石が崩れ、海に崩落する」

「その話は何かで読んだことがあります。でも、カナリア州政府は疑わしいと思っている」

ファン・マールテンが言った。

「疑わしいだと？」

フロストの声がジェリコのラッパのように響きわたった。

「州政府は観光客を不安にさせないために、公式声明から明白な見解を締めだしているのだ。だが、この問題は決して避けては通れない。もっと小規模な噴火の例ならいくらでもある。一七四一年、日本の渡島大島（おしまおおしま）の噴火では高さ三十メートルの津波が発生した。一八八八年、パプアニューギニアのリッター島で噴火し、同様の津波が起きた。そのとき海に崩れ落ちた岩石は斜面の一パーセントだったという。では、ラ・パルマではどうなる！　ハワイのキラウエア山はＧＰＳを使って監視されており、微弱ながら変動が記録されている。山は動いているのだ！　南東斜面が一年に十センチメートル、谷に滑り落ちている。火山島が長い歳月とともに、ますます急峻になっている。すると、斜面の一部がはがれ落ちる。ラ・パルマ島の役所の人間は、事実に面と向かおうとはしない。問題は、起きるかどうかではない。いつ起きるかだ。百年以内か？　千年か？　わかっていないのは、それだけだ。ここの火山は噴火予告などしないからな」

「山の半分が海に崩れ落ちたら、いったいどうなるのかしら？」

女性役員が尋ねた。

ボアマンが答えた。

「大量の岩石は海水を押しのけ、海水は塔のように盛り上がるだろう。その衝撃は、推定で時速三百五十キロメートルに達する。岩石は六十キロメートル先の海にまで広がる。押しのけられた海水はその岩石の上にすぐには戻ってこられず、巨大な空気の層が生まれる。その空気がさらに海水を押しのける。その先に起きると予想されることは、専門家の中でも意見が分かれるが、明るい見通しは全然ない。ラ・パルマ島のすぐそばで巨大な波が発生する。高さは六百メートルから九百メートルに達するかもしれない。津波は時速千キロメートルで伝播する。地震と違い、岩石の崩落によって生まれる波はエネルギーを拡散しながら放射線状に大西洋を伝わる。つまり始点から遠く離れるほど、波の高さは低くなる」

「せめてもの慰めか」

ファン・マールテンがつぶやいた。

「とんでもない。カナリア諸島は一瞬にして消えてなくなる。一時間後、高さ百メートルの津波がアフリカ西海岸を洗う。思い出してほしい。北ヨーロッパの津波は、フィヨルドで四十メートルの高さに達し、結果はご存じのとおりだ。六時間から八時間後、高さ五十メートルの波がカリブ海の島々を殲滅する。アンティル諸島は荒野と化し、マイアミからニューヨークまでのアメリカ東海岸は水浸し。その直後には、津波はブラジルの海岸に猛烈な勢いでぶつかる。スペイン、ポルトガル、イギリスにも津波は達するだろう。その余波はおそるべきもので、中央ヨーロッパの経済活動は完璧に崩壊する」

デビアスの二人の顔が蒼白になった。フロストはにやりと笑って一同を見わたした。

「誰か『ディープ・インパクト』を観たかな？」

「映画の？　あの波はもっと高かったわ。数百メートルはあったのではないかしら」

「ニューヨークを消し去るには、高さ五十メートルの波で充分だ。波の衝撃が生みだすエネルギーは、合衆国の一年間の消費量に相当する。建物の高さは、頭の中から追い払わなければならない。津波が土台に及ぼすエネルギーが問題だ。どんなに高いビルでも、簡単に崩れてしまう。言っておくが、現実にはブルース・ウィリスなんていないんだ」

フロストはひと息おくと、足もとの斜面を指さした。

「西斜面を不安定にするには、クンブレ・ビエハ山を噴火させるか、海底で地滑りを引き起こせばいい。そのためにゴカイが働いているわけだ。北ヨーロッパに比べればミニチュア版だが、海中にそそり立つ火山島の土台の一部を崩壊させるには、それで充分だ。結果、小規模な地震が起き、クンブレ山の安定性は吹き飛ぶ。噴火さえ誘発するかもしれない。ノどのケースでも西斜面は支えを失い、がたがたになってカタストロフィが起きるのだ。ノルウェー沖では、大災害を起こすのにゴカイは数週間かかった。ここでは、もっと早いだろう」

「あとどのくらい時間が残されていますか？」

「ほとんどない。ずる賢い知性体は、人間がすぐには気づかない場所を探した。巨大波が大洋を伝播することを利用しようという魂胆だ。北海は命中した。だが、地球の反対側に浮かぶ、無害に見える小島が崩壊して初めて、人類の文明を完全に消滅させられるのだ」

ファン・マールテンが顎をさすった。

「水深三百メートルまで適応可能な、吸引チューブのプロトタイプがあります。それ以上の大深度となると、まったく経験がありませんが、ただ……」

「チューブを延長してはどうかしら」

女性役員が提案した。

「そうなると、即興でやってのけなければなりませんよ。でも大丈夫です。ほかの仕事をすべて中止すれば……むしろ私が心配なのは、チューブをつなぐ船です」

「一隻で間に合うとは思えない。何十億匹のゴカイとなると、相当な量だ。どこかに汲み上げなければならないのだが」

ボアマンが言った。

ファン・マールテンが応じる。

「それはわれわれの問題ではありませんね。ゴカイを運ぶ船ならピストン輸送できるから。われわれの問題は、吸引チューブを操作する船だ。チューブは四百メートル、五百メートルにまで延長され、そのチューブをどこかに収納しなければならない。半キロメートルにもなるチューブですよ！　ものすごい重量になるし、海底ケーブルよりも太いから、丸めて船側(せんそく)におくこともできない。それに作業中は船を安定させて、チューブの揺れに対応しなければならない。クジラの攻撃は心配しなくてもいいが、流体力学を甘く見てはいけない。これほどのチューブを船から海に垂らせば、船がバランスを崩さないはずはありません」

「浚渫船ではだめかしら？」

「小さすぎますね。ドリルシップはどうか？　いや、可動性に欠ける。浮体(ふたい)式プラットフォームであればいいが。そういうものは扱った経験がある。ポンツーン、海洋油田で使われるような半潜水型が最適だ。一定箇所に固定するのではなく、船のように海上を移動でき、われわれが操作可能でなければならない」

ファン・マールテンは三人から少し離れ、ぶつぶつと波のうねりや船の共振性を計算した。やがて戻ってきて話を続ける。

「半潜水型の掘削リグがいいでしょう。波に対する安定性は抜群だし、移動が簡単で、チューブを支えるクレーンを据えつけられるから理想的だ。ナミビア沖に、すぐに設置可能なものが一隻ある。六千馬力のジェット推進器を装備し、必要なら両脇にも増設できる」

「ヘーレマのこと？」

「そうです」

「廃棄する予定だったのでは？」

「まだスクラップにはなっていませんよ。ヘーレマには二つのメインラダーがあるし、甲板は六本の円柱で支持され、理想的だ。一九七八年に建造されたものだが、この仕事には充分使える。掘削タワーは必要ないし、クレーンを二基取りつけるだけで済む。うち一基でチューブを海に投入する。ポンプで汲み上げるのに問題はない。さらに、浚渫したゴカイを運びだす船を横づけできる」

「いい感じだ。準備にどれくらいかかるかね？」

フロストが訊いた。

「通常なら半年」

「この状況なら？」

ファン・マールテンは彼を見つめた。

「約束はできませんが、すぐに始めて六週間から八週間。持てる力のすべてを注ぐことになるでしょう。こういうことは得意なんですよ。それでも、期間内にできたら奇跡だ」

フロストはうなずいた。彼は目の前に広がる真っ青な大西洋を見わたし、海が一気に六百メートルの高さに盛り上がる光景を思い描いた。

「了解だ。なんとしても奇跡が必要だな」

第三部　インディペンデンス

数学の定理のように、人間の倫理に左右されない普遍の権利と価値観、特に生存する権利がある。問題は、どこでそれを見つけるかだ。人間が定めるのではないとすると、誰が確立できるのだろうか。普遍の権利と価値観がわれわれの理解の及ぶ範囲には存在しないと認めよう。しかし、われわれは理解の限界を越えられない。それは、ネズミを捕まえることが許されるのか、ネコに答えを見つけろと問いかけるのと同じだ。

——レオン・アナワク著『自己認識と意識』より

八月十二日

グリーンランド海

サマンサ・クロウはメモをおき、窓の外に目をやった。

CH-53Eスーパースタリオンは急速に高度を下げた。強烈な風が、全長三十メートルの輸送ヘリコプターの機体を激しく揺らす。明るい色に塗られたフライトデッキに向かっているようだ。クロウには、あのように巨大な艦が海に浮いているのが信じられなかった。同時に、どうしてあの小さな場所に着艦できるのかも信じられない。

アイスランドの北東九百五十キロメートル、グリーンランド海盆の真上を、アメリカ海軍ヘリ空母、USSインディペンデンスLHD-8は航行していた。異様な姿の海上都市は、まるでエイリアンの宇宙船のようだ。総面積二ヘクタール、排水量九万七千トン。これからの数週間、世界最大のヘリ空母が彼女のわが家になる。新しい住所は、USSインディペンデンスLHD-8、北緯七十五度、海底よりの高さ三千五百メートル。

彼女のミッションはコンタクトをとることだ。

スーパースタリオンは勢いよく旋回して着艦ポイントに向かうと、ふわりと舞い降りた。外では、黄色の作業服姿の男がヘリコプターに駐機位置を示している。彼女はクルーの手を借りてシートベルトをはずし、ヘッドホンつきのヘルメット、ライフジャケット、ゴーグルを取った。ヘリコプターの乗り心地は悪く、立ち上がってもまだ揺れている。おぼつかない足どりで機体後部のスロープを伝いテールの下に降り立つと、周囲を見まわした。

フライトデッキにはヘリコプターの姿はほとんどない。空虚でシュールな光景だ。長さ二百五十七・二五メートル、幅三十二・六メートルのアスファルト舗装されたデッキには、丸い印が描かれている。彼女は正確な大きさを知っていた。彼女は数字をこよなく愛する数学者だ。ここに来る前によくインディペンデンスを思い描いてみたが、今こうして立つと、現実の前に理論は降参するしかない。本物のインディペンデンスをデータや数字だけで推し量ることはできなかった。ガソリンや灯油の強烈な臭気が漂っている。ゴムの焦げるような臭いと潮の香りが混ざり合っていた。強風が彼女のオーバーオールをはためかせ、すべての臭いをデッキから運び去った。

このような船で旅をしたいとは思わない。

色分けされた作業服を着て、ヘッドホンをした男たちがデッキを動きまわっている。兵士たちが彼女の荷物を引きずりだすあいだに、一人の作業員が近づいてきた。男の白い作業服を見て、クロウは思い出した。白は保安要員だ。黄色はヘリコプターの誘導係。赤色は燃料と武器の担当。茶色はあっただろうか？　紫色は？　茶色の任務は何だったのか。

彼女は寒さに身をすくめた。

「ついて来てください」

男は、次第に回転を緩めるローターの騒音に負けじと声を張りあげ、空母で唯一の構造物を指さした。右舷に、巨大なアンテナやセンサーを備える数階建ての建物がある。男の後ろを歩きながら、クロウの右手が自然と腰のあたりを探った。しかし、オーバーオールを着ているために煙草は取りだせなかった。ヘリコプターの機内は禁煙だ。北極の強風の中を飛ぶことはいっこうにかまわないが、何時間もニコチンを絶つのは彼女の主義に合わない。

案内の男がハッチを開け、海軍言葉で言うところのアイランドに足を踏み入れた。二重扉を通り抜けると、清潔で新鮮な空気が押しよせてきた。内部は穴のようで、驚くほど狭かった。彼女は、案内の男から制服姿の長身の黒人に引きわたされた。彼はサロモン・ピーク少佐と名乗り、二人は握手を交わした。ピークは民間人との付き合いには慣れないのか、硬い態度だった。クロウはこの数週間、彼と何度も打ち合わせをしたのだが、すべて電話だった。二人は入り組んだ通路を歩いて、梯子のように急勾配の階段を艦の中心部に向かって下りた。背後に荷物を持った兵士が続く。壁に、レベル02の文字が輝いていた。

「こちらでリフレッシュしてください」

ピークは言って、通路の左右に並んだ同じような扉の一つを開けた。扉の奥には、驚くほど広い、設備の整った部屋があった。部屋というより、スイートルームだ。ヘリ空母の居住空間は最小限の広さで、兵士は大部屋で寝起きするという話を、彼女は何かで読んだことがあった。そのとおりピークに伝えると、彼は眉を吊り上げた。

「水兵といっしょにお泊まりいただくつもりはありませんよ。海軍も、ゲストのもてなし方は心得ています。こちらは指揮官用の居住区です」

彼の口もとに笑みが広がった。

「指揮官用？」

「将官や参謀が乗艦した場合に使う特別区画です。目下のところ定員に余裕がありますから、女性にはこの指揮官用区画を、男性には士官用をお使いいただきます。ちょっと失礼」

彼はクロウの脇を通り抜けると、奥の扉を開いた。

「バスルームです」

「感激だわ」

兵士たちが荷物を運び入れた。

「テレビの下がミニバーになっています。ただし、ソフトドリンクだけですが。艦内を案内するのは、三十分後でいいですか？」

「もちろん」

背後で扉が閉まるとすぐにクロウは灰皿を探した。サイドボードの中に見つけると、オーバーオールをだらだらと脱いで、スポーツジャケットから煙草をつかみだした。つぶれたパッケージから一本抜いて火をつける。一服目が肺に流れこんで、ようやく生き返った心地がした。

ベッドに腰かけて煙草をふかした。

一日に二箱も吸うとは本当に悲しいことだ。しかも、決してやめられないのも悲しい。これまでに二度やめようとしたが、二度とも失敗に終わった。

きっと心の底では、煙草をやめるつもりはないのだろう。

二本目を吸い終えてから、シャワーを浴びた。スウェットシャツを着て、ジーンズとスニーカーをはくと、もう一本に火をつけた。引き出しや棚を見てまわる。扉がノックされたときには、財産目録が作れるほど、キャビンの中に精通していた。とにかく、何でも頭に入れておくのが好きなのだ。

扉の外にいたのはピークではなく、レオン・アナワクだった。

「また会おうと、あのとき言いましたよね」

彼はにやりと笑った。

クロウも笑った。

「あなたがまたクジラを発見できると、わたしは言ったと思うけれど。レオン、また会えて嬉しいわ。わたしをここに呼んでくれたのは、あなたでしょう？」

「誰がそんなことを言いました？」

「リー」

「ぼくがいなくても、あなたはここに来たと思いますよ。まあ、少しだけ後押ししたのは確かだけど。あなたのことを夢で見ましたよ」

「まあ！」

「お世辞じゃない。あなたは守り神となって、夢に現われたんだ。ヘリはどうでした？」

「揺れに揺れたわ。わたしが最後の一人？」

「ぼくたちは全員、ノーフォーク基地から乗艦したから」

「そうだったわね。わたしはすぐにアレシボを出られなくて。想像できないでしょうが、プロジェクトを止めるのは大変なことなの。SETIはいったん仕事納めになった。今では、宇宙にいるリトル・グリーン・メンを探す資金がないから」

「これから、ありがたいほど大勢のリトル・グリーン・メンを見つけることになりますよ。さあ行こう。ピークもすぐに来る。いっしょに艦内を見学しましょう。それが終わったら、あなたが自己紹介する番だ。みんな興奮してますよ。あなたにはニックネームもついているんだから」

「ニックネーム？　何て呼ばれているの？」

「ミス・エイリアン」

彼女は首を振った。

「勘弁してよ。ジョディ・フォスターが例の映画でわたしの役を演じてからしばらくは、ミス・フォスターって呼ばれてた。でも、まあいいわ。サイン入りのカードは持ったかな？　じゃあ、行きましょう」

ピークはレベル02区画を案内した。艦首部分から見学を始め、今は艦体中央に向かっている。クロウは広大なフィットネスジムには驚かされた。ルームランナーはもちろん、数数のトレーニングマシンが揃っているが、人はいなかった。

「通常なら、ここは大にぎわいだ。インディペンデンスは三千人収容できるが、現在この艦には二百名たらずしかいない」

ピークは言った。

彼らは下士官の居住区を通っている。四名から六名用のキャビンがあり、中には快適なベッドと充分な収納スペース、折りたたみ式テーブルと椅子がある。

「快適そうね」

彼女が言った。

ピークは肩をすくめた。

「見方によりますが。上のデッキが忙しくなれば、ここでは一睡もできませんよ。数メートル上で、ヘリコプターや垂直離着陸ジェット機が離艦と着艦を繰り返す。新参兵にはいちばんきつい問題でしょう。しばらく彼らはくたくたですよ」

「騒音に慣れないの？」

「無理ですね。でも熟睡できないことには慣れますよ。私は何度も空母での任務についた。

一度の任務は何カ月にも及ぶが、しばらくすると、常に臨戦態勢でここに横たわっているのに慣れてしまう。その代わり、静かな場所で眠る方法を忘れてしまうんです。帰宅した晩は地獄だ。タービンの轟音、ヘリコプターの離着艦の騒音、通路を走る足音、艦内アナウンスが聞こえないかと耳を澄ましてしまう。だが聞こえるのは、どこかで時計が時を刻む音だけで」

広い食堂を通りすぎると、中央部にあるコードキイのついたハッチの前に出た。扉の向こうには、照明を落とした大きな部屋がある。クロウは初めて人のいる区画を目にした。大勢の男女がライトの点滅するコントロールパネルの前に座り、壁に並んだ大きなモニター画面を凝視している。

「レベル02に、命令・指揮系統のほとんどが集約されています。昔は甲板上のアイランドにあったのだが、あまりにもリスクが大きい。敵のミサイルは艦体のうち、温度が高く大きな構造物を狙うように設定されている。当然、アイランドがそれにあたる。二、三発命中すれば、あなたの肩の上にのる頭を撃ち抜かれたのと同じだ。だから、命令・指揮系統の大部分を屋根の下に設置したのです」

「屋根？」

「海軍用語で、フライトデッキのことですよ」

「この部屋では何をするの？」

「ここはCICで……」

「ああ、戦闘情報（コンバット・インフォメーション）センターのことね」

黒檀色の細い顔をしたピークの目が一瞬光った。クロウは笑みを浮かべ、それからは口を慎むことにした。

「CICは艦の神経中枢です。あらゆる情報がここに集まる。艦載センサーシステムの収集データ、衛星データなど、全部リアルタイムで入ってくる。対空・対艦防衛、損害復旧、通信……戦時になれば、ここは大騒ぎですよ。あそこの空いた席で、あなたはこれからの大部分を過ごすことになるでしょう、ドクター・クロウ」

「サマンサ、あるいは短く、サムで結構よ」

彼女の申し出には返事をせず、ピークは説明を続けた。

「ここにあるシステムが海中を探る目と耳になります。潜水艦監視システム、SOSUSソナー、サータスLFA、ほかにもたくさんある。インディペンデンスに何が接近しようと、われわれはそれをキャッチする」

ピークは天井のすぐ下にある巨大スクリーンを指さした。ダイヤグラムと海図が映しだされている。

「あの大画面を見れば、艦がキャッチした全情報の集約を一望できる。ブリッジでも、同じ画面を小型モニターで見ることができます」

ピークは隣接する部屋に案内した。そこは薄暗く、照明は大きなスクリーンやモニター、ディスプレイの灯りだけだ。CICの隣はLFOC、上陸部隊作戦センター（ランディングフォース・オペレーションズ）だった。

「ここは上陸部隊の司令部として機能します。各小隊はそれぞれコンソールを持ち、上陸作戦時には、衛星や哨戒機からの情報で敵部隊の位置を知ることができる。LFOCから、瞬時に部隊を展開させる。中央コンピュータは前線の部隊長と常に接続しています」

ピークの声には、誇らしげな響きがはっきりと聞きとれた。

いくつかのスクリーンに、フライトデッキが映しだされている。クロウは一つ疑問が浮かんだ。ピークはいい気はしないだろうが、それでも尋ねた。

「ここが役に立つんですか？　敵は深海にいるのに」

ピークはいらいらした顔で彼女を見た。

「そうですよ。だから、ここから深海での作戦を指揮するのです。問題がありますか？」

「ごめんなさい。わたし、長いこと宇宙に行っていたものだから」

アナワクがにやりと笑った。彼はそれまで何か言うでもなく、ついて歩くだけだったが、クロウにとっては、彼がそばにいるのは心強かった。ピークは次の司令室を案内した。隣はＪＩＣ、統合情報（ジョイント・インテリジェンス）センターだ。

「偵察システムの全データがここで解読される。インディペンデンスに接近するものは、すべてここで検証され、気に入らないものはすべて撃沈する」

「責任重大ね」

クロウがつぶやいた。

「いくらかはコンピュータが解読するが、あなたの言うとおり、責任は重い」

ピークは手を大きく広げた。

「ＣＩＣとＪＩＣは科学的な領域だ。さらに世界中のニュースも絶え間なく入ってくる。ＣＮＮやＮＢＣは常時モニターに流しているし、重要な他局もだ。また、地質調査所のデータバンクの情報も入手できる。つまり、海軍の深海地形図も閲覧できるということだ。一般研究者の手に入る以上のものを、あなたは手にできる」

三人は一層階下のレベル03に向かった。売店、無人の船室、レクリエーションルームを見学し、広々とした医療センターに入った。抗菌処理された六百床のベッドは無人だ。手術室が六つに、集中治療室がある。クロウは戦時の光景を思い描いた。血まみれで泣き叫ぶ兵士たち。そのあいだを医師や看護師が駆けまわる。彼女にはインディペンデンスが幽霊船のように思えてきた。いや、ゴーストタウンと言うべきか。三人はレベル02に戻り、艦尾方向に進んだ。やがて、車も走れそうな幅の広い傾斜路（ランプウェイ）に着いた。

「このトンネルは艦体をジグザグにアイランドまで通じている。インディペンデンスは、戦略的に重要な艦内エリアをジープで走れるように設計されているのだ。戦時には、水兵もこのトンネルを使ってデッキに出る。われわれは下に行きましょう」

　彼らの足音が鋼鉄製の壁に反響した。クロウには駐車場を連想させた。やがて、トンネルの先が開けて巨大な格納デッキになった。高さは二層階分、奥行きは艦の全長の三分の一はあるだろう。風が通り抜けた。両側に大きなゲートがあり、外にそれぞれプラットフォームが見えた。鈍い黄色の照明が差しこむ陽光と混ざり合い、混沌とした雰囲気をかもし出している。船体のフレームのあいだに、ガラス張りのブースと検問所がいくつかあった。天井には運搬用にフックのついたレールが設置されている。格納デッキの奥に、大型フォークリフトとハマーの軍用ジープが二台あるのが見えた。

「通常ならここは航空機でいっぱいだ。しかし、このミッションにはスーパースタリオン六機で充分だ。ヘリコプターはフライトデッキに駐機してある。非常時には、一機に五十名を収容して退避する。さらに、迅速な作戦に備えて、攻撃ヘリのスーパーコブラ二機も用意した」

次にピークは両側にあるゲートを指した。

「外に見えるプラットフォームは外部リフトだ。エレベータ式で、それを使って大型の航空機をフライトデッキに運ぶ。それぞれのリフトの積載能力は三十トンを超える」

クロウは右舷のゲートに近づいて外の海を眺めた。寒々とした灰色の海が水平線まで広がっていた。氷山がこのあたりを漂流することはめったにない。東グリーンランド海流に乗って、ここから三百キロメートル以上離れた海岸沿いを流れていくのだ。たまに流氷がやって来るだけだった。

アナワクは彼女の横に立った。

「数ある世界の一つだ。そうでしょう?」

クロウは黙ってうなずいた。

「あなたが想定する地球外知的文明の中には、深海ヴァージョンもありますか?」

「あらゆるレパートリーがあるのよ。おかしいと思うでしょうが、地球外知的文明を考えるとき、わたしはまず地球を観察する。深海や、地殻内部、極地や大気の中を覗きこむ。自分の世界を知らないかぎり、ほかの知性体を想像することはできないわ」

アナワクはうなずいた。

「まさにぼくたちの直面する最大の課題だ」

二人はピークのあとについてランプウェイを下った。トンネルは各レベルに接続しながら階段のように下り、最後は艦尾に通じている。三人はインディペンデンスの最も深い区画にやって来た。トンネルの壁に開け放たれた扉があり、冷たい人工光が漏れていた。中に入ると、クロウは生物学者スー・オリヴィエラの姿にすぐに気がついた。彼女とはこの数週間、テレビ電話でしばしば話したものだ。二人の男性と作業台の一つを囲んで話をしている。二人はシグル・ヨハンソンと、ミック・ルービンだと自己紹介した。

そこは、すべてが実験室に様変わりしていた。器具類を設置した作業台がいくつも並び、水槽や冷凍庫もある。大型コンテナが二基まとめて据えつけられており、バイオハザードの表示があった。レベル4実験室だ。中央には、小さな家ほどの大きさの四角い構造物が見える。スロープが周囲をめぐり、鉄製の梯子が上まで通じている。壁にはさまざまなパイプやケーブルが走り、四角い装置につながっていた。楕円形の大きな窓があり、ぼんやりと照らされた内部が見える。中は水で満たされているようだ。

「水族館を積みこんだの？　なんて素敵な」

クロウがオリヴィエラに尋ねた。

「あれは深海シミュレーションタンク。キールのゲオマール研究所にあるオリジナルより少し小さいけれど、代わりに強化ガラス製の大きな窓があるわ。内部の圧力はあなたを殺してしまうほどでも、ほかの生物を生かしておくのに必要な圧力よ。今は、ワシントンで捕獲した白いカニが数百匹入っている。カニは捕まえてすぐに高圧容器に保管した。だから、ゼラチン質を生きたまま捉えるのに初めて成功したわけ。少なくともわたしたちはそう考えている。まだゼラチン質は姿を見せないけれど、カニの中に侵入して、カニを操っているのは間違いない」

「すごい！　けれど、深海シミュレーションタンクはカニだけのために、艦に持ちこんだのではないのでしょう？」

ヨハンソンが意味ありげな笑みを浮かべた。

「何が網にかかるかわからないから」

「じゃあ、戦争捕虜の牢屋ね」

「戦争捕虜か！　うまいこと言うな」

ルービンが言って笑った。

クロウは周囲を見まわした。実験室はどの壁も密閉してある。

「通常なら、ここは車両用のデッキでしょう？」

彼女は尋ねた。

ピークが眉を上げる。

「そうです。そのハッチを抜ければ、インディペンデンスの後部に出られる。先ほど見た格納デッキはこの上です。あなたはよく勉強されたようですね？」

「好奇心が強いだけ」

クロウが控えめに言った。

「その好奇心が結果につながるのを期待してますよ」

「なんて愛想の悪い人なの」

彼女はアナワクにささやいた。実験室を出て、先ほどのトンネルを通って艦尾に向かうところだ。彼は首を振った。

「ピークはいい人ですよ。知ったかぶりする民間人との付き合いに慣れてないだけで」

ランプウェイのトンネルは大きなホールで終わっていた。格納デッキよりも奥行きがあり、天井が高い。そこはウェルデッキで、三人は手前にある人工の岸辺に近づいた。その先は床が低くなっており、板張りの巨大な空のプールだった。プールの中央に、二枚の隔壁で区切られた四角いガラス製のドームが埋めこまれている。その脇に大きな水槽があり、さざ波がホールの照明に輝いていた。波の下を泳ぐ流線型の姿が見える。

「イルカだわ」

クロウが驚いて大きな声を上げた。

「そうです。われわれの特殊部隊です」

彼女の視線が上がった。天井には枝分かれしたレールが敷設してあり、近未来的な乗り物がぶら下がっている。スポーツカーと潜水艇とジェット機を合わせたような乗り物だ。プールの両脇には桟橋のような通路が設置されていた。壁際に装備や道具を入れた箱が積み重ねられ、扉のないロッカーには計測器やドライスーツが入っているのが見える。プールの床に下りる梯子が等間隔に設置されていた。

水のないプールの手前部分に、ゾディアックが四艇並べてある。

「誰かが栓を抜いたのね？」

「ええ、昨日の夕方に。栓はあそこに」

ピークは言って、中央のドームを指さした。それは、縦八メートル、横十メートルほどだろう。

「海中へ通じる水門（スルース）です。二重の隔壁で安全を確保している。ウェルデッキの床にはガラスの隔壁、艦の外殻には頑丈な鋼鉄製の隔壁がある。二つの隔壁のあいだは、高さ三メートルのシャフトになっている。完璧に確実なシステムで、二つの隔壁が同時に開くことはありません。潜水艇をシャフトに入れたら、すぐにガラスの隔壁を閉めて鋼鉄の隔壁を開ける。艦に収容するときはその逆だ。外殻の開いた隔壁から潜水艇をシャフトに入れ、すぐに外殻の隔壁を閉める。すると、潜水艇といっしょに不審なものが入ってこなかったか、ガラスの隔壁越しに確認できる。同時に、シャフト内の海水を化学分析する。シャフト内に設置したセンサーが、海水の汚染や毒素を調べ、結果が、シャフトの壁とコントロールパネルにある画面に表示されます。所要時間は約一分。安全が確認されて初めてガラスの隔壁が開き、潜水艇はデッキに戻ることができる。同じ方法で、イルカを海に出したり収容したりする。こちらにどうぞ」

三人は右舷側の栈橋を歩いた。半分ほど進んだところにコンソールが設置されている。プールの縁すれすれに据えつけられたコンソールには、モニター画面と各種の制御機器がはめこまれていた。そのまわりに集まっている制服を着た兵士たちの中から、立派な髭をたくわえ、鋭い目つきをした骨ばった顔の男が三人に近づいてきた。

「潜水艇ステーションの指揮官、ルーサー・ロスコヴィッツ大佐です」

ピークが男を紹介した。

「あなたがミス・エイリアンですね。クルージングにようこそ。今までどこに隠れていたんですか？」

ロスコヴィッツは黄色く変色した大きな歯を見せて言った。

「宇宙船がちょっと遅れたので。それにしても、シックなコントロールパネルね」

「これですべて操作できます。スルースの開閉、潜水艇の揚げ降ろし、デッキに海水を入れるポンプ」

クロウはインディペンデンスについて調べた事項を思い出し、デッキが突きあたる艦尾の鋼鉄の壁を顎で指した。

「あれも隔壁でしょう？」

ロスコヴィッツはにやりと笑った。

「そうですよ。バラストタンクを満水にすれば艦が沈みます。そこでその艦尾ゲートを開けると海水が流れこみ、ここは素敵な港になるわけです」

「キュートな職場ね。気に入ったわ」

「甘く見ないでください。通常なら、ここに上陸艇やタグボート、ホバークラフトを満載する。この大きなホールが一瞬にして狭い豚小屋に変貌するんです。しかし、このミッションのためには、何もかもすっかり変更する必要があった。上陸艇はいらない。正体不明の怪物に沈められない頑丈な艦、巨大な波を乗り越え、最新のIT機器を満載し、航空機や潜水艇のためのスペースがある艦船なら最適だ。この強襲揚陸艦LHD‐8の建造が間に合って本当にラッキーでした。これは最大・最強の揚陸艦です。しかし、完成間際で、改造を加えることは不可能に近かった。けれど、ミシシッピの造船所はきわめて前向きに、短期間でこのウェルデッキを設計し、スルースを取りつけ、ポンプシステムを改造してくれた。おかげで、艦尾ゲートを開けなくても、このプールに水を入れられる。艦尾ゲートを開けるのは、ゾディアックを海上に出す場合だけです」

クロウはデッキを見下ろした。ネオプレーン製のドライスーツを着た男女が水槽の縁に立っている。赤毛の華奢な女性と、長い黒髪を垂らした筋肉質の大男だ。一頭のイルカが水槽の端に寄ってくると、水面から頭を持ち上げて甲高い鳴き音を立てた。大男がなめらかなイルカの額を撫でている。数秒後、イルカはふたたび水中に潜った。

「あの人たちは？」

クロウが尋ねた。

「イルカ部隊の世話をする、アリシア・デラウェアと……グレイウォルフ」

アナワクがためらいがちに答えた。

「グレイウォルフ？」

彼は肩をすくめた。

「あるいは、ジャックでも。どちらでも返事をしてくれますよ」

「イルカ部隊の目的は？」

「生きたカメラですよ。艦の外を泳いで映像を記録する。けれど、イルカを使ういちばんの理由は、イルカが人間よりもずっと優れた知覚能力があるということだ。ぼくたちが計器を使って探知するよりも早く、イルカのソナーはほかの生物を感知する。ジャックは海軍にいたときに、軍用イルカと作戦を経験している。イルカの語彙は豊富だ。鳴き音を使い分け、これはオルカ、これはコククジラ、これはザトウクジラと知らせてくれる。近づいてくる大型の生物をほぼすべて認識でき、さらに魚群も区分し、知らない生物は未知生物として教えてくれる」

「素晴らしいわね。それで、あそこにいる長髪のハンサムな男性は、本当にイルカの言葉がわかるの？」

アナワクはうなずいた。

「ぼくたちの言葉よりはよくわかるようですよ」

ミーティングは、上陸部隊作戦センターの向かいにあるブリーフィングルームで行なわれた。クロウは個人的に、あるいはテレビ会議を通じ、すでに大勢と知り合いだった。新たに紹介されたのが、SOSUSの音響技術責任者マレー・シャンカー、海洋ジャーナリストのカレン・ウィーヴァー。さらに、インディペンデンスの艦長のクレイグ・C・ブキャナン。彼は筋骨隆々とした白髪の男で、まるで自分が軍隊を創設したかのような顔をしていた。次に、航海長のフロイド・アンダーソンに紹介され、握手した。太い首と小さなボタンのような黒い瞳は、彼女の好みではなかった。最後に遅れてやって来たのが肥満体の男で、ひどく汗をかいている。野球帽をかぶってスニーカーをはき、太鼓腹にぴたりと貼りついた鮮やかな黄色のTシャツには、〈キスして、ぼくは王子様〉とプリントされていた。彼は自己紹介して言った。

「ジャック・ヴァンダービルトだ。私の想像していたETのお袋さんとは違うようだ」

「娘だったら魅力的なんでしょうね」

クロウはそっけなく応じた。

彼は喉の奥で笑った。

「私のような者にお世辞など期待しないでくれ。ドクター・クロウ、すごいじゃないか。あんたが宇宙に向けて無意味に放った不安と期待が、喜び溢れる希望に変わるときがついに来たんだ」

全員が席についた。リーが短いスピーチをして、周知の事実を要約した。合衆国は国連に動議を提出した。非公開で協議された結果、未知の勢力との戦いにおける兵站(へいたん)面、技術面のリーダーシップが合衆国に委任された。結局、日本やヨーロッパ諸国も、〈シャトー

・ウィスラー〉の参謀本部と同様、人類を脅かしているのは人ではなく、未知知性体だという結論に達した。いずれにせよ、合衆国が迅速に戦いの先頭に立ったことには、誰もが胸を撫で下ろしていた。

「皆さんに喜んでお伝えできるのは、殺人藻類に対抗して、人の免疫力を高める薬がまもなく完成することです。とはいえ、副作用を抑制しなければならないし、カニは変異した病原体を運んで至るところに出現する。被害を受けた国のほとんどで、インフラが崩壊しました。アメリカは重責を喜んで引き受けるが、自国の海岸すら守る力がないと、残念ながら認識しなければなりません。そうするうちにも大陸斜面に密生するゴカイの数は増え続けています。状況は悪化する一方ですが、ラ・パルマ島沿岸に密生するゴカイをドクター・フロストとドクター・ボアマンが、いわゆる深海掃除機で一掃しようと懸命に取り組んでいます。クジラの攻撃に関しては、未知の知性体によって本能を奪われたクジラには、ソナー攻撃は効き目がありません。また、メタンガスの漏れを止めることや、メキシコ湾流が流れる水域の海面をふたたび盛り上がらせることには、まったく方策がないのです。対症療法では問題解決になりません。海中探査を次々と妨害されて、根底にある原因を見つけることができない。海の中で何が起きているのか、まるで知ることができないのです。そのあいだにも、海底ケーブルは次々と機能を失っていく。この戦いの結果、わたしたちは目も見えず、耳も聞こえなくなるほど打ちのめされました。冷静に言えば、わたしたちは負けたのです」

　リーはひと息おいた。

「わたしたちは誰を攻撃するのか？　ラ・パルマ島が崩落し、津波がアメリカやアフリカ、ヨーロッパを殲滅(せんめつ)したら、反撃する意味があるのでしょうか。敵をよく知らないかぎり、わたしたちは一歩も前進できません。そもそも敵が誰だかわからないのです。このミッションの目的は戦うことではなく、交渉することです。つまり、未知知性体とコンタクトをとり、人類に対するテロをやめさせること。わたしの経験からすると、どのような敵とも交渉することはできます。そして、このグリーンランド海で敵に遭遇するチャンスが多いと判明しました」

　彼女は笑みを浮かべた。

「わたしたちは平和的な解決を望んでいるのです。最後になりますが、ドクター・サマンサ・クロウをお迎えできたのは嬉しいかぎりです」

　クロウはテーブルに頬杖をついていた。ヴァンダービルトをちらりと見ると言った。

「温かい歓迎に感謝します。ご存じのように、SETIは今日までにたいした成果は上げていません。人間に観察可能な宇宙は約百億光年で、その大きさを考えると、正しい方向にメッセージを送り、誰かに到達するのはほとんど偶然です。それに比べれば、今回のミッションには可能性があります。相手が必ずいるとわかっているからです。さらに、相手の居場所におおよその見当がついている。きっと海のどこか、おそらくこの下にいる。もちろん南極にいるとしても、相手を限定できるでしょう。敵は海からは出られず、北極から放った強力な音波はアフリカの先まで届くからです。これらが期待の持てる理由ですが、忘れてならないのは、彼らとすでにコンタクトを持っていることです。しかし、残念ながら、人類が何十年も前から送っているのは破壊というメッセージだった。そして彼らは返答の代わりに、何の前触れもなく攻撃をしかけてきた。わたしたちはひどく痛めつけられました。ですが、マイナスの感情は捨てて、彼らの攻撃の中にチャンスを見つけるのです」

「チャンス？」

ピークがおうむ返しに訊いた。

「そうです。攻撃から彼らの正体を知り、彼らの考え方を導きだすメッセージだと捉える」

彼女はファイルの束に手をおいた。

「アプローチの手法をまとめてきました。しかし、すぐに結果の出るものではありません。

皆さんはこの数週間、海に何がいて、どのような生物がわたしたちに七つの災いをもたらしたのかを考え、身の毛のよだつ思いをされたでしょう。大ヒットした映画、『未知との遭遇』『E.T.』『インデペンデンス・デイ』『アビス』『コンタクト』などで扱われるのはモンスターか、聖人です。たとえば『未知との遭遇』のエンディング。人類に圧倒的に優る知性体が宇宙からやって来るのは、人類を明るく、よりよい未来に導くためだ。人々はそう考えて慰めを見いだす。けれど、そんなふうに考えられますか？　そうです。問題は、この映画には宗教性があるということです。ある意味、SETIにも言えますが、そのため、未知知性体はまったく違った存在だということを忘れてしまう」

彼女は皆の反応を見守った。ここに来るまで、プロジェクトをどう進めるのがいいか、ずっと考えていた。結局、先入観を取り除かないかぎり進展はありえないと確信した。

「わたしが言いたいのは、サイエンス・フィクションの中では、未知知性体の本当の姿は扱われていないということです。SFに登場する未知知性体は、人間の希望と恐怖をグロテスクなまでに強調した姿です。事実、『未知との遭遇』のエイリアンは失われた楽園への憧れを象徴する。本質的にはそれは天使であり、実際にそう行動する。そして選ばれた人間が光に導かれる。そのとき、エイリアンが持つ文化に興味を抱く者はいません。エイリアンは宗教的な概念を与えるためだけに存在するのです。彼らは非常に人間的です。なぜなら、白く輝く光が天空から出現するように、エイリアンはこういう姿だと人間が望む姿で登場させられるからです。『インデペンデンス・デイ』のエイリアンもまったく同じです。人間の考える悪という概念で悪を表現するかぎり、真のエイリアンではない。善と悪は人間が主張する価値観です。それを超越したところに興味をおくストーリーは皆無です。人間とエイリアンの価値観は異なり、彼らの善悪は人間の善悪には相当しないと考えるのは難しいでしょう。でも、そう考えるのに、宇宙に耳を澄ます必要はない。つまり、それぞれの国や文化の玄関先、国境のすぐ向こうにエイリアンがいると考えればいい。彼らを理解するには、まずコミュニケーションをとらなければならない。両者のあいだには、決して共通の価値観は存在せず、善悪の概念も異なる。意思疎通を図るための、共通する感覚器官さえないかもしれない」

クロウはファイルの束を隣のヨハンソンに渡し、資料を各人にまわすように頼んだ。

「エイリアンとの真のコミュニケーションを考えるなら、手始めに、アリが形成する社会を思い浮かべてみましょう。まず、アリの社会は高度に組織化されているが、実際にアリの知能は高くない。けれど、アリを知性体だと仮定します。わたしたちの任務は知性体集団と意思疎通を図ること。彼らは病気や怪我をした仲間を平気で食いつくす。彼らは自由という概念を理解せずに戦争をする。彼らにとって個人の繁栄を考える余地はなく、排泄(はいせつ)

物を食べることに悪いイメージはない。つまり、人間とは完全に違う方法で機能する生物です。しかし、機能しているのです。さらに仮定を進めて、わたしたちが未知知性体をまったく認識できないとしましょう。たとえば、レオンはイルカの知能が高いかどうか知りたくてテストをする。それで知性体だと判明しますか？　逆はどうでしょう。ほかの生物は人間をどう思っているのか。イールは人間と戦っているが、人間を知性体だと思っているでしょうか？　もうわかったと思いますが、人間の価値観が宇宙の中心だと考えるかぎり、イールには決して近づけない。わたしたちはサイズを縮め、人間の本当の姿に立ち戻らなければならない。つまり、無数の生命体の謙虚な一つに戻らなければならないのです」

クロウは、リーの探るような視線がヨハンソンに向けられているのに気がついた。彼の考えを読もうとしているかのようだ。ここには多様な人間関係があるようだ。ジャック・グレイウォルフとアリシア・デラウェアのアイコンタクトも見逃さなかった。二人のあいだにも何かある。

「ドクター・クロウ、そもそも知性とは何だい？」

ヴァンダービルトが資料をめくりながら尋ねた。トリッキーな質問だ。

「運がいいこと」

クロウは答えた。

「運がいい？」

「知性とは、多くのファクターがうまく結合して生まれる結果です。いくつの定義を知りたいですか？　知性はある文化の中で本質として評価されるものだと考える人もいる。それには問題があります。文化やメンタリティの数だけ定義があることになるから。思考プロセスを研究する人もいれば、知能を数字で測ろうとする人もいる。そこで、知性は先天的か後天的なものかという疑問が生まれる。二十世紀初めには、知性は特有の状況を克服する方法の中にあると主張されました。現在、その考えがまた脚光を浴び、知性は環境の変化に適応する能力だと定義する人もいる。すると、先天的というより後天的なものになる。しかし、知性は人間の概念に深く根を下ろした先天的な能力だと考える人もいる。常に新しくなる状況に思考を合わせる手伝いをする能力だと考えると、知性は経験から学ぶ環境適応能力になる。もう一つ素敵な定義もあるわ。知性は、知性とは何かと尋ねる能力」

ヴァンダービルトはゆっくりとうなずいた。

「つまり、あんたは何もわかってないということだな」

クロウはにやりと笑った。

「では、あなたのTシャツを例に挙げましょう。外見からは、知性があるかどうか判断できないということです」

どっと笑い声が上がり、すぐまた消えた。ヴァンダービルトは彼女を睨みつけた。

それから、にやりと笑った。

「あんたの言うとおりだと認めるしかないようだ」

一度氷が割れると、ミーティングは滞りなく進んだ。クロウは次の段階の概要を説明した。これまでに、彼女はジューディス・リー、レオン・アナワクやNASAの人々の意見を聞き、基本戦略を固めていた。ベースとなるのは、今まで存在しなかった知性体とコンタクトをとるという、ごくわずかな試みだ。

クロウは説明を始めた。

「宇宙空間では簡単です。膨大な量の情報をマイクロ波に載せて放射できる。光は観測できるし、秒速三十万キロメートルの速さで飛んでいく。電線もケーブルも必要としない。ところが、海中では事情がまったく違うのです。波長の短い信号は水に吸収されてしまうし、波長の長い信号を送るには巨大なアンテナが必要となる。光でのコミュニケーションも可能だが、短い距離に限られる。残る可能性は音波です。けれど、そこにも残響という問題が隠れています。音声信号はあらゆるものに反響し、干渉する。メッセージは重なり合い、理解不能になる。それを避けるために特殊なモデムを使うことにしました」

「原理は海棲哺乳動物から学びました。イルカは反響と干渉をかわす方法を考えだした。歌うことで」

アナワクが言った。

「歌うのはクジラだけかと思っていたが」

ピークが言った。

「クジラが歌うというのは、ぼくたち人間の解釈です。クジラに音楽の概念はないでしょう。ここで歌うという意味は、クジラがするように音の周波数とピッチを常に調整するということです。それによって干渉をなくし、大量のデジタル情報を海中で伝達できる。いわゆる歌のモデムを利用するわけです。現在、三十キロバイトの情報を三キロメートルの距離まで発信している。ＩＳＤＮの半分の性能だが、充分に高品質の画像を伝達できる能力です」

「それで、彼らに何を伝えるのだ？」

ピークの質問に、今度はクロウが答えた。

「物理の法則は数学の中にあります。宇宙の秩序は意識の進化を可能にし、人類の起源を簡潔な方法で説明するために数学を新たに創造しました。知性体が同じ物理的条件下に存在するかぎり、数学は理解し合える唯一の言葉です。わたしたちはその言葉を利用します」

再びピークが尋ねた。

「どのようにして？　計算でもさせるのか？」

「いいえ。人間の思考を数学で表現するのです。一九七四年、わたしたちはヘルクレス座の球状星団に向けて、強力な電波でメッセージを送りました。しかしその前に、未知の惑星で理解されるように、メッセージを暗号化する方法を考えなければならなかった。懸命に探した結果、結局、すでに確立された数学的手法を使えば機能するとわかった。そこで、モールス信号のドットとダッシュのように、二進法を使って千六百七十九個の記号を送ったのです。ここから話が複雑になりますよ。千六百七十九という数を選んだのは、二十三と七十三という素数からなる数字だからです。これを受け取った者は、人間の使う数体系を理解し、千六百七十九個の数字を七十三行、二十三列に並べ替えることができる。そして、ドットとダッシュを白黒に塗り分ければ、絵が復元できるのです」

彼女は粗いピクセル画像のような絵がプリントされた用紙を掲げた。抽象的な図もあるが、はっきり形がわかるものもある。

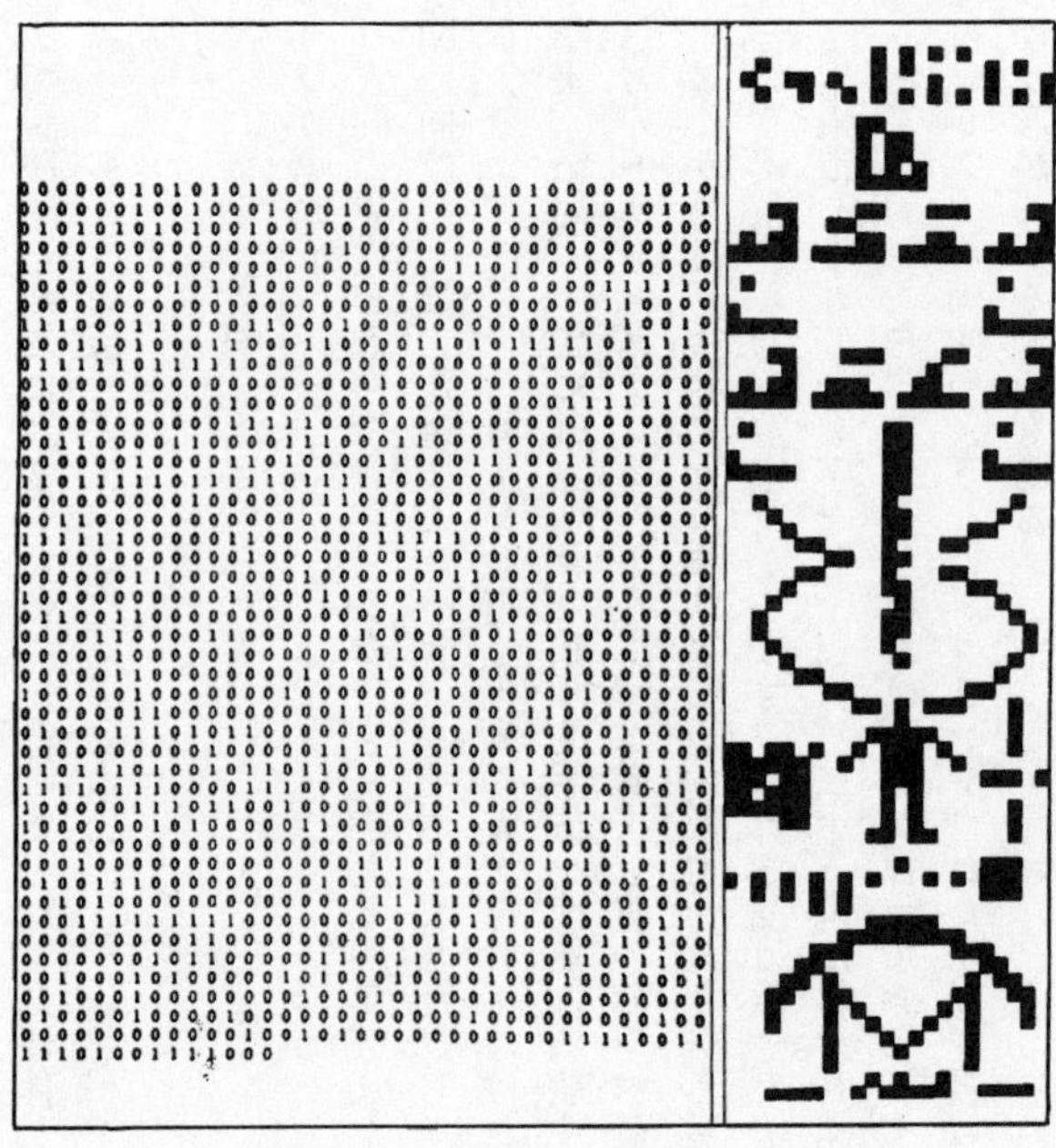

「最上段が、一から十までの数字。次は元素。水素、炭素、窒素、酸素と燐で、地球と地球上の生物の構成元素を示すもの。それに続いて、核酸の糖と塩基の化学式。二重螺旋構造。下から三分の一のところには、DNA構造につながった人間の姿。高度に進化したことを伝える情報。受信者は地球上の単位を知らないから、メッセージを送信した信号の波長を単位として用い、人間の平均身長を換算して表わした。その下が太陽系の構成。そして最後は、メッセージを送信したアレシボ望遠鏡の概観、性能、大きさです」

「礼儀にかなった招待状だ。こちらに飛んできて、われわれを食ってくれ」

ヴァンダービルトが言った。

「そういう招待状を送れと、あなたの役所がわたしたちに頼みこんできたのでしょう。でも、そんな招待状は必要ないと答えましたよ。何十年も前から、電波は宇宙空間に発信され続けている。情報機関の秘密の電波も含め、あらゆる電波が。そのような電波は解読しなくても、高度な文明社会のものだと把握できるのだから」

クロウは図を下においた。

「アレシボ・メッセージは届くのに二万六千年かかる。だから、返事を受け取るのは少なくとも五万二千年後。ですが安心してください。今回はずっと早く返事が来るでしょう。メッセージは何段階かに分けて送ります。最初のメッセージは簡単なもので、計算問題が二つ。海の中にいる誰かにスポーツマンシップがあれば、返事をくれるでしょう。最初のコミュニケーションは、イールの存在を証明し、そもそも会話が可能かどうかを判断するのが目的です」

「返事をくれるだろうか？　連中はおれたちのことをよく知っているのに」

グレイウォルフが訊いた。

「少しは知っているでしょうが、本質は知らない。つまり、人間に知性があるかどうか」

ヴァンダービルトが首を振った。

「今、何と言った？　やつらはわれわれの船を破壊したんだ！　われわれの造船技術をやつらは知っている。人間の知性を疑う余地はないだろう」

「複雑な構造物を作れるからといって、知性の証明にはなりません。シロアリの巣をごらんなさい。建築の最高傑作だわ」

「それとは別ものだ」

「もっと謙虚になりましょう。ドクター・ヨハンソンが言うように、イールの文化がバイオロジーにだけ基づくならば、わたしたちに明確で構造的な思考力があると、彼らが思っているとはかぎりませんよ」

「つまり、やつらはわれわれを……動物だと思っているのか？」

ヴァンダービルトの唇が嫌悪に歪んだ。

「きっと害虫だと思っているわ」

「病原菌かも。彼らは消毒業者ってところかな」

デラウェアがにやりと笑って言った。

クロウが続ける。

「わたしは彼らの思考構造を探り、そこから生活様式を導きだしてみました。もちろん、すべては推測だとわかっている。でも、わたしたちはコンタクトをとる手段を限定しなければならないのです。そこで、なぜ彼らが外交的手段をとらず戦いに訴えたのか、その理由を考えてみました。彼らは外交を重要視しないのかもしれない。そもそも外交的手段なんて思いつかなかったのかもしれない。サスライアリの集団は、自分たちが襲う動物に外交儀礼など尽くさない。本能に従うだけ。ところが、イールは計画性のある行動をすることによって、自分たちの認識能力を証明した。彼らの戦略は創造的だわ。イールに知性があり、彼らもそう認識しているとしたら、道徳や倫理や善悪の概念は持ち合わせていないようね。彼らの論理で唯一首尾一貫しているのは、わたしたちと仮借なく戦うこと。その論理を考え直す理由を与えないかぎり、彼らは攻撃をやめないでしょう」

「やつらが海底ケーブルをかじったのなら、情報を送る必要はない。そこから、あらゆる情報を吸収できたにちがいない」

ルービンが言った。

シャンカーが笑って答える。

「それは違う。アレシボ・メッセージはエイリアンが解読できるように構成されているから、理解できるのだ。われわれが普通にデータをやりとりするのに、そんなことは考慮していない。だから、ケーブルから吸収した情報は役には立たない」

「そのとおりだ」

ヨハンソンが声を上げた。

「さらにドクター・クロウは、バイオロジーに根ざした文化をイールが持つという私のアイデアを採用した。なぜか？　それがまったく明らかだったからだ。彼らは機械や道具を使わない代わりに、遺伝子を利用する。変異を起こして生物を武器に変える。彼らは人間とは完全に異なる方法で、自然と結びついている。人間よりもずっと自然環境に近いのだ」

「高貴な野生という意味なのか？」

ピークが尋ねた。

「高貴かどうかはわからない。車の排気ガスで大気を汚染するのは非難されるべきことだ。

彼らが都合のいいように生物を培養し、遺伝子操作することも、同じように非難されるべきだろう。しかしそれは、人間によって彼らの生活圏が脅かされているというメッセージにしか私には思えないのだ。熱帯雨林の伐採を考えてみよう。ある者は伐採に反対し、ある者はそれでも伐採し続ける。この場合、イールは森にたとえられないだろうか。それは、いかに彼らがバイオロジーと関係が深いかを物語っている。その点について、気になることがもう一つある。クジラを除けば、彼らは群れをなす生物を使っている。ゴカイ、クラゲ、貝、カニはすべて群れで現われた。一匹では役に立たない。彼らはこれらの生物を何百万匹も、目標を達成するために犠牲にした。人間も同じように考えるだろうか？　われわれはウイルスや細菌を培養するが、人工の武器に扱いやすい数をつめるだけだ。生物を利用した大量破壊兵器は実は人間のものではない。一方、イールは生物兵器に長けているようだ。なぜか？　おそらく、群れというものを彼らが熟知するからだろう」

「つまり……」

「イールは知性体の集まりだと、私は考える」

「そういう集合体は外界をどのように見るのだろうか？」

ピークが尋ねた。

アナワクが答える。

「網にかかった魚は、漁師はどう感じているのかと疑問に思うかもしれませんよ。魚に思考能力があれば、なぜ自分も仲間たちも窒息させられるのか、これは殺戮（さつりく）だと思うかもしれない」

「ありえない。たかが魚だぞ」

ヴァンダービルトが言った。

クロウは両手をあげた。

「わたしはドクター・ヨハンソンに賛成します。結論は、イールはモラルも同情も持たない集合体だということ。映画では、気持ちの悪いねばねばしたエイリアンの前で、人間はただ目を丸くするだけだけれど、わたしたちはそれではだめだわ。わたしたちに唯一できるのは、彼らに人間を殺すのをやめさせて、コミュニケーションをとらせること。イールが今までにしでかしたことは、物理や数学を知らなければ不可能だわ。だから、わたしたちは彼らに数学で決闘を挑む。彼らの理論、あるいはつかみようのないモラルに訴えかけて、彼らを交渉する気にさせる」

「われわれの知性を、彼らに見せてやらなければならない。物理や数学に傑出する者がいるとしたら、それはわれわれだ」

ルービンが主張した。

「でも、わたしたちは自覚を持った知性体かしら？」

ルービンは困惑して目をしばたたいた。

「どういう意味です？」

「わたしたちは自分の知性を自覚しているのかしら？」

「もちろん！」

「それとも、人間は学習能力のあるコンピュータなのかしら？　答えはわたしたちにはわかるけれど、イールはどうかしら？　理論的には、あなたの頭に電極を埋めこめばあなたは人工知能を獲得できる。人工知能なら何でもできるわ。宇宙船を建造し、光速を超えるのも可能でしょう。でも、人工知能は自分の業績を自覚できるかしら。一九九七年、IBMのコンピュータ、ディープ・ブルーはチェスの試合をしてチャンピオンのカスパロフを破った。ディープ・ブルーにその自覚があるの？　それとも、自覚とは関係なく、コンピュータは勝ったの？　人間は都市を建設し、海底ケーブルを敷設するから、自覚を持つ知性体だと必然的に考えるのかしら？　SETIは、人工知能を作りだした知性体が死に絶えたあとも、さらに何百万年も勝手に発達を続ける機械文明に遭遇する可能性を、排除しなかったわ」

「では、深海の知性体は？　ドクター・クロウ、あなたが正しいとすると、イールは水かきを持ったアリになる。価値観を持たない……」

クロウは笑みを浮かべた。

「そうです。だから、段階を踏んでメッセージを送るのよ。まず、相手が誰だか知る。第二段階では、対話が可能かどうか知る。第三段階では、イールが対話および自己を自覚しているか知る。イールが知識や能力のほかに、想像力や理解力を持っていると結論できて初めて、彼らを知性体だと判断できる。そうして初めて、彼らの価値観を考える意義が生まれる」

誰もが沈黙した。しばらくしてリーが口を開いた。

「科学的な論議に口をはさむつもりはありません。知能そのものには感情がないが、意識が知能に連結すればまったく違ったものになる。その結果として、価値が生じるのではないでしょうか。イールが意識を持った知性体ならば、少なくとも一つの価値は認めるはずです。生存する価値を。自分を守ろうとするのは、それを認めているからでしょう。つまり、彼らには価値観がある。問題は、人間の価値観と共通点があるのかどうか。あったとしても、非常にわずかかもしれませんね」

クロウがうなずいた。

「きっと、わずかなのでしょう」

その日の夕方、最初の音波信号を深海に向けて送った。スクラッチと名づけられた未確認音のスペクトログラムの中にあり、シャンカーが確認した周波数帯を使用した。モデムが周波数を調節する。音波信号はあちこちで反響し、干渉を引き起こした。クロウとシャンカーは戦闘情報センター（CIC）につめて、満足できる結果が得られるまで何度も調整した。一時間後、はっきりとメッセージを受信できるまでに音波を処理することができた。

イールはメッセージを受け取ることに意義を見いだすだろうか。

返答する必要があると考えるだろうか。

クロウは薄暗いCICのシートに座って、めったに味わえない高揚感に胸が躍っていた。何十年も待ち焦がれたコンタクトの瞬間が、突然目の前に迫ったのだ。同時に、恐怖も感じた。この遠征隊のメンバーや自分には責任が重くのしかかっている。これはSETIプロジェクトのような冒険ではない。カタストロフィを収束し、人類を救う挑戦だ。

科学者の夢は悪夢に変わってしまった。

アナワクは艦の最奥部からアイランドに上がり、狭い通路を伝ってフライトデッキに出た。

航海が進むうちに、甲板はすっかり遊歩道になってしまった。歩く暇ができたら、誰もが甲板を散歩して考えをめぐらす。あるいは、誰かとおしゃべりをする。世界最大のヘリ空母のフライトデッキは、皮肉なことに、静けさに身をおいて意見を交換する場に変貌してしまった。大型輸送ヘリのスーパースタリオンが六機、攻撃ヘリのスーパーコブラが二機、果てしなく広がるアスファルト舗装の甲板に寂しそうに佇んでいた。

グレイウォルフはインディペンデンスに乗っても、風変わりなライフスタイルを続けていた。とはいえ、彼の生活にデラウェアが占める割合は日ごとに大きくなっていく。二人の関係は急速に接近した。彼女がグレイウォルフを一人にするのは、彼が彼女といっしょにいたいという気にさせるためだ。一見すると二人は友人同士だが、アナワクは二人の信頼関係が深まるのを見逃さなかった。そのサインは明らかだ。デラウェアが彼を手伝うことはなくなり、グレイウォルフとともにイルカの世話をするようになったのだ。

グレイウォルフが艦首の端であぐらをかき、海のほうを向いて座っていた。アナワクは隣に腰を下ろすと、彼が何かを彫っていたことに気がついた。

「それは何だい？」

グレイウォルフは彫像をアナワクに手渡した。巧みにヒマラヤスギを彫った、かなり大きな完成間近の彫像だった。片側がグリップになっており、もう一方の大きな面にはいくつかの像が絡み合っている。強大な顎を持つ二頭の動物、鳥が一羽、明らかに動物たちに翻弄される人間が一人。アナワクは指先で彫像を撫でた。

「美しい」

「それはレプリカだ。おれはレプリカしか作らない。本物を作るには血が欠けているから」

グレイウォルフは言って、にやりと笑った。

「わかってるよ。先住民の純粋な血だろう」

アナワクも笑みを浮かべた。

「あんたはいまだにわかってない」

「まあいい。ところで、これは何だ？」

「見てのとおりだ」

「そんな言い方をしないで、教えてくれ」

「儀式に使う棍棒(クラブ)だ。トラ‐オ‐クイ‐アト。本物はクジラの骨でできていて、十九世紀後半の私蔵品だ。彫ってあるのは先祖の言い伝え。ある日、男があらゆる種の動物が入った不思議な籠を見つけ、村に持ち帰る。直後、男は病に倒れて高熱に襲われるが、誰にも治すことはできない。病気の原因もわからなかったが、男は夢で原因を知る。籠の中の動物たちのせいだったのだ。夢の中で、男は動物たちに襲われる。動物はただの動物ではなく、化身だった」

グレイウォルフはずんぐりした像を指さした。体の半分が野獣で、半分がクジラだ。

「これはオオカミ＝オルカ。夢の中では男に襲いかかって首に嚙みつく。そこに、男を助けにサンダーバードが現われる。ほら、オオカミ＝オルカの脇腹に爪を立てているのがわかるだろう。戦いが続くあいだに、クマ＝オルカが現われ、男の両足に食らいついた。男は目を覚まし、息子に夢を話して聞かせる。まもなく男は死んだ。息子はこのクラブを彫り、父親の復讐に、それで六千の化身動物をたたき殺した」

「この伝説の奥にある意味は？」

「あんたは、何にでも深い意味がなければだめなのか？」

「この話の場合、尽きることのない戦いという意味じゃないか？　善と悪のあいだの」

グレイウォルフは額にかかる髪を払った。

「それは違う。これは生と死の物語だ。それだけだよ。あんたはいつか死ぬ。それは明らかだ。で、人生には浮き沈みがある。あんた自身は無力だ。もちろん、いい人生も悪い人生も送れるが、あんたの身に何が起きるかは、高いところの力が決める。自然と調和して生きれば、あんたは救われる。自然に反すれば、あんたの息の根は止められる。肝心なのは、あんたが自然を支配するのではなく、自然があんたを支配するということだ」

「男の息子はそんなことを知らなかったようだ。なぜ、父親の復讐を考えたのだろう？」

「彼が正しい行動をしたとは、伝説は語っていない」

アナワクはクラブを返した。アノラックに手を入れて、アケスク伯父がくれた鳥の精霊の像を取りだした。

「これにまつわる話を教えてくれないか」

グレイウォルフは像に目をやった。手に取り、裏返して眺めた。

「西海岸のものではないな」

「そうだ」

「大理石か。まったく違う土地のものだ。あんたの故郷のものなのか？」

「ケープ・ドーセット……シャーマンからもらったんだ」

「あんたがシャーマンからもらっただって？」

「ぼくの伯父だ」

「で、伯父さんは何と言ったんだ？」

「何も。ただ、鳥の精霊はそのときが来たら、ぼくの考えを正しい方向に導いてくれる。そのためには、ぼくには仲介者が必要だと」

グレイウォルフはしばらく沈黙したが、やがて話しはじめた。

「鳥の精霊はどこの文化にも存在するんだ。サンダーバードは先住民の伝説の一つで、多彩な側面がある。創造の一部でもあり、自然の精霊でもあり、高いところの存在だが、一家系のアイデンティティでもある。おれはサンダーバードに由来する名前を持つ一族を知っている。彼らの祖先が、ユークルーリト近くの山頂でその鳥を見たという。しかし、鳥の精霊にはほかの意味もある」

「たいてい頭に関係するものだろう？」

「驚いたな、よく知ってるじゃないか。古代エジプト絵画には、鳥の形をした冠がよく描かれている。エジプトでは鳥の精霊は意識を意味する。鳥籠に捕らえられたように、意識は頭の中に捕らえられている。頭蓋（ずがい）を開くと鳥は飛び去るが、また頭の中に閉じこめることもできる。すると、意識が戻る、あるいは目が覚めるということだ」

「眠っているときには、意識はどこかに旅をしているという意味か？」

「あんたは夢を見るが、夢は想像の産物ではない。あんたには見えない高いところにある世界で意識が見たものを、夢は教えてくれるんだ。チェロキー族の首長の羽根飾りを見たことがあるか？」

「西部劇でなら」

「頭の羽根飾りは、首長の精神が羽根の一本ずつを使って頭の中に姿を描くという意味だ。つまり、頭の中にアイデアがいっぱいつまっている。だから、首長なんだ」

「心は高く舞い上がる」

「そうだ、羽ばたいて。ほかの種族では、羽根飾りはたいてい一本だが、同じ意味がある。鳥の精霊は意識の象徴だ。だから、インディアンは決して頭の皮をはがれてはならないし、羽根飾りを失ってはならない。それは自分の意識を失うことだからだ。最悪の場合は永遠に」

グレイウォルフは眉根を寄せた。

「シャーマンがこの彫像をあんたに与えたということは、あんたの意識をほのめかした。あんたの創造力を示したんだ。あんたは精神を利用しなければならない。それにはまず心を開くことだ。すると、あんたの精神は旅にでる。つまり無意識といっしょになるわけだ」

「お前は、どうして羽根飾りをつけてないんだ？」

グレイウォルフの口もとが歪んだ。

「あんたの指摘どおり、おれは正統な先住民じゃないからな」

アナワクは口をつぐんだ。

「ヌナブトで夢を見た」

しばらくして彼は言った。

グレイウォルフは答えなかった。

「ぼくの精神は旅をした。海の氷を突き破って深海に沈んでいった。すると、海は空に変わった。ぼくは氷山に登る。氷山は青い海を漂っていた。まわりには海しかない。ぼくは氷山といっしょに流された。氷山はいずれ解けるだろう。けれど奇妙なことに、怖くなかった。あるのは好奇心だけ。氷が解ければ、ぼくは海に沈んで溺(おぼ)れてしまう。なのに、新しい世界、未知の世界に行けるように思えた」

「その海の中に何があると思うんだ?」

アナワクは考えこんだ。

「生命」

「どんな?」

「単に生命としかわからない」

グレイウォルフは逞しい手の中にある、緑色の大理石でできた小さな鳥の精霊の彫像を見下ろした。

「正直に言ってくれ。なぜおれたちは、リシアとおれは艦に乗っているんだ？」

アナワクは海原を見やった。

「お前たちは必要とされたから」

「レオン、嘘を言うな。おれはイルカをうまく扱えるが、海軍から優秀な訓練士を連れてくることもできたはずだ。リシアにいたってはまったく役に立たないだろう」

「彼女は素晴らしい助手だ」

「あんたが彼女を指名したのか？　本当に必要なのか？」

「いや」

アナワクはため息をついた。そして空を仰ぎ見た。ずっと空を見上げていると、天と地が逆になった錯覚に見舞われる。自分は空にいて、雲は大地に広がる景色の一つになる。丘や谷や川や湖を見ている気分になる。いつかそう思いこんでしまい、本当は頭上に広がるのは空なのに、その空の深みに落ちないように、何かにつかまらなければならなくなる。

「いや、お前たちがここにいるのは、ぼくが望んだからだ」

「どうして？」

「友だちだから」

ふたたび沈黙が訪れた。アナワクは雲を見続けていた。細かな部分までよく見える。世界の細部。何キロメートルも離れた世界。イールの住む世界より、果てしなく遠い世界だ。

グレイウォルフはうなずいた。

「おれたちは友だちだ」

アナワクは笑みを浮かべた。

「ぼくは誰ともうまく付き合ってきたが、真の友と呼べる友人はいなかった。けれど、知識が豊富で、論争好きなちびの女学生を友と呼び、かつて殴りあいの喧嘩をしそうになった、のっぽの変人を友と呼ぶようになるとは、思いもしなかった」

「論争好きの女学生は友人ならではのことをした」

「何を？」

「あんたの人生に興味を持った」

「そう言われると、そうだ」

「おれたち二人は、ずっと友だちだった。ただ……」

グレイウォルフは言いよどんだ。やがて彫像を高く掲げ、にやりと笑った。

「……ただ、おれたちの頭がしばらく閉じていたんだな」

「どうしてぼくはあんな夢を見たのだろうか？」

「氷山の夢か？」

「ずっと悩んでいるんだ。ぼくは神秘を信じる人間じゃない。むしろ嫌悪を覚えるくらいだ。けれど、ぼくには説明のつかない何かがヌナブトで起きた。何かがぼくの身に起きた。この夢を見たとき、少なくとも外の氷の上で何かが起きた」

「あんた自身は何だと思うんだ？」

「未知の力、深海に住む未知の生物の脅威。ぼくは必ず深海で見つける。ぼくの使命は海の底に行き……」

「世界を救う？」

「それは言わないでくれ」

「おれの考えを聞きたいんだろう？」

アナワクはうなずいた。

「レオン、あんたは勘違いしている。何年も、あんたは自身を隠し、くだらないイヌイットのトラウマを引きずって歩いた。そうやって、あんた自身にも他人にも重荷となった。人生のことなど何ひとつわかってはいない。あんたがいっしょに流された氷山は、あんた自身だった。冷たく、近寄りがたい氷塊だ。しかし、あんたの言うことは正しい。何かがあんたの身に起きたんだ。氷塊は解けはじめた。あんたが沈むことになる大洋は、イールが住む海じゃない。そこはおれたち人類の世界だ。あんたの世界だ。これはあんたを待ち受ける冒険だ。友情、愛、敵、憎しみ、怒り、何でもある。だが、あんたの役はヒーローを演じることじゃない。勇気を証明する必要なんかないんだ。この物語では、ヒーローの役はすでに割り振られている。ヒーローは死者たちの役だ。あんたは生者の世界に生きている」

夜

それぞれには、それぞれの寝方がある。

クロウは華奢(きゃしゃ)な体を丸めて毛布をすっぽりかぶる。銀色の髪が半分のぞいている。ウィーヴァーは裸のままうつぶせになり、何も体にかけない。片腕を枕の代わりにし、頭を片側に向ける。顔はウェーブのかかった栗色の髪に隠れ、半分開いた口が見えるだけだ。シャンカーは寝相が悪い。寝具を半分はがし、ときどき鼾(いびき)をかいては寝言を言う。翌朝のベッドは、悪夢にうなされた惨状を物語っていた。

ルービンはほとんど眠らない。セックスに明け暮れているからだ。特にキャビンの床で。グレイウォルフは伝説の動物のような赤銅色の巨体を仰向けに横たえ、デラウェアの乳白色の体を抱えている。二部屋先では、Tシャツを着たアナワクが横向きに眠っている。オリヴィエラもごく普通の寝姿だ。二人は静かに息をして、一、二度寝返りを打つだけだ。

ヨハンソンは仰向けで、手のひらを上に向けて両腕を大きく伸ばしている。このような恰好で眠るのは、将官や士官用のベッドで眠る者にだけ許される特権だ。何年も前のことだが、いっしょに寝ていた女性が真夜中に彼を起こした。そして、彼の寝相を大地主が寝ているようだと言ったそうだ。これは〈シャトー・ウィスラー〉で彼が披露した話だった。

事実、毎晩彼は、目を閉じて人生を抱きしめようとするかのように眠る。

眠っている者もいるが、明るいモニター画面を監視する者もいる。各モニターに、キャビンが一室ずつ映しだされていた。薄暗い部屋で制服を着た男が二人、モニターに映る科学者たちを見張っている。その背後に、リーとヴァンダービルトが立っていた。

「純白の天使だな」

ヴァンダービルトが言った。

リーは、デラウェアが頂点に達するのを平然と眺めていた。音声は絞ってあるが、それでも愛の調べがコントロールルームの冷たい空気に押しよせてきた。

「気に入ってもらえてよかったわ」

「こっちの筋肉質が私の好みだ。いい尻をしてるじゃないか」

ヴァンダービルトは言って、ウィーヴァーを指した。

「好きなの？」

彼はにやりとした。

「おい、やめてくれよ！」

「少しは魅力的になったらどう？　百キロも体重があるのでしょう」

ヴァンダービルトは額の汗を拭った。二人はしばらく画面を見つめた。彼は気に入った場面に出くわすのを楽しんでいる。リーにとっては、人々が画面の中で鼾をかこうが、セックスをしようが、側転をしようが、どうでもよかった。天井から逆さまにぶら下がるか、よだれを垂らして取っ組み合いの喧嘩でもしなければ、彼女の気は引けそうにない。

肝心なのは、彼らがどこにいて、何をして、何を話しているかを知ることだ。

「監視を続けなさい」

彼女は言って踵（きびす）を返した。部屋を出ていきながら、付け加えた。

「すべてのキャビンを見張るのよ」

八月十三日

訪問

返事は来ない。

メッセージは夜通し海中に送信された。しかし、まだ成果はない。午前七時、起床の合図で皆はベッドから起きだすが、さすがに昨夜は、多くの者が充分に眠れなかった。普通なら大型艦の揺れは心地よい眠りを誘う。航空機の離着艦もないから、頭上から騒音は降ってこない。空調がかすかな音を立て、キャビンの温度は一定に保たれてベッドは快適だ。任務に向かう人々の足音が、あちらこちらの通路で聞こえる。艦の真ん中からジェネレータの立てる低い音が響いてきた。高まる期待感さえなければ、よく眠れることだろう。たいていの者はあれこれ思いを馳せながら、眠れない夜を過ごしたのだった。ヨハンソンも、メッセージがグリーンランド海の深い海底に何を引き起こすだろうと考えるうち、悪夢に襲われた。

ずっと南ではなく、グリーンランド沖をインディペンデンスが航行するのは、ウィーヴァーとボアマンに支持されて、ヨハンソンの主張が通ったからだ。アナワクやルービンをはじめとするほかの者は、海底火山の連なる大西洋中央海嶺で直接コンタクトをとることを提案した。ルービンは決定的な論拠として、そこに生息するユノハナガニと、ニューヨークやワシントンを襲ったカニとの類似性を挙げた。さらに、そういう海域以外の深海には、高度に進化した生命体が生存できる条件が揃わない。一方、海底火山帯は理想の環境だ。岩盤の亀裂から熱水が湧き、さまざまなミネラルや生存に不可欠な物質を供給する。熱水噴出域では、ゴカイや貝、魚やカニは未知の惑星と酷似した条件下で生息する。そこにイールがいても不思議ではない。

ヨハンソンは多くの点でルービンが正しいと認めた。しかし、反対する理由を二つ挙げた。第一の理由は、火山帯は快適な生存環境を深海に生みだすが、一方で生存に厳しい環境でもある。そこでは海洋プレートが開いて短期間に溶岩が押しだされる。噴火が起こり、深海のビオトープは破壊されてしまう。新生物が登場するまでに時間はかからないが、それでも知的文明を持つ生命体はそのような地帯を生活圏には選ばないだろう。

第二の理由は、イールに近づけば、コンタクトの可能性がそれだけ高くなるということだ。しかし、正確な居場所については論争が繰り返された。どの意見にも信憑性(しんぴょうせい)があった。たとえば、ある者はイールは深海に生息すると主張した。初めの頃の異常現象の多くが深海で起きているからだ。また、海淵や広大な海盆だという者もいれば、熱水噴出孔付近だというルービンの意見に賛成する者もいた。最後にヨハンソンが、イールの生息場所にこだわるのではなく、絶対に存在するという場所を探しだそうと提案したのだった。

グリーンランド海に見られた、冷海水の深海への沈みこみは消滅してしまった。結果、メキシコ湾流が停滞した。これらの現象には二つの要因が考えられる。一つは海水温の上昇。もう一つは真水の供給過剰だ。北極から解けだした真水は南に流れ、高塩分の北大西洋の海水と混ざり合って、その塩分濃度を下げる。すると海水は深海に沈むには軽くなりすぎてしまうのだ。二つの要因は、海洋循環を変えるという大がかりな操作がなされたことを示している。イールは北極圏のどこかで、海の大変革を促進させようと励んでいるはずだ。

イールはこの近くに必ずいる。

安全面の検討もなされた。常に最悪の事態を想定するボアマンでさえ、グリーンランド海盆ではメタンのブローアウトの危険性は少ないと認めた。バウアーの調査船はスヴァールバル諸島沖で消息を絶ったが、その海域の大陸斜面には膨大なメタンが埋蔵されている。

しかし、インディペンデンスの下には水深三千五百メートルの深海が広がる。それほどの深海には、比較的メタンは少ないのだ。いずれにせよ、インディペンデンスほどの大型艦船がブローアウトで沈む可能性はない。それでも万が一に備え、海底に眠るメタンの資源量を調べるため、定期的に地震波による探査を行なった。結果、メタンが存在しないと思われる地点を発見した。また、このような外洋では大津波の影響はないだろう。もちろん、ラ・パルマ島が崩落すれば話は別だが。

そうでなくとも、どのみち手遅れになる。

こうして彼らは氷の海にやって来た。

彼らは閑散とした広い士官用食堂で、スクランブルエッグとベーコンの朝食をとっていた。アナワクとグレイウォルフの姿はない。ヨハンソンは起床の合図で起こされてすぐに、ラ・パルマ島のボアマンと電話で話をした。ボアマンは海底を浚渫（しゅんせつ）する機材の準備に忙しい。カナリア諸島とは時差があり、まだ早朝のはずだが、彼は何時間も前に起きて活動していた。

「ようやく、長さ五百メートルの吸引チューブが作動したよ」

ボアマンが笑って言った。

「隅々まで吸い取ってくれ」

ヨハンソンは応じた。

ボアマンに会えなくて寂しい。彼ほどの好人物は、インディペンデンスにはいなかった。クロウと話をしながら朝食をとっていると、航海長のフロイド・アンダーソンが食堂に入ってきた。〝USSワスプLHD‐8〞と書かれた、鍋のように巨大な保温マグカップを胸の前に抱えている。ドリンクバーに行き、コーヒーをなみなみと注いだ。

「お客さんが来ましたよ」

彼は一同に向かって大声で言った。

全員の視線が彼に集まった。

「コンタクトがあったの？」

オリヴィエラが尋ねた。

「もしそうなら、わたしが知らないわけないでしょう。シャンカーがCICに詰めているから、彼から知らせが来るはずよ」

クロウは言って、巨大なベーコンを平然と口に運んだ。灰皿には、今日三本目か四本目の煙草がくすぶっている。

「じゃあ、誰が来たの？」

「デッキに出れば、会えますよ」

アンダーソンが秘密めかして言った。

フライトデッキ

デッキに出ると、ヨハンソンの顔は冷気で凍りついた。空はほの白く、灰色の海に波頭が白く泡立っている。夜半から強まった風が、針のように鋭い氷の粒をアスファルトのデッキに吹きつけていた。右舷にひと塊になった人影が見える。近づくと、それがリーとアナワク、グレイウォルフだとわかった。そして、彼らが気をとられているものが何か、ヨハンソンにもはっきりした。

艦から少し離れたところに、海から突きだす尖った背びれのシルエットが見えた。

「オルカですよ」

ヨハンソンが隣に立つと、アナワクが言った。

「何をしているのだろう？」

アナワクはみぞれまじりの雨に目を細めた。

「ちょうど三時間前から、艦を取り囲んでいる。イルカが教えてくれたんです。どうやら、ぼくたちを見張っているようだ」

シャンカーがアイランドから駆けだしてきて、仲間に加わった。

「誰かさんが、わたしたちに注意を向けはじめたのよ。きっとこれが返事だわ」

「どうしたんだ？」

クロウが言った。

「われわれのメッセージの？」

「ほかに何があるかしら？」

「計算問題の答えにしては奇妙だ。方程式のほうがいいのだが」

オルカは艦から充分な距離をとっている。すごい数だ。百頭はいるとヨハンソンは思った。同じ速度で泳ぎ、ときどき黒光りする背を波間に見せる。本当にパトロールしているようだ。

「脳をやられているのだろうか？」

彼はアナワクに尋ねた。アナワクは目から水滴を拭った。

「たぶん」

「教えてくれ……やつらがオルカの脳を操ってるとしたら……やつらはおれたちを見たり聞いたりできると、あんたたちは考えるのか？」

グレイウォルフが顎をさすりながら訊いた。

「そのとおりだ。オルカの感覚器官を通じて」

アナワクが答えた。

「まさに、そうやってゼラチン質は視覚や聴覚を手に入れたのだ」

彼らは海を見つめた。

クロウが煙草を深々と吸いこみ吹きだした。凍てつく大気の中を、煙はちぎれて飛んでいった。

「どうやら始まったようね」

「何が？」

リーが尋ねた。

「こちらの力を測っているのよ」

「好きにさせてやりましょう。どんなことにも準備はできているわ」

リーは口もとに薄笑いを浮かべた。

「予想できることにだけでしょう」

クロウが付けたして言った。

実験室

ヨハンソンはルービンとオリヴィエラの先に立って実験室に向かいながら、この異常な心理状態はいつから現われたのだろうかと考えた。

知性体の存在を唱えたのは自分だ。もちろん自分でなくても、ほかの誰かが同じ理論を展開しただろう。いずれにせよ事実は、いまだ仮説の上に立っている。オルカの群れがインディペンデンスを囲み、オルカの体内にはエイリアンの目や耳がある。エイリアンはどこにでもいるのだ。だから、コンタクトを期待して海にメッセージが送られる。しかし、コンタクトはとれないかもしれない。彼らに騙されているのかもしれない。〈第五の日〉、神が海の住人を創った第五の日は、ただの幻想だったのか？　無意味なことをしているだけなのか？

われわれはまったく進歩していない。われわれが理論にとらわれず、正しい方向に進む確信をもたらしてくれる何かが必要だ。

ランプウェイに三人の足音が反響した。格納デッキを通りすぎてさらに下った。実験室の鋼鉄の扉には鍵がかかっている。ヨハンソンがコードキイを開錠した。空気の漏れる小さな音とともに扉がなめらかに開いた。天井灯とデスクライトを次々とつける。冷たい光が、あちこちの作業台に溢れた。シミュレーションタンクから、電子機器の立てる低い音が聞こえてくる。

彼らはタンクのスロープを登り、大きな楕円形の窓の前に立った。そこから覗けば、内部の様子が隅々（すみずみ）まで見える。人工の海底に、クモのような脚を持つ小さな白いカニが内部照明に照らされていた。何匹かは方向もわからない様子で、のろのろと歩いている。円を描いて歩くカニもいれば、少し歩いては立ち止まり、どちらに行きたいのか決めかねるようなカニもいる。タンクは、底に近づくほど水が濁って視界が悪くなった。内部に設置されたカメラの捉えた映像が、タンクの前にあるコントロールパネルのモニター画面に映しだされていた。

三人は呆然とカニを眺めていた。

「昨日から動きがないわ」

オリヴィエラが言った。

「ああしてうずくまり、謎を投げかけているのだ。殻を開けて、中を見てみよう」

ヨハンソンが髭を撫でながら言った。

「カニを割るの？」

「いいだろう？　高水圧の中なら生きられるとわかった。けれど、それだけの結果ではつまらないじゃないか」

「生きているようだ、でしょう。あれを生きていると呼べる状態なのか、わからないのよ」

「カニの中にいるものは生きている。残りは車以外の何ものでもないな」

ルービンが考えこむように言った。

「わかったわ。でも、カニの中の生物はどうなったの？　なぜ、何もしないのかしら？」

「何をすると思うんだい？」

オリヴィエラは肩をすくめた。

「動きまわるとか、はさみを振ってみせるとか、外に出るとか……陸に上がって被害を与え、自分は死ぬようにプログラムされているとしたら、今は厳しい状況にある。だって、新しい命令を伝えに誰も来てくれないのだから。無為に過ごしているわけね」

ヨハンソンがもどかしそうに口を開く。

「まさにそうだ。カニは無気力状態だ。バッテリーで動く玩具なんだ。ルービンの意見に賛成するよ。カニの体はすでに死んでいる。乗客のための計器パネルとして、神経が少し残っているだけだ。そこで、私が乗客を甲羅の外に誘いだしてやろう。甲羅から追いだされたら、深海の環境でどういう動きをするのか、知りたいのだ」

「いいわ。虐殺してやりましょう」

オリヴィエラがうなずいた。

三人はスロープを下って、コントロールパネルの前に座った。タンク内部にある作業ロボットはコンピュータ制御で作動する。ヨハンソンは、スフィアロボットという名の、二つのユニットからなる小型の潜水機（ROV）を選んだ。二本のジョイスティックがあるコントロールパネルの上方で、高画質のモニター画面がいくつか点灯した。その一台に内部の様子が映しだされた。間延びした光景だ。スフィアロボットの広角レンズはタンク内をすべて捉えるのだが、その代わり、魚の目で見たような光景になる。

「何匹開けるの？」

オリヴィエラが訊いた。

ヨハンソンの両手がキイボードの上を動き、カメラの角度がわずかに上方に変わった。

「レストランで出てくる海老は、たいてい一皿に十二匹だ」

タンク内部には一辺の壁際に二階建てのガレージがあり、深海で使う装置が格納されている。大きさや機能の異なる海中作業用ロボットがおかれ、外部から操作する。人工的に作りだした世界では、ロボット（AUV）を使わなければ作業はできない。またガレージは、深海の極限状態における自律型無人潜水機や有索無人潜水機の機能をテストするのにも使用される。

　ヨハンソンが操作すると、ROV下部にある強力なライトが点灯し、二つのプロペラが回転を始めた。ショッピングカートほどの大きさの四角いロボットがゆっくりと浮き、ガレージから出てきた。上半分には機械装置がつまり、下半分はワイヤー製のバスケットになっている。人工の海底をカニに向かって進み、うずくまる小さなグループの前で止まった。強力なハサミを持ち、目のない湾曲したカニの体がはっきりと見えた。

「ボールレンズに切り替える」

　ヨハンソンが言った。ぼんやりとした画像が、細部まで鮮明な画像に変わった。

カニの前に止まったROVから、サッカーボール大の赤い球体（スフィア）が現われた。それはスフィア（球体）ロボットの名前の由来でもある。スフィアはROV本体とケーブルで結ばれて浮かんでいる。カメラのレンズがまっすぐ対象物を見つめていた。その様子は、『スター・ウォーズ』でルーク・スカイウォーカーがライトセーバーを使いこなそうと、訓練する際に登場するカメラのようだ。事実、六つの小型噴射口を備えるスフィアロボットは、映画のカメラロボを細部まで再現している。スフィアはゆっくりと沈み、カニのすぐ上で止まった。

赤いスフィアに驚くカニはいない。球体の下部が左右に開き、中からいくつもの関節を持つ細いマニピュレータが二本出てきた。

マニピュレータの先端が回転を始めた。左にはピンセット、右には小型のノコギリが現われる。ヨハンソンは、両手に握った二本のジョイスティックを慎重に倒す。タンクの中で、マニピュレータがその動きに連動した。

「じゃあまたな、ベイビー」

オリヴィエラがシュワルツェネッガーの声音を真似た。

ピンセットが下りてカニの腹と背を挟んだ。そのままレンズの前まで持ち上げる。モニター画面に映るカニは怪物のように大きい。口器を動かし、足をばたつかせているが、ハサミはだらりと垂れている。ヨハンソンはピンセットを一回転させて、体をまわされるカニの様子を観察した。

「運動機能は問題ない。足はちゃんと動く」

「けれど、ほかにはカニらしい反応はない」

ルービンがコメントした。

「そうだな。はさみを広げたり、威嚇行動をしたりもしない。ただの歩く機械だ」

ヨハンソンは言って、片方のジョイスティックを動かし、先端のボタンを押した。ノコギリの歯が回転を始め、甲羅の脇に突き刺さる。瞬間、カニの足が激しく動いた。

甲羅が開いた。

乳白色のものが中からするりと出てきて、一瞬、カニの体の上に漂って揺れた。

「どうしよう」

オリヴィエラの口から漏れた。

それは、クラゲやイカとはまったく違う。とにかく形がないのだ。縁が波打ち、全体が膨らみ、また平らになる。ヨハンソンは内部に閃光を見たように思ったが、タンク内の明るい照明下では目の錯覚だったのかもしれない。そうするうちに、物体は長いヘビのような形に変わり、あっという間に消えてしまった。

彼は悪態をつくと、次のカニを持ち上げて甲羅を切り開く。今度はもっと速かった。中のゼラチン質は瞬く間に消え去り、ほとんど確認できないほどだった。

「くそ！　とんでもないぞ！　あれはいったい何だ？」

ルービンは明らかに興奮していた。

「うまく逃げられてしまった。まったく頭にくる。どうしたら、あのゼラチン質を捕まえられるんだ」

ヨハンソンがうなって言った。

「それがどうしたの？　どこにも逃げられないわ」

「そうだね、プールには、形も色もないテニスボール大の物体がある。さあ、どこだ？」

「次のは、ROV本体のバスケットの中で開けたらどうかしら」

「バスケットは前面が開いている。逃げてしまうさ」

「大丈夫。バスケットは蓋が閉まるようになっているわ。すばやく閉めればいいのよ」

「うまくいくかな」

「試してみて」

オリヴィエラの言うとおりだ。バスケットの前面には、ワイヤーでできた蓋がついている。ヨハンソンは次のカニをつかむと、スフィアロボを百八十度回転させた。そのままバスケットまで移動させ、マニピュレータをバスケットに入れる。そしてカニの甲羅に回転するノコギリをあてた。

甲羅が割れた。

何も起きない。

「空（から）なのか？」

ルービンが訝（いぶか）しそうに言った。

三人は数秒間待った。ヨハンソンがスフィアロボをゆっくりと後退させる。

「くそ！」

ゼラチン質がカニの中から飛びだした。しかし方向が悪かった。バスケットの背面に激しくぶつかり、ボールのように丸まって震えた。網目の前をふらふらと上下している。その様子を当惑と呼ぶなら、当惑したのはつかの間だ。ゼラチン質が広がった。

「逃げるぞ！」

ヨハンソンはスフィアロボを急いで後退させる。スフィアロボはバスケットの側面に一度ぶつかって外に出た。彼はマニピュレータでバスケットの蓋をつかんで閉めた。

ゼラチン質は完全に平面となり、蓋に突進してきた。蓋の数センチメートル手前で止まり、形を変える。縁が四方に広がって透明のシートのように漂い、バスケットの半分を覆った。そのシートが翻ると、数秒間クラゲのような形になる。やがてもう一度丸まり、次の瞬間にはボール状になってバスケットの中で揺れていた。

「信じられない」

ルービンがつぶやいた。

「あれを見て、縮んでいく」

事実、ボールは小さくなり、同時に透明度が薄れて乳白色になった。

「組織が収縮している。細胞密度を変えることができるんだ」

ルービンが言った。

「そんな生物がほかにあるかしら？」

ルービンは考えこんだ。

「ポリプの原始の形だろうか。カンブリア紀か。今でも、同じようなことができる生物はいる。イカ類は組織を収縮させるが、形は変わらない。もう一匹捕まえて、どう反応するか確かめるのだ」

ヨハンソンは椅子の背に体を預けた。

「もう無理だ。もう一度やったら、バスケットの中のやつは逃げてしまう。動きがとにかくすばやいから」

「わかった。今はこいつを観察するだけで充分だ」

オリヴィエラが首を振った。

「観察するのもいいけれど、わたしはまずは分析したい。分解しないうちにね。凍らせて、切り刻んではどうかしら」

「確かにそうだ。でも、今すぐでなくてもいい。まずは、少し観察しよう」

ルービンはモニター画面に見とれて言った。

「ゼラチン質はあと二つあるはずだろう。どこに行ったんだ？」

ヨハンソンは言って、すべてのモニターのスイッチを入れた。さまざまな角度から見たタンク内部が映しだされる。

「みんな消えてしまった（フェアシュヴィンディブス）」

ヨハンソンはラテン語をもじって言った。

「くそ。どこかにいるはずだ」

「まあいいさ。あと二、三匹割ってやるから。どのみち必要なんだ。タンクの中がぬるぬるになれば、それだけ顔を拝むチャンスが増えるというものだ。捕虜は檻（おり）の中にしっかり確保した。あとで観察しよう。今はポキン、ポキンのお時間だ。楽しいじゃないか」

ヨハンソンはにやりと笑って、ジョイスティックを握った。

結局、次々と十二匹のカニの甲羅を開けた。逃げていく物体を捕まえようとはしない。ゼラチン質は甲羅が割れると同時に飛びだして、広いタンクのどこかに消えていった。

「いずれにせよ、フィエステリアの影響は受けていないようね」

オリヴィエラが言った。

「当然だ。イールは、両者が仲よくするように仕組んだのだ。ゼラチン質はカニを操縦する運転手で、フィエステリアは積荷。乗客が運転手を殺すようなタクシーを、イールは作りはしない」

ヨハンソンが答えた。

「ゼラチン質もイールが作りだしたと思うの？」

「さあね。ずっと以前から存在するものかもしれないし、イールに培養されたのかもしれない」

「もし、これが……イールだとしたら？」

ヨハンソンはスフィアロボットを操作して、バスケットの中を映しだした。捕虜は丸い形のままだ。透明感のある白いテニスボールのようになって、底に沈んでいた。

「これがイール？」

ルービンが信じられないという声で言った。

「これがイールでもいいじゃない。クジラの脳にも、バリア・クイーン号にもいたし、青い靄の中にもいた。これはどこにでもいるのよ」

「そうだ、青い靄。あれは何だったんだろう？」

「何かの機能を持っているのだわ。靄の中にゼラチン質は隠れていた」

「私には、むしろゴカイやほかの突然変異した生物のように、生物兵器に思えるが。これは死んでいると思うか？　まったく動かない。死ねば、たぶん組織は丸く縮まるんだ」

ルービンは言って、バスケットの中で動かないボールを指さした。

そのとき、天井のスピーカーからホイッスルが響きわたり、ピークの声が聞こえてきた。

「おはようございます。ドクター・クロウを迎え、全員が揃いました。十時三十分、ウェルデッキに集合してください。潜水艇とその他の装備についての説明を、ぜひ聞いていただきたい。それに先立ち十時に、定例ミーティングをブリーフィングルームで開きます。以上」

「そうだ、すっかり忘れていた。実験をしていると、時間も場所も忘れてしまう」

ルービンが早口で言った。

「本当ね。ナナイモから新情報が届いているかしら」

「こっちからローシュに電話すればいいじゃないか。われわれの成果を教えてやれよ。彼も奮起するしかなくなる」

ルービンは言ってにやりと笑うと、ヨハンソンをつついた。

「このことをリーに披露すれば、ミーティングで自慢できるぞ」

ヨハンソンは笑い返した。ルービンという人物は好きではない。仕事はできるが、おべっか使いだ。出世のためなら、自分の祖母でさえ売りかねない男なのだ。オリヴィエラはコントロールパネルの脇にある通信機に歩み寄ると、オートダイヤルでナナイモ生物学研究所を呼びだした。アイランドの上に設置された衛星アンテナが、あらゆるデータ通信を可能にしている。艦内のどこにいても、テレビは多くのチャンネルが見られるし、ラジオもインターネットもつながる。もちろん盗聴防止機能つきの回線を通じて、世界中に電話もできる。遠いカナダのナナイモにも、すぐに電話はつながった。

オリヴィエラはしばらくフェンウィックと話してから、ローシュとも話をした。彼らは世界中の科学者と連携して、フィエステリアの変異の限界を突き止めた。しかし、それ以上は進展していない。そのあいだに、ボストンがカニの大群に襲われた。彼女はこちらの成果を報告し、電話を切った。

「いまいましい病原体だ」

ルービンが悪態をついた。

「タンクの中のお友だちが、われわれを助けてくれるだろう。何かが彼らを殺人藻類から守っているのだから。そろそろレベル4実験室の出番だ。われわれの捕虜が……」

そう言うヨハンソンの目がモニター画面に釘づけになった。

バスケットの中の物質が消えていた。

オリヴィエラとルービンは彼の視線の先を追い、目を見開いた。

「いない！」

「どうやって出たのかしら？」

どの画面にも、映っているのはカニと水だけだ。

「ゼラチン質なんてどこにもない」

「くそ！　どこに消えたんだ？」

「待ってくれ！　一ダースのカニの甲羅を割って、外に出したんだ。まったく見えないはずはないだろう」

「きっとどこかにいる。でも、バスケットの中にいたのはどこに？」

「するりと逃げたのよ」

「するりと？」

ヨハンソンは言って画面を観察した。やがて顔が輝いた。

「その表現は悪くない。そうだ、形を変えられるのだ。バスケットの網目は細かいが、ごく細長いものならするりと抜けられる」

「なんてやつらだ」

ルービンが小声で言った。

彼らはタンクの中を探しはじめた。三人同時にタンク内部全域に目を配るため、分担を決めて画面を観察した。カメラをズームにするが、ゼラチン質は見つからない。最後に、ヨハンソンがガレージ内のROVを一台ずつ出して調べるが、そこにも隠れてはいなかった。

消えてしまった。

「給排水システムに問題があるのかもしれない。パイプの中に隠れているのかしら?」

オリヴィエラが訊いた。

ルービンは首を振った。

「それは考えられない」

「とにかくミーティングに出よう。気分を変えれば、何か思いつくだろう」

ヨハンソンが低い声で言った。

三人は納得できないまま、シミュレーションタンクのライトを消して出口に向かった。

ルービンが実験室の天井灯を消し、先に外に出た二人のあとを追おうとした。

しかし、彼はやって来なかった。

ヨハンソンは開け放たれた扉に佇(たたず)む彼を見やった。実験室の暗がりを凝視している。口が大きく開かれたままなのが見てとれた。ヨハンソンはゆっくりと戻った。オリヴィエラもあとに続く。そして、ルービンが凝視するものが目に飛びこんできた。

シミュレーションタンクの楕円形をした窓の向こうで、何かが光っている。ぼんやりした弱々しい光。

青い光。

「青い靄だ」

ルービンがつぶやいた。

三人は同時に、闇の中をタンクに向かって駆けだした。障害物も気にならない。スロープを駆け上がると、強化ガラスの窓に折り重なって中を覗きこんだ。

虚無の中に青い光が漂っていた。光のない宇宙空間を漂う星雲。宇宙空間はタンクを満たす海水だ。光の広がりは数平方メートルにわたり、脈打っている。光の縁がゆらめいていた。

ヨハンソンは目を細めて見つめた。光の縁で何が起きているのだろう。そこにかすかな光点が生じ、靄の内部に向かって流れこんでいく。流れこむスピードがどんどん速くなる。ブラックホールに吸いこまれる物質のようだ。

青い色が濃さを増した。

やがて崩壊が始まった。

ビッグバンを逆回転させたように、靄は内部に向かって崩壊していく。すべてが、明るさと濃さを増す中心に向かう。その中で光点がきらめき、複雑な模様を描きだした。猛烈なスピードで靄が中心に吸いこまれると、激しい渦巻きになり……

「信じられない」

オリヴィエラが言った。

三人の目の前に、サッカーボール大の球体が現われた。青く輝く物質の塊。脈打つゼラチン質でできた物体。

ついに見つけた。

探していた物質は、すべてが一つになっていた。

ブリーフィングルーム

「単細胞生物！　彼らは単細胞生物だ」

ヨハンソンは大声を上げた。信じられないくらい興奮していた。誰もが無言で彼を見つめている。彼が部屋を行ったり来たりするあいだ、ルービンはしきりにうなずいて椅子に下ろした腰を前後に揺すっていた。このような状況で、じっと座ってはいられない性格だった。

「ゼラチン質と靄のような物質は二つの異質なものだと、ずっと考えてきた。だが、二つは同一のものだった。単細胞生物が結びついたものだったのだ。ゼラチン質は自由に形を変えられるだけでなく、完全にその形を崩壊させ、再結合する」

「その生物は形を崩壊させる？」

ヴァンダービルトがおうむ返しに訊いた。

「違う、違います！　この生物が形を変えるんじゃない。つまり、この生物は単細胞生物で、単細胞生物同士が結合するのです。われわれはカニの甲羅を開けてゼラチン質を解放した。すると、その物質はすぐにタンクのどこかに消えてしまった。捕まえることができた唯一のものも、結局は跡形もなく消えてしまった。きれいさっぱり、すべて消えてしまったのだ――私は何というばかだったのか！　なぜ、すぐに気がつかなかったのか！　単細胞生物をバスケットに閉じこめることなどできない。肉眼で見るには小さすぎるのだから。そして、タンク内の照明のために、発光生物だということにも気がつかなかった。ノルウェーの海中でしでかした失敗と同じだ。あのとき、われわれは潜水機ヴィクターのライトに照らされた明るい部分しか見ていなかった。だが実際は、カメラに映った大きな物体は自ら発光していた。あれは、発光する微生物の巨大な集合体だったのだ。今、実験室のタンクで泳ぐ生物は、われわれがカニから取りだした物質の集合体だ」

「これで説明がつきますね。バリア・クイーン号にいた形のない生物、バンクーバー島沖の青い靄……」

言いかけたアナワクをヨハンソンがさえぎった。

「バンクーバー島の沖でカメラロボのＵＲＡが撮影した青い靄！　単細胞の大部分が海中を自由に漂っていた。だが、その中心では単細胞が集結して触手を作りだした。そして、自身をクジラの頭に注入した」

リーが手をあげた。

「ちょっと待って。そのとき、ゼラチン質はすでにクジラの頭の中にあったのよ」

ヨハンソンは考えこんだ。

「すると……そのとき、何らかの結合が行なわれたことになる。いずれにせよ、クジラの中に侵入した。おそらく、何か交換するところだったのだろう。古いゼラチン質を出して、新しいのが入る。あるいは、何かチェック作業が行なわれた。頭の中にあった物質が、外の塊に何かを伝えたのかもしれない」

「ちょっと聞いてやってくれ」

グレイウォルフが声を上げた。

「どうぞ！」

ヨハンソンが応じた。

デラウェアが鼻に皺を寄せて訊いた。

「つまり、好きな大きさになれるわけでしょう？　どのくらいの数が必要ですか？」

オリヴィエラがうなずいた。

「形と大きさによって違うわ。カニ一匹を操るには、ひと握りで充分。URAが撮影したバンクーバー島沖のは、クジラに囲まれて家一軒分はあったし……」

ルービンが椅子から勢いよく立ち上がった。

「これは決定的な発見だ。ゼラチン質は、特定の任務を遂行するための原材料なのだ」

オリヴィエラはさえぎられて憤慨しているが、ルービンは息もつがず、話し続けた。

「ノルウェーの大陸斜面で撮影された映像を、私もじっくり観察した。そこで何が起きたのか、私にはわかる！　海底地滑りの最後のひと押しをしたのは、その物質だ。われわれが真実をつかむのはもうすぐだ！」

「あなた方は、汚い仕事を山ほどしでかしてくれた物質の塊を見つけた。それで、イールはどこにいるのです？」

ピークが無表情で訊いた。

「イールは……そうだな……」

ルービンは口ごもった。自信はどこかに消えてしまい、視線がヨハンソンとオリヴィエラにさまよった。

「それがイールではないの？」

クロウの問いに、ヨハンソンは首を振った。

「まるで見当もつかない」

誰もが押し黙った。

クロウは唇をすぼめて煙草を吸った。

「メッセージの返事はまだ来ない。誰が答えてくれるのかしら？　知性体、それとも知性体の集合体？　シグル、タンク内の生物は知性があるように行動しているの？」

「そんな推測は無意味だと、あなたは言ったでしょう」

「あなたの口から、そう聞きたかったのよ」

クロウは笑みを浮かべた。

「知性の有無などわかるはずがない。エイリアンがひと握りの人間を捕虜にしたとして、その人々は数学ができず、檻の隅に座って恐怖に震えているだけだったら、どうやって知性の有無を判断するのです？」

「こりゃ驚いた！　ジュネーヴ条約を持ちだして、われわれを批判する気か」

ヴァンダービルトが小声で言った。

「エイリアンにも適用されますかね」

ピークが応じてにやりと笑った。

オリヴィエラは軽蔑の視線を彼に向けてから言った。

「これからタンク内の生物を詳しく調べます。でも、どこまで解明できるかわからないわ。レオン、バリア・クイーン号が係留された乾ドックに忍びこんだとき、何か気がつかなかった？」

アナワクは彼女を見つめた。

「ぼくが捕まる直前に？　青い光」

彼女はリーに向き直った。

「司令官、あなた方は単独で調査するつもりだった。何週間もバリア・クイーン号をつきまわったけれど、進展はなかった。あなたの部下は乾ドックの水質を検査したときに、重要なことを見落としたにちがいない。青い光を見た者はいないの？　水を調べて単細胞生物を発見できなかったのかしら？」

「もちろん、海水は調べましたよ」

リーが言った。

「それで？」

「何もなかった。普通の海水だった」

オリヴィエラはため息をついた。

「わかりました。もう一度、検査結果を見せていただけますか？　実験室のデータも全部」

「いいですよ」

シャンカーが手をあげた。

「ドクター・ヨハンソン、単細胞同士はどのように結合するのです？　つまり、結びつける何かがあるのですか？」

「しかも、そんな一瞬で。どうしたら可能なんです？　その目的は？『さあ、みんな集まれ、パーティーをしようぜ』と、単細胞の一つが呼びかけるしかないか」

潜水艇ステーション指揮官のロスコヴィッツが初めて発言した。

「その必要はない。われわれの体の細胞はちゃんと共同作業をしているじゃないか。何をするのかわからないなんて細胞はないぞ」

ヴァンダービルトが抜け目のない顔をして言った。

「それはＣＩＡのこと？」

リーの口もとに笑みが浮かんだ。

「黙ってろ、スージー・ウォン」

ロスコヴィッツが両手をあげて、ヴァンダービルトを制した。

「まあまあ、それくらいで！　自分はただの潜水艦乗りだから、教えてくださいよ。人間の細胞はいつもぴったりくっついている。その単細胞とは違って、始終ばらばらになったりしない。それに、神経系ってものがあるでしょう。指示を出すボスがいる」

「神経伝達物質が情報を伝えるのよ」

デラウェアが言った。

「どういうことですか？　その単細胞を魚の群れだと思えばいいんですか？　瞬時に方向を変える魚の群れだと」

「魚の群れは同時に動いているように見えるだけだ。魚の動きには圧力が関係する」

ルービンが説明した。

「それは知ってますよ。自分はただ……」

ロスコヴィッツが言うのをさえぎり、ルービンは説明を続ける。

「魚の体には側線器官という感覚器官がある。一匹が体の位置を変えると、圧力波が隣の魚に伝わり、その魚は自動的に同じ方向に向きを変える。次々と圧力波が伝わり、群れ全体の方向転換が完了する」

「そのくらい知ってますよ！」

「それだわ！　それにちがいない！」

デラウェアが顔を輝かせて言った。

「何が？」

「圧力波。ゼラチン質の塊は、たとえばそれで魚の群れの方向を決めているのよ。どうやって魚の群れを魚網に入れないようにするのか、ずっと考えてたけど、これで説明がつく」

シャンカーが訝しげに尋ねた。

「群れの方向を決める？」

グレイウォルフが大声を上げる。

「彼女の言うとおりだ。間違いない！　イールが何百万のカニを操り、何百万のゴカイを大陸斜面に運んだのなら、やつらは群れを動かしたことになる。それは圧力波を使えば可能だ。圧力を感じるのは、魚群の唯一の防衛能力なんだ」

「きみは、タンク内の単細胞が圧力波に反応したと思うのかね？」

アナワクは首を振った。

「それは違います。あまりに単純だ。魚なら圧力波を作りだせるが、単細胞は？」

「だが、単細胞が結合するには何かきっかけがあるはずだ」

オリヴィエラが手をあげた。

「ちょっと待って！　バクテリアの共同体には似たような形態があるわ。たとえば、学名ミクソコックス・クサントゥスという土壌粘液細菌は小さなコロニーを作って生息する。一つの単細胞が飢餓状態になると、シグナルを出す。初めコロニーは反応しないけれど、飢餓状態の細菌が増えるとシグナルが強まる。ある限界を越えると、コロニー内の単細胞が集まりはじめる。やがて子実体と呼ばれる、肉眼でも確認できるほどの集合体を形成する」

「どのようなシグナル？」

アナワクが尋ねた。

「化学物質を分泌するのよ」

「匂いを？」

「まあ、そのようなものね」

話が行きづまった。誰もが眉根を寄せ、両手の指先を合わせ、唇をつぼめた。やがてリーが口を開いた。

「皆さん、これは大きな前進です。これ以上、アマチュア同士で話しても時間の無駄でしょう。次はどうしますか?」

「一つ提案があります」

ウィーヴァーが言った。

「聞かせてください」

「レオンが〈シャトー・ウィスラー〉で指摘したことを覚えていますか? 海軍が行なったイルカの脳に関する実験です。マイクロチップを埋めこむのではなく、人工の神経を移植して、脳の一部を細部まで再構築し、電気信号によってコミュニケーションをとる。ゼラチン質が単細胞生物の集合体で、脳細胞の機能を引きつぐ、あるいは単細胞が脳細胞になり代わると考えると、単細胞同士は意志の伝達ができるはずです。そのくらいできなければ、結合したり形を変えたりなんて不可能だわ。きっと、彼らは神経伝達物質も含めた人工知能を形成した。おそらく……彼らが侵入した生物の感情や、性格、知識さえも再構築したのでしょう。そうやって、乗っ取った生物を操ったのではないかしら」

「すると、学習能力があるわけね。でも、単細胞生物がどうやって学習するの?」

オリヴィエラが訊いた。

「レオンといっしょに、このような単細胞生物の群れをコンピュータでシミュレーションしてみるわ。脳として機能するように、いろいろな性格を与えてみる」

「人工知能？」

「あくまでも生物をベースとした」

「それは使えそうね。試してみてください。ほかに提案は？」

リーが指示した。

「古生物の中に、形態を変える生物がいないか探してみよう」

ルービンが言った。

リーはうなずいた。

「ドクター・クロウ、あなたから知らせることはない？」

「べつに。返事を待つあいだ、昔のスクラッチ信号の解読を進めることにするわ」

煙草の煙の中から、クロウの声が聞こえてきた。

「計算問題より高等なものをイールに送ってやったらどうだね」

ピークが言った。

クロウは彼を見つめた。煙草の煙が消え、皺だらけだが美しい顔に笑みが浮かぶのが見えた。

「焦（あせ）ることはないわ」

「あなたはとんでもない楽天家だ」
「わたしには忍耐があるから」

ウェルデッキ

ルーサー・ロスコヴィッツは海軍一筋に生きてきた男で、その生き方を変えようとは思っていない。人は常に最善を尽くすべきだと考えており、海の中が好きだから潜水艦乗りのキャリアを選び、ついに指揮官にまで出世した。

彼は、好奇心が人間の持つ中で最も重要な性質の一つだと考えている。忠誠、義務の遂行、愛国心を尊重するが、軍隊のかび臭い気質は嫌いだった。ある日、彼は気がついた。潜水艦乗りは世界中の海に潜るが、海のことは何も知らない。そこで、海について学びはじめた。もちろん生物学者にはならないが、彼の豊富な知識は海軍の科学研究部門にまで知れわたった。そこでは、兵士として忠誠心に富み、柔軟な思考ができ、調査研究において指導的な役割を果たせる人材を探していたのだ。

インディペンデンスをグリーンランド海の作戦用に改造することが決まると、彼は艦を最高の潜水基地に変更するという任務を命じられた。インディペンデンスは人類の最後の希望だと誰もが思った。だから、国の予算は逼迫(ひっぱく)しているが、研究開発費用は別だ。ロスコヴィッツの予算は自由裁量となった。潜水基地にふさわしいものはすべて購入し、彼が必要だと考える大型の装置は、時間が許すかぎり建造させた。

しかし、彼が有人潜水艇を計画しているとは、誰も想像しなかった。潜水機の主流は、ノルウェー沖で新種のゴカイを発見したヴィクターのような、有索無人潜水機(ROV)だ。さらに自律型無人潜水機(AUV)の進歩も目覚ましい。このような探査ロボットは、高感度のカメラと可動性に優れたマニピュレータを装備する。ダイバーが襲われて殺されるようになり、海を信頼できなくなった今では、人命を危険にさらすわけにはいかない。

彼は反論に耳を傾けた上で、この状況下ではいっさいのリスクを忘れてくれと言った。

「これまでに一度でも、機械だけで戦争に勝ったことがありますか？　高性能爆弾を発射し、無人偵察機を敵地に飛ばすことはできる。だが、戦闘機のパイロットが下すのと同じ判断を、機械が下すのは不可能だ。この作戦にも、われわれ自身の目で確認しなければならない段階が必ず来るでしょう」

では何が必要かと問われ、彼はROVやAUVは言うまでもないが、有人の武装可能な潜水艇だと答えた。さらに軍用イルカも要求した。だが参謀本部の科学者の提案で、すでにMK6とMK7システムが配置されたことを知り、彼は満足した。しかも、軍用イルカの世話をする人物の名を聞いて、彼の喜びは倍増した。

ジャック・オバノン。

彼とは個人的な面識はないが、仲間内では有名だった。海軍で最高の訓練士だったと言う者もいる。突然、退役したが、心臓の欠陥がその理由だということをロスコヴィッツは知っていた。だから、彼がふたたび艦に乗ると聞いて、なおさら驚いたのだ。

ロスコヴィッツの上官は、有人潜水艇をあきらめるよう彼を説得した。だが彼は頑としてあきらめない。上官たちは予測不能なリスクを論拠にしたが、彼はその都度同じ言葉を繰り返した。「必ず必要なときが来ます」そして、ついにゴーサインが出たのだった。

するとさらに彼は上官を驚かせた。

海軍省は、彼がこの巨大ヘリ空母の艦尾に、日本の潜水艇しんかいや、ロシアのミール、フランスのノーティールのような有人潜水艇を満載すると思っていたのだろう。水深三千メートル以上の深海に潜降可能な潜水艇は、世界に数隻しかない。もう古いが輝かしい潜水艇アルヴィンもその一つだ。しかし、ロスコヴィッツの興味はもっと革新的なものにあった。従来型の潜水艇では役に立たないのだ。日本のしんかいは水深六千五百メートルまで潜降可能だが、水平方向に移動するにはバラストタンクの排水と注水を調節して操作するしかない。ミールやノーティールも同じ技術だ。この作戦は通常の深海探査ではない。見えない敵との戦争だ。従来の潜水艇は動きが鈍く、熱気球で空中戦に挑むようなものだ。彼が必要とするものはジェット潜水艇だった。

ジェット戦闘艇。

彼の想像に合致する潜水艇を建造するメーカーは、すぐに見つかった。カリフォルニア州ポイント・リッチモンドにある、ホークス・オーシャン・テクノロジーズという会社だ。その分野で素晴らしい名声を得ているだけでなく、ハリウッドの要求に応じて、スペクタクル映画を下支えしていた。一九九〇年代中頃に、エンジニアで開発者のグラハム・ホークスが自身の夢を実現するため、この会社を創立した。彼の夢は海の中を飛ぶことだ。ロスコヴィッツは希望を書きだしたメモを、多額の現金とともにテーブルにおいた。そして、建造期間を契約よりも短縮するようにと条件をつけた。

現金の効き目は確かだった。

十時三十分、科学者たちが蓄熱性の高いネオプレーン製ドライスーツに顔以外の全身を包み、ウェルデッキの栈橋に集合した。ロスコヴィッツは知識人たちに解説できるのがうれしかった。兵士や乗員のオリエンテーションは、すでにノーフォーク基地で済ませてある。大半は手足の指のあいだに水かきを持つといわれる、海軍特殊部隊ＳＥＡＬの隊員だ。

しかし、彼は科学者にも潜水艇の操縦法を教えようと決めていた。この作戦には、民間人が決定的な役目を果たすときが必ず来ると信じているのだ。

彼は四隻の潜水艇のうち一艇を頭上のレールから降ろすように、助手のケイト・アン・ブラウニングに指示した。ディープフライト1がゆっくりと下降する。下から見上げる潜水艇は、タイヤのない巨大なフェラーリだ。細長いパイプが周囲に四本ついている。潜水艇は目の高さまで降りてきた。水のないデッキの底から四メートル、ガラス隔壁の真上だ。この角度から見ても、従来の潜水艇に似たところはない。平らで幅が広く、むしろ角ばった外観だ。底面に四基のロケットエンジンを搭載し、胴体部分から二つの筒状のコックピットが斜めに盛りあがっている。ディープフライトは小型の宇宙船を彷彿させた。透明なキャノピーの下にはマニピュレータを装備する。

最も人目を引くのが両脇にある短い翼だ。

ロスコヴィッツが説明を始めた。

「航空機のようだと思われるだろう。そのとおり、飛行機以外の何ものでもない。主翼は、翼断面の向きが逆で、飛行機では揚力を生みだすところ、ディープフライトは下に引く力を生み、浮力を抑える。操縦のメカニズムは航空機をモデルにした。石のように沈むのではなく、最大六十度の潜降角度で潜り、優雅に旋回し、瞬時に上昇・下降が可能だ」

彼はシュッ、シュッと声を出しながら、手のひらで潜水艇の動きを再現してみせた。それから、胴体を指さした。

「飛行機との最大の違いは、パイロットは座るのではなく横たわる。幅三メートル、長さ六メートル、高さ一メートル四十センチ」

「どのくらいまで潜れるのですか？」

ウィーヴァーが尋ねた。

「あなたのお好きなところまで。マリアナ海溝の底までだって飛んでいけますよ。しかも、九十分もかからない。スピードは最高十二ノット。外殻はセラミック、透明キャノピーはアクリル製で枠はチタン製。外の光景がぐるりと見わたせるから、逃げるか攻撃するかの判断が瞬時に下せる」

彼は潜水艇の下部を指した。

「ディープフライトには魚雷を四発装備できる。二発は威力が小さく、クジラ一頭に致命傷を負わせる程度だ。あとの二発はもっと大きな穴が開けられる。鋼鉄も岩盤も吹き飛ばし、クジラは群れごと消し去れる。だが、発射はパイロットに任せてください。もちろん、パイロットが死亡または意識を失った場合は別ですが」

ロスコヴィッツは手をたたいた。

「さあ、誰が最初に搭乗して試乗しますか？　あ、そうだ。燃料はフライト八時間分。もし、どこかで漂流するはめになっても、酸素は九十六時間分ある。ですが心配はご無用だ。神様のタスクフォースである海軍が、それまでにはあなた方を救出してますよ。さあ、誰から？」

「水もないのに？」

シャンカーが尋ね、不審そうにウェルデッキを見下ろした。

「一万五千トンもあれば充分ですか？」

ロスコヴィッツはにやりと笑った。

「えっと……充分だろう」

「了解。ではデッキに水を入れましょう」

戦闘情報センター（CIC）

科学者たちがロスコヴィッツ王国に滞在するあいだ、クロウとシャンカーの席には通信士二名が代わりに座り、暇つぶしをしていた。本当なら、黙って耳を澄ましていなければならない。しかし二人にはコンピュータがあり、陸上ステーションにはシャンカーのSOSUSチームが詰めている。深海からどのような音波が届いても、電子機器と人間がキャッチすれば、音を選別し、分析・評価して、衛星経由でインディペンデンスに報告される。クロウのメッセージはインディペンデンスから送信され、艦でも返事を待ち受けているが、艦は複数ある観測ステーションの一つにすぎない。イールからの応答があれば、大西洋の各所に設置したハイドロフォンが受信する。各ハイドロフォンが受信した時間差から、コンピュータが発信源の位置を特定する。そのデータはCICに送られ、必ず誰かが気づくはずだ。

通信士はこうした技術に安心しきって音楽の話を始め、すぐに激論になった。やがて、白人のヒップホップ・アーティストへの信奉心に火がつくと、二人ともモニター画面に目をやるどころではなくなった。偶然、一人がコーヒーに手を伸ばし、なにげなく振り返った視線が画面に釘づけになる。

「おい、これは何だ？」

二台のモニター画面に、カラフルな波形が輝いていた。

呼びかけられた男の目が見開いた。

「いつからだ？」

「さあ。陸上ステーションから一報が入るはずだ。なのに、なぜ知らせてこないんだ？あっちでも受信しているはずだが」

彼は波形を睨んだまま言った。

「これはクロウが送った周波数か？」

「そんなこと知るものか。音声は聞きとれない。すると、超低周波か超音波の不可聴音だ」

「ここからいちばん近いハイドロフォンはニューファンドランド沖。音波が届くには時間がかかる。ほかのハイドロフォンはまだ受信してない。これが受信した第一波だ。ということは……」

彼はパートナーを見つめた。

「真下から来たんだ」

ディープフライト

後部バラストタンクが注水されると、水圧装置が激しい音とともに作動した。インディペンデンスの艦尾がゆっくりと沈み、海水が流れこんできた。

騒音に負けまいと、ロスコヴィッツが声を張り上げる。

「スルースから海水を入れるようにもできたが、二つの隔壁を同時に開けることになり、安全上の理由から不可能だった。その代わりに、特殊なポンプシステムを導入した。独立パイプで艦尾に海水を注入する。その際、海水は何回かフィルターを通る。スルースと同様、高感度センサーがついており、われわれがプールで水遊びできるかどうかを教えてくれる」

「テストはこのウェルデッキで？」

ヨハンソンが尋ねた。

「いや、外に出る」

オルカが姿を消したことは、イルカが感知して伝えてきており、ロスコヴィッツは潜水艇の試乗ができると確信していた。

「なんてことだ。これでは艦が沈んでいくようだ」

ルービンは、海水がデッキに流入して激しく泡立つ光景に凍りついた。

ロスコヴィッツは彼を見て、にやりと笑った。

「それは誤解ですよ。自分は軍艦が沈むのを一度経験したが、実際はこんなものじゃない」

「では、どのような?」

「本当に体験したいわけじゃないでしょう?」

ロスコヴィッツは笑った。

巨大艦の艦尾が次第に沈んでいく。しかし、インディペンデンスはあまりに巨大で、人間に艦の傾きは感じられない。水準器に現われる変化は最小限だが、ウェルデッキの変貌は驚異的だった。水面が急速に上昇し、桟橋に波が砕けている。わずか数分で、ウェルデッキは水深四メートルのプールに変わった。イルカ用の水槽も水の下に沈み、イルカはウェルデッキ中を泳げるようになった。人工岸にはゾディアックがしっかりと係留されている。ディープフライト1は波に揺れていた。

ブラウニングがもう一艇をウェルデッキに降ろした。コントロールパネルの前に立ち、ジョイスティックを操作した。潜水艇を一艇ずつ桟橋に誘導し、コックピットを開ける。ジェット戦闘機のようにキャノピーが上方に開くと、彼女が説明した。

「それぞれのキャノピーは独立して開閉します。乗りこむのは簡単だけど、慣れないとずぶ濡れになるわ。デッキの海水は汲み上げるあいだに暖められて、ここでは摂氏十五度。万が一、ですが、ドライスーツを着るのをやめようなんて気を起こさないでくださいね。

潜水艇にも乗らず、ドライスーツも着けないまま海に押し流されたら、ほとんど即死です。グリーンランド沖の海水温は高くても摂氏二度だから」

ロスコヴィッツが科学者一人にパイロット一人を割り振った。

「ほかに質問は？　では始めよう。艦から離れないように。イルカたちは心配ないとはしゃいでいるが、状況は変わるかもしれない。レオン、われわれはディープフライト１に乗る」

彼は言って、潜水艇に飛び乗った。艇が激しく揺れる。アナワクがあとに続くが、バランスを失って、頭からプールに落ちた。氷のような水が顔を打ち、呼吸を奪われた。水面に顔が出ると息を吹きだし、全員の笑いを誘った。

「やはりね」

ブラウニングがクールに言った。

彼は潜水艇の胴体に体を引き上げ、腹ばいでコックピットに滑りこんだ。驚いたことに、内部は広く快適だった。潜水艇の操縦はうつぶせの体勢で行なうが、体は水平ではなく、スキージャンパーが滑空する姿勢と同じように少し上を向いている。目の前にコンパクトな計器パネルがあった。ロスコヴィッツがシステムをスタートさせた。キャノピーが音もなく閉じた。

「レオン、ホテル・リッツのスイートみたいだろう?」

ロスコヴィッツの声がスピーカーから聞こえてきた。アナワクが首をひねると、隣のコックピットのアクリル製ドームの中に、彼を見て笑うロスコヴィッツの顔があった。

「ジョイスティックがあるだろう? さっき言ったように、これは飛行機と同じだ。飛行機を操縦するように、上昇と下降、旋回、つまり四方向に動かす操縦を覚えてくれ。さらに、ジェットエンジン四基が逆推力を生みだし、ディープフライトを静止させる。まず、自分が操縦してみせるから、そのあとを引きついでくれ。間違った操作をしたら、すぐに教えるから」

潜水艇が衝撃とともに前方に傾いた。アクリルドームの下で海水がごぼごぼと音を立てると、ゆるやかな角度で沈みはじめた。前部と翼にあるライトが点灯する。デッキの底が後退していくのが眼下に見えた。やがて、潜水艇はスルースの真上に着いた。ガラス隔壁が左右に開くと、数メートル下に明るく照らされたシャフトが見えた。底には暗い色をした鋼鉄の隔壁が広がっている。ディープフライトは悠然とシャフトに下降し、頭上のガラス隔壁が閉じていった。

アナワクは不安に襲われた。

「心配ない。入るのに比べれば、出るのはあっという間だ」

ロスコヴィッツが言った。

鋼鉄の隔壁が振動しながら動きだした。左右に開く巨大な扉の真下に、輪郭(りんかく)のない暗い海が広がっている。やがてディープフライトは、インディペンデンスの胴体から未知の世界に、まさに落ちていった。

ロスコヴィッツが潜水艇の速度を上げ、カーブを描く。潜水艇が傾いた。アナワクはすっかり魅了された。小型の潜水艇なら何度も操縦したことがあるが、水面に近い水域の調査用に設計された従来型のものだ。それらとはまるで異なり、ディープフライトは本当に小型飛行機が空を飛ぶように動いた。しかも速い！　十二ノットは時速にして二十キロメートルくらいだろう。車なら低速だが、海中の乗り物としては驚異的に速かった。彼は目の前に繰り広げられる光景を夢中で見つめた。インディペンデンスの船体の下から躍りでると、波打つ海面が視界に飛びこんできた。ロスコヴィッツは潜水艇のノーズを大きく下げる。ヘリ空母の艦尾方向にカーブを描くと、下降を始めた。巨大な舵板が頭上を飛び去った。

「気に入ったか？」

「すっかり」

アナワクはおぼつかない声で答えた。

「気持ちはわかる。怖いんだろう。みんなそうだ。だが、ウェルデッキは狭すぎる。深さもないし、こいつをスクラップにされてはたまらないからな」

ロスコヴィッツが潜水艇を急旋回させた。アナワクはオルカの白黒の顔が現われないかと期待したが、その代わりにイルカが二頭近づいてきて、アクリルドームを覗きこんだ。頭にはカメラが取りつけられている。潜水艇のまわりを楽しそうに泳ぎまわった。

「レオン、さあ笑って！　カメラに映ってるぞ」

アナワクの前の計器パネルにライトが一つ点灯した。今度は彼が操縦する番だ。

「さあ、操縦して。何かが襲ってきたら、朝飯代わりに魚雷を一発お見舞いしよう。発射ボタンはこの私が押すから。いいね？　あなたは操縦を」

一瞬、アナワクは呆然とした。思わず知らずジョイスティックを握りしめる。ロスコヴィッツは何の指示も出さなかった。ということは、まずはこのまま直進する。

「レオン！　寝ないでくれ。これじゃあバスに乗ってるほうがエキサイトする」

「じゃあ、どうすれば？」

「何でもお好きに。月まで行こう！」

月とは海底のことか。まあいいだろう。アナワクはジョイスティックを向こうに倒した。潜水艇のノーズが深海をめざして一気に下がった。暗闇に目を凝らす。今度は慎重にジョイスティックを引き戻す。すると潜水艇が上を向いた。旋回を試す。バンク角を大きくとり翼を傾けた。まだ操縦はぎこちないが、本当に簡単だ。あとは練習次第だろう。

少し先に、二艇目のディープフライトが見えた。彼は潜水艇が気に入った。何時間でも海の中を飛び続けられる気がした。

「レオン、悪くない。まあ、あなたの操縦で長く乗っていたら気分が悪くなるだろうが。今度は水平にしてくれ。そう、ゆっくり漂わせて。マニピュレータの操作を教えよう。こっちはずっと簡単だ」

五分後、ロスコヴィッツがふたたび操縦を引き受け、潜水艇をゆっくりとスルースに戻した。二つの隔壁に挟まれて過ごす一分間は永遠に続くほど長かった。ようやく解放されて、ウェルデッキに浮上した。アナワクはいくらか気持ちが軽くなった。しかし、操縦には興奮したものの、今朝、艦を取り巻いたオルカのことを思うと落ち着かない。不用意に海に潜ることが危険なのは言うまでもないが。

ロスコヴィッツがキャノピーを開けた。二人はコックピットから体を起こし、桟橋に飛び移った。

航海長のフロイド・アンダーソンが目の前に立っていた。

「どうでしたか？」

彼は興味のない声で訊いた。

「楽しかった」

アンダーソンは浮上する二艇目の潜水艇に目をやった。

「残念ながら、お楽しみは中断しなければなりません。海に頭を突っこめば、面倒なことになりますよ。シグナルを受信しました」

「シグナル？　どんなシグナル？」

クロウが詰め寄った。

「それは、あなたから教えてもらわないと。だが、非常に大きく、非常に近い」

彼はクロウから目をそらして言った。

戦闘情報センター（CIC）

「低周波域のシグナル。スクラッチのパターンだ」

シャンカーが言った。

彼はクロウとともにＣＩＣに駆けつけた。ＳＯＳＵＳの陸上ステーションからの一報も届いていた。コンピュータ解析によると、やはり発信源はインディペンデンスの直近だった。

リーが部屋に入ってきた。

「何かわかった？」

クロウは首を振った。

「今のところはまだ。これからコンピュータを使ってパターンを分析します」

「それでは来年になるわね」

「皮肉に聞こえるが」

シャンカーが不服そうな声で言った。

「いいえ。一九九〇年代の初めから、あなたの部下たちが手を焼いているシグナルを、一両日中に解読できるのか疑問に思っただけだわ」

「今、初めて疑問に思ったのかね？」

クロウは煙草を一本つまみ出すと、落ち着いて火をつけた。

「シャンカーも司令官も、喧嘩はしない！　わたしは、エイリアンとコミュニケーションをとるのはまったく別ものだと言ったでしょう。きっと、昨日送ったのは、イールに解読できた初めてのメッセージだった。彼らは同じ手法で返事をするはずだわ」

「コーディングして答えると思うの？」

「イールが存在して、これが返事で、彼らがコードを理解して、対話に興味を持ったのだとしたら、答えはイエス」

「なぜ、超低周波を使うのかしら？　こちらの使った周波数ではなく」

「別にかまわないじゃない」

クロウが驚いて言った。

「外交儀礼というやつだ」

「ロシア人にお粗末な英語で質問されたら、ロシア語で答えてあげればいいでしょう」

リーが肩をすくめた。

「そうね。それで次はどうするの？」

「わたしたちが返事を受け取ったと知らせるために、メッセージの発信を止めます。彼らがこちらのコードを使ったとしたら、それはすぐに判明する。わたしたちが簡単に解読できるように、彼らは工夫したでしょう。返事を理解できるだけの知能がわたしたちにあるかどうかは、別問題だけど」

統合情報センター（JIC）

ウィーヴァーは不可能な試みを始めてしまった。知性体の誕生の条件を無視して、知性体の誕生を認めようとするのだから。

クロウの説明だと、地球外文明が存在すると仮定すると、いつも同じ疑問に終始するのだそうだ。その一つが、知性体の大きさだ。知性体は異世界があると信じて視線を空に向け、いつかコンタクトをとろうと考えている――惑星間のコミュニケーションに興味をおく地球外知的文明探査（SETI）の人々は、知性体をそう捉えている。さて、そういう生命体はほぼ確実に陸上に生息しており、大きさは限定される。

一つの惑星が、十億年から二十億年のあいだに知性体の進化に必要な地表温を持つには、惑星の大きさは、地球の八十五パーセント以上、百三十三パーセント未満でなければならない。現在の天文学や天文生物学の研究では、そう結論づけられている。そのような惑星に想定される重力空間から、そこに生存する生物の大きさが推測できる。理論上は、地球に似た惑星の生物は限りなく大きく成長することが可能だ。しかし実際は、個体の重量を支えきれる大きさで成長は止まる。もちろん、恐竜は並はずれた骨格を手に入れたが、その分、脳の大きさでは損をした。生体機能は、あたりを走りまわり、獲物を捕らえて食べるだけにとどまった。すなわち、動きまわれる知性体は十メートルより大きくならないという、大まかな規則が適用される。

もっと興味深いのは、知性体の大きさの下限だ。アリは知能を進化させられるだろうか。バクテリアは？　ウイルスは？

SETIの研究者や天文生物学者は理論を展開していた。地球が属する銀河には人類に似た文明はないということは、ほぼ確実視されている。少なくとも太陽系には存在しない。そのため火星や木星の衛星に、せめて菌類か単細胞生物が存在するのではないかと、科学者はいっそう望むようになった。そこで、生命体の徴候を示す極小ユニットを探しはじめた。それが見つかれば、複雑な有機分子、つまり情報を蓄え使うことができる最小ユニットに必然的に行き着く。しかし、分子が知能を発展させることが、果たして可能なのだろうか？

断じて不可能だ。

しかし、人間の個々の脳神経細胞にも知能はない。体の大きさに応じた知性を人に与えるには、千億個の脳細胞が必要だ。人間よりも小さな知性体であれば、必要となる細胞の数は少ないだろうが、細胞を形成する分子の大きさは同じだ。そこで知性を生みだすには、ある程度の細胞の数が必要になる。たとえば、アリは本能的な知性を持つが、高度な知性を引きだすには脳細胞の数はあまりにも少ない。さらに、アリは肺呼吸ではなく、体表から取り入れた酸素を細胞に供給する。そのために体は大きく成長できない。体のサイズがある程度大きくないと呼吸器系統が発達せず、脳が発達しない。アリはそのほかの昆虫の仲間とともに、進化の袋小路に突きあたったのだ。科学者の出した結論は、知性体の大きさの下限は十センチメートル。したがって、這いまわるアリストテレスに出会うチャンスは皆無だ。単細胞生物は言うまでもない。

ウィーヴァーはこれらを踏まえて、単細胞生物と知性がうまく折り合いがつくように、コンピュータ・プログラムを設計した。

実験室での発見から数時間が経ち、ゼラチン質には本当に知性があるのかという疑念が、インディペンデンスの艦内に湧き起こっていた。単細胞は創造的でもなく、自意識を発展させることもない。単細胞がたくさん集まれば、理論上は一つの脳か体の一部に相当するだろう。バンクーバー島の沖でクジラが寄っていった青い靄は、間違いなく数十億個の単細胞で形成されていた。だからといって、集合体に思考ができるのだろうか。たとえ可能だとしても、どのように学習するのだろうか。細胞同士はどのように情報交換するのか。何によって、細胞の集合体からより高度な実体が生じるのだろうか。

人間の場合はどうだったのだろうか。

ゼラチン質はただの塊か、あるいは、何か秘密があるのか。彼らはクジラやカニを操ることができる。

必ず秘密があるはずだ！

カーツワイル・テクノロジーズの開発したコンピュータ・プログラムは、何十億ビットもの記憶容量を持つ人工知能を構築し、ニューロンつまり脳の働きのシミュレーションを可能にする。人工知能は世界のさまざまな分野ですでに活躍している。人工知能は学習能力を備え、独自の創造性を発展させることが可能だ。今日までに、意識の構築をめざした研究者はおらず、いつ同一の極小ユニットの集合体が本当の生命になるかはわからない。そのような方法で、そもそも生命を作りだすことが可能なのだろうか。

ウィーヴァーはレイ・カーツワイルに連絡をとり、最新の人工知能を使えるよう依頼した。まずバックアップ用にコピーをとり、オリジナルは個々の電子構成要素にまで分解し、人間の脳を同様の方法でばらばらにしたらどうなるだろうか。脳細胞を思考する一つの実体情報伝達の橋を断ち切り、体系化されていない最小ユニットの群れに変換した。もし、人に再構築するには、何が必要だろうか。しばらくすると、彼女のコンピュータには何十億という電子ニューロンが群れをなしていた。互いにつながりを持たない最小ユニットだ。

そして、そのひとつひとつが単細胞だと想像する。

何十億個の単細胞生物。

彼女は次のステップを考えた。現実に近いほど正確なシミュレーションができるだろう。そこで三次元空間をプログラミングし、水の持つ物理的特性を加えた。単細胞にはどのような形があるだろうか。棒状、三角形、星形、鞭毛を持つもの持たないものなど、あらゆる形が見られる。しかし、最適なのは最も単純な形、つまり円形だ。このまま実験室から新発見が伝えられないなら、円形にしておこう。

コンピュータは少しずつ海に近づいていった。彼女のヴァーチャルな単細胞は自由に回転できる三次元の世界に棲んでいる。おそらく、海流をプログラミングするのがいいだろう。そうすれば、ヴァーチャル空間は深海の条件に相当する。しかし、それには時間が必要だ。まず、根本となる疑問に答えなければならない。

彼女はスクリーンを見つめた。

どのようにして、これほど多くの単細胞から思考する生物が生じるのだろうか。大きさは重要ではない。水中は陸上とは圧力が異なるから、体のサイズの上限の規則は適用されない。水中の知性体は、陸上生物よりも遥かに大きいはずだ。ＳＥＴＩでは水中に文明があるとは想定していなかった。なぜなら、水中には電波は届かないし、水中の生命体が宇宙空間やほかの惑星に興味があるとは思えないからだ。それとも、空飛ぶ水槽にでも乗って宇宙空間を旅するのだろうか。しかし、水を基礎とするシナリオこそが、今、必要なのだ。

アナワクが三十分遅れてJICにやって来ると、ウィーヴァーは眉間に深い皺をきざんで、スクリーンを見つめていた。彼女は彼の顔を見て喜んだ。彼がヌナブトから戻ってくると、二人は互いの過去の話をした。アナワクは自信に満ち溢れ、〈シャトー・ウィスラー〉のバーにいた孤独なイヌイットは、北極のどこかに消え去ってしまった。

「進んだか？」

彼女は首を振った。

「行きづまってる。どこから始めればいいのか」

「いったいどうしたんだ？」

彼女は経過を説明し、アナワクはじっと耳を傾けた。

「行きづまるのも当然だ。きみはコンピュータ・シミュレーションには長けているが、生物学の基礎に欠ける。脳を考えるユニットにするには構造が必要だ。ぼくたちの脳のニューロンはすべて同一のものだ。それがつながることで脳は思考する。たとえば、町の地図を思い浮かべてごらん」

「ロンドン」

「家や通りがつながりを失い、ばらばらになったと想像してみて。さあ、その混沌から町を再構築する。バリエーションは無数にあるだろう。だけど、ロンドンはたった一つだ」

ウィーヴァーはため息をついた。

「そうね。でも、それぞれの家がどこにあるものか、どうしたらわかるの？　別の切り口でやり直しましょう。脳細胞はどのように結びつくのか。なぜ、合計以上の能力が発揮できるのか」

アナワクは顎をさすった。

「もう一度、都市を考えてみよう。そこに高層ビルを建てている。大勢の労働者が働いているが、彼らはみんな同一、クローンだ」

「そんなのロンドンじゃない」

「各労働者には固有の仕事がある。だが、全体像を知る者はいない。それでもいっしょにビルを建てている。そこできみが誰かと交代したら、トラブルが起きるだろう。十人が一列に並んで、ブロックをリレーしているとする。そのうちの一人が、ねじを締める仕事の者に代わったら、大混乱になる」

「わかった。それぞれが自分の持ち場にいれば、ものごとはうまく運ぶ」

「共同作業だ」

「それでも、夜には家に帰る」

「それぞれは別々の方向に帰っていく。だが、翌朝には建築現場に現われて、また工事は続く。きみなら、労働者を監督する者がいるから作業はうまく進むと言うだろうが、労働者がいなければビルは建てられない。一方は他方がなければ成り立たない。計画から共同作業が生まれる。共同作業からさらに計画が生まれるんだ」

「すると、計画する人がいる」

「労働者が設計図なのかもしれない」

「では、労働者一人ひとりは、同僚と少しずつ違うように設計されているはずだわ」

「そのとおり。労働者は同じに見えるだけだ。もう一度、考えてみよう。まず設計図がある。労働者は少しずつ違うように設計されている。そこからネットワークを作りだすのに、きみなら何が必要だ？」

ウィーヴァーは考えた。

「意志を統一する」

「もっと簡単に言うと」

その瞬間、彼女はアナワクの考えが理解できた。

「コミュニケーション。誰もがわかる言葉で。メッセージ！」

「朝になり、労働者がベッドから這いだしたら、そのメッセージは何と告げる？」

「建築現場に行って、働け」

「ほかには？」

「持ち場を思い出せ」

「そうだ。だが、彼らは労働者で、複雑な会話は苦手だ。肉体労働をする男たち。彼らは常に汗をかく。夜、寝ているときも。朝、目が覚めても、一日中汗をかく。どうやって互いを認識するだろうか？」

ウィーヴァーは彼を見つめ、顔をしかめた。

「汗の臭い」

「ビンゴ！」

「あなたって、想像力旺盛なのね」

アナワクは笑った。

「それはオリヴィエラのせいだ。さっき、コロニーを形成するバクテリア……土壌粘液細菌のことを教えてくれただろう。一個体が匂いの物質を分泌すると、みんなが集まる」

ウィーヴァーはうなずいた。それは理にかなっている。匂いは可能性がある。

「続きはプールで考えるわ。いっしょに行かない？」

「泳ぐのか？　今？」

「泳ぐのか？　今？　ねえ、わたしは部屋にこもって、パソコンの画面を睨んでいるような人間じゃないの」

「パソコンオタクはそれが普通だと思ってたよ」

「わたしがオタクに見える？　青白い顔をして軟弱な」

「そうだよ。ぼくが出会った中で、いちばん青白くて軟弱な女性だ」

彼女はアナワクの瞳の輝きを見つけた。彼は小柄で、ジョージ・クルーニーとは全然違う。しかしこの瞬間の彼は大きく、自信に溢れ、ハンサムだった。

「ばかね」

彼女はほほ笑んだ。

「どういたしまして」

「あなたは人生の半分を水中で送ってきたから、コンピュータを使って働く人はデスクに貼りついてると思ってるんでしょう。わたしは、そういう仕事は自然の中でするの。自分の頭でね！　ノートパソコンを荷物に入れたら、出発。アイデアを岩壁に書くことだってできる。デスクに縛りつけられたら、肩ががちがちに凝っちゃうわ」

アナワクが立ち上がり、彼女の背後にまわった。一瞬、ウィーヴァーは彼が出ていくのかと思ったが、肩に彼の指が触れるのを感じた。指で首の筋肉に沿って撫でおろし、肩甲骨（けんこうこつ）のあたりを親指の腹で押した。

彼は彼女の肩をマッサージした。

ウィーヴァーは体を硬くした。彼に触れられるのが嫌なのだろうか。

心地よかった。しかし、それは自分の望むことだろうか？

「肩なんか凝ってないよ」

彼の言うとおりだ。なぜ、あんなことを言ってしまったのだろう。

その瞬間、彼女は出し抜けに椅子から立ち上がった。彼の手が肩から滑り落ちる。彼女は、しくじったと思った。そのまま椅子に座って、マッサージをしてもらえばよかったのだ。しかし、もう遅すぎる。

「泳いでくるわ」

彼女は戸惑いながら言った。

アナワク

何がまずかったのか。彼はいっしょに泳ぎにいきたかった。しかし、突然ムードが反転してしまった。肩をマッサージしてもいいか、まず尋ねるべきだったのだろう。そもそも、状況をまったく読めていなかった。

こういうことには向いていない。クジラといっしょにいるほうがいいのだ。まったく愚かなイヌイットだ。

彼女は行ってしまった。アナワクは、ヨハンソンを探して単細胞生物について話し合おうかと考えた。しかし、そのような気にはなれない。そこで、隣のCICを覗くことにした。グレイウォルフとデラウェアはたいていCICにいて、軍用イルカを観察するか、イルカの撮った映像を分析している。しかし二人はいなかった。船体のカメラから送られてくる暗い海中の映像だけがモニターに映っている。今朝、艦を取り囲んだオルカが姿を消してからは、映像に変化はない。巨大なヘッドホンをつけたシャンカーが、一人でモニター画面の前に座っていた。数列が激しく変化する画面を凝視し、深海の音に聞き入っている。CICの要員の一人から、グレイウォルフたちはMK7のイルカをMK6に交代させにウェルデッキに行ったと聞いた。

彼はランプウェイを下った。がらんとした格納デッキに出た。風が通り抜けて寒い。先を急ごうとした足がふと止まった。外部リフトに通じる巨大なゲートから陽光が差しこんでいるが、そこは高圧ナトリウム蒸気ランプに照らされて、色褪せた黄色の世界が広がっていた。彼は、ヘリコプターやハリアー・ジェット戦闘機がひしめき合う光景を思い浮かべた。航空機や車両が隙間なくつめこまれ、機内や車内に体を滑りこませるときに、扉やドアを開けるスペースがかろうじてあるだけだ。轟音を立ててランプウェイを上り下りするジープやフォークリフト。航空機がフライトデッキにあるときは、ここで勤勉な海軍兵が迅速かつ集中して武器や装備を点検する。そういうとき、インディペンデンスの強大な機構が一度に動きだすのだ。

この巨大空間ががらんどうなのは異様だった。利用されることもない。船体フレームのあいだにあるブースは無人だ。高く薄暗い天井の鋼鉄の梁で、黄色いランプがただ輝いていた。壁を走るパイプは無の中に消えていく。至るところに貼られた警告表示は、いったい誰のためのものだろう。

「トレーニングジムが手狭になると、ここにルームランナーを持ちこむことがある。そうなって初めて、艦がわが家だと思えるようになる」

ピークは言った。ノーフォーク基地で、科学者たちに艦の案内をしたときだ。彼は顔をしかめ、何かを探すような目をして付け加えた。

「格納デッキに何もないのは許せない。がらんとした空間に漂う虚しさが、たまらなく嫌だ。このミッションのすべてが、なぜか嫌なのだ」

ピークのそんな一面を見たのは、たった一度のことだった。

空虚な空間は、いつでも自分の心の中にあるものだ。

ゆっくりとした足どりでデッキを横切ると、左舷リフトのプラットフォームに出た。リフトは、燦々と陽光を浴びるテラスのように波の上に張りだしていた。扉の左右にある垂直レールに挟まれて止まっている。ローターをたたんだ大型ヘリコプター二機が、百四十平方メートルのリフトに載せられ、格納デッキからフライトデッキに上げられるのを待っていた。彼は目を細めた。風が肌にしみる。突風に足もとをすくわれ海に飛ばされる恐れもあるが、手すりはない。その代わり、リフトの周囲にはネットが張ってある。ネットは艦のまわりにも張りめぐらしてあった。嵐や航空機の爆風で、人が海に投げ飛ばされるのを防ぐためだ。

それでも危険に変わりはない。

十メートル下に、大きな波が立っていた。

いまだに視界は晴れないが、みぞれまじりの雨はやんでいた。見わたすかぎりの海原に、白い泡が大理石模様を描いていた。灰青色の海が大きくうねっている。ここは荒野だ。

彼は人生の大半を温暖なカナダ西海岸で過ごしてきた。宿命なのか、こうして二度も氷の世界に追いやられてしまった。

髪が風になびいた。寒さで肌の感覚が失われていく。両手を口にあてて、暖かい息を吹きかけた。

やがて、彼は艦の内部に戻っていった。

実験室

ヨハンソンは、すべてが終わったら本物のロブスターをごちそうすると、オリヴィエラに約束していた。彼は、スフィアロボットを使ってシミュレーションタンクのカニを一匹釣り上げた。球体ロボットはほとんど動かないカニをピンセットでつかむと、ゆらゆらとガレージに戻ってきた。そこには、ポリ塩化ビニルでコーティングした、密閉容器が準備されている。ロボットが、嫌いなもののようにつまんだカニを容器の中に落とし、蓋を閉めた。奇妙な光景だった。

小さなロボットまでこの状況が嫌らしい。

容器はスルースを通ってドライエリアに入る。そこで過酢酸をかけられ、水で洗い流されると、水酸化ナトリウムを浴びせられ、最後にもう一つのスルースを抜けて、シミュレーションタンクの外に出る。タンク内の水がどれだけ汚染されていても、出てきた容器は安全だ。

「本当に一人で大丈夫か？」

ヨハンソンはオリヴィエラに尋ねた。彼には、ラ・パルマ島で浚渫作業の準備をするボアマンと、テレビ会議の約束がある。

彼女はカニの容器を手に取った。

「大丈夫よ。何かあったら、大声で助けを呼ぶ。そしたら、あなたが来てちょうだい。ルービンのちびザルにはご遠慮いただくわ」

彼はにやりと笑った。

「どうやら、われわれ二人で嫌悪感を分かちあってるようだ」

「べつに嫌いではないのよ。ノーベル賞を狙って躍起になる男じゃなければ」

「そのとおりだ。で、あなたはどうなの？」

「わたしがどうだというの？」

「栄誉には興味がない？　ちょっと努力すれば、われわれ全員に栄冠が輝くというものだ。ここを生きのびればの話だが」

「グルーピーに追いまわされるほどの人気者になることに異存はないわ。無味乾燥な科学の彩りになるし。ところで、彼はどこ？」

「ルービン？」

「レベル4実験室で、いっしょにDNA分析をすると言ってたのに」

「いなくて幸いだ」

「もちろん嬉しいけれど、それでも、どこに行ったのか気になるわ」

「そのうち役立つこともあるだろう。彼は悪い男ではない。体臭もないし、人を殺すようにも見えないし、賞状もたくさん持っている。役に立つなら、彼を好きになる必要もない」

「役に立つ？　彼は今までに意義あることをしたかしら？」

ヨハンソンは両手を広げた。

「いいアイデアだったら、誰が思いつこうと同じだ」

彼女はにやりとした。

「二軍選手はそうやって自分をだましてるわけね。まあいいでしょう。彼の好きにすればいい。誰かの役に立つことをしてるとは思えないけれど」

彼女は言って肩をすくめた。

セドナ

アナワクはウェルデッキの縁に立った。デラウェアとグレイウォルフがネオプレーン製のドライスーツを着て、イルカから撮影機材をはずしていた。大きな音とともに、ディープフライト一艇が天井のレールからデッキに降ろされるところだ。ロスコヴィッツとブラウニングはコントロールパネルの前に立ち、様子を見守っていた。宇宙船に似た平たい潜水艇が水面に触れ、やがて波に乗って穏やかに揺れた。さざ波の下に、明るく照らされたスルースが透けて見える。

ロスコヴィッツが彼に視線を向けた。

「外に出るのですか?」

アナワクが尋ねた。

「いや、こいつの調子が悪くて。水平方向の操縦性に問題がある」

ロスコヴィッツは潜水艇を指さして言った。

「深刻なんですか？」

「そうではないが、調べておくほうがいいからね」

「ぼくたちが試乗した潜水艇でしょう？」

「心配しなくてもいい。あなたが壊したわけじゃない。ソフトウェアの欠陥だろう。すぐに元どおりになるよ」

彼は笑って答えた。

アナワクの足に水が浴びせかけられた。

「レオン！　立ってないで、こっちに来れば！」

デラウェアが水の中から笑顔で彼を見ている。

「いいアイデアだ。意義のあることができるぞ」

グレイウォルフが言った。

「ぼくたちはこの上で、意義のあることを山ほどやってる」

アナワクが答えた。

「それはそうだ。けど、ドライスーツを取ってこいよ」

グレイウォルフはイルカの頭を撫でた。イルカは彼に体を押しつけ、鳴き音を上げた。

「お前たちの顔をちょっと見たかっただけだ」

「それはご親切に。じゃあ、もう見ただろう」

彼はイルカの背を軽くたたくと、イルカが泳ぎ去るのを見守った。

「新しいニュースはないのか？」

「イルカの第二部隊の準備をしているのよ。MK6のイルカは特に何も感知しなかった。今朝、オルカの出現を知らせてくれただけで」

デラウェアが言った。

「つまり、機械が見つける前にイルカが感知したってことだ」

「イルカのソナーは……」

グレイウォルフは自慢を隠そうとはしなかった。

アナワクの足に水がかかった。今度はイルカの一頭が魚雷のように水面に現われ、水をかけたのだ。イルカはそれを明らかに楽しんでいる。きいきい、があがあ鳴き音を上げ、頭を伸ばした。

「そんなことをしても無駄よ」

デラウェアは、まるでイルカが彼女の言葉を理解するとでもいうようにその一頭に話しかけた。

「レオンは来ないよ。お尻が凍っちゃうんだって、本物のイヌイットじゃないから。ただのほら吹きなのよ。絶対にイヌイットのはずがない。イヌイットだったら、とっくに……」

アナワクは両手をあげた。

「わかったよ。ドライスーツはどこだ?」

五分後、彼は二人を手伝って、第二部隊のイルカにカメラと発信機を取りつけていた。するとデラウェアからマカ族なのかと前に尋ねられたことを、ふと思い出した。

「あのとき、きみはなぜそんなふうに考えたんだ?」

アナワクは尋ねた。

彼女は肩をすくめる。

「あなたは何も言わなかったけれど、先住民じゃないかと思ってた。とにかく、ブロンドの髪に青い瞳ではないでしょ。で、今は、真実を知っている……あなたに聞かせたい話があるの!」

彼女は顔を輝かせた。

「ぼくに、何を?」

彼女はイルカの胴体にストラップを結わえた。

「インターネットで見つけたのよ。きっと喜ぶと思って暗記してきたけど、聞きたい？」

「聞かせてくれ！」

「あなたの世界のお話！」

ファンファーレの伴奏があるような物言いだ。

「おやおや」

「興味はないの？」

「大ありだ。レオンは絶対に口にしないが、故郷に燃えたぎる情熱を抱いている。だからこそ、逆にマカ族だと思われたいんだ」

グレイウォルフが口を出した。左右をイルカに挟まれ、泳ぎ着いたところだ。クッションション入りのドライスーツを着た姿は、まるで海の怪人だった。

「いいかげんにしてくれ！」

「喧嘩はやめて！」

デラウェアは言って、体を仰向けに浮かべた。

「クジラやイルカやアザラシが、どこから来たか知ってる？　真実を教えてあげようか」

「じらさないでくれ」

「これは人間も動物もまだ一つだった、昔のお話。その頃、アルヴィアトの近くに若い女が住んでいました」

アナワクは耳を澄ました。あの話だ！　少年の頃、いろいろなバリエーションで聞いたことがある。しかし、少年時代のことともに忘れてしまっていた。

「アルヴィアト？」

グレイウォルフが尋ねた。

「ヌナブトの最南端の居住区だ。女の名前はタリラユクじゃなかったか？」

「そう、彼女の名はタリラユク。美しい髪をしていて、どんな男も魅了した。だけど、彼女のハートを射止めたのはイヌ男だった。彼女は身ごもり、たくさんの子どもを産んだ。イヌイットもいれば、そうではない子どもも。ある日、イヌ男が狩りに出かけると、キャンプにすごくハンサムなミズナギドリ男がカヌーでやって来た。男は彼女をカヌーに誘い、あとはお決まりのパターン。二人は駆け落ちした」

「べつに、普通じゃないか。いつクジラが登場するんだ？」

グレイウォルフがカメラのテストをしながら言った。

「あわてないで──タリラユクの父親が彼女を訪ねてきた。しかし彼女の姿はなく、イヌ男は泣きわめいている。父親は海に漕ぎだし、ミズナギドリ男のキャンプまでやって来た。娘がテントの前に座っているのを見て、すぐに家に帰れと言い聞かせる。娘は素直に従って父親のボートに乗った。二人は海に漕ぎだすが、しばらくすると海が荒れてきた。波は高くなるばかりで、ついに嵐になった。どこにも陸は見えない。砕け波がボートを襲う。父親は、船が沈むのではないかと怖くなった。これはミズナギドリ男の復讐だ。けれど、そんなことで溺れて死ぬのはまっぴらごめんだ。すべては娘の責任だ。彼は娘に怒りを覚え、彼女に飛びかかって船底に突き飛ばした。彼女は呆然として船べりにしがみついた。父親は、手を離せと叫んだが、娘はしがみついたまま離れない。彼は怒り狂って斧をつかんだ。斧を振りあげると、娘の指の第一関節を断ち切った！　けれど、指は海に落ちない。どうしてだと思う？　指はイッカクに変身したから。爪はイッカクの角になった。タリラユクはまだ手を離さない。そこで父親は第二関節を断ち切る。それはシロイルカに変身した。娘はまだしがみついている。最後の関節の番だ。それはアザラシに変身した。彼女はあきらめなかった。手のひらだけで船にどうにかつかまる。そのとき船が浸水しはじめ、父親は恐怖に駆られた。櫂で娘の顔を打つ。左目が飛びだし、ついに彼女は手を離して波間に落ちた」

「野蛮な話だ」

「しかし、タリラユクは死ななかった。とにかく普通の死はやって来なかった。彼女は海の女神セドナに変身し、以来、海の生き物を支配した。片目だけで海に潜り、指のない手で水をかく。今も美しい髪をしているが、指がないから梳かせない。そのため、彼女が怒る姿をしばしば見かける。彼女の髪を梳き、結ってやる者は、彼女の怒りを静めることができる。そして、海の生き物を獲る許しを与えられる」

「子どもの頃、長い冬の夜に、よくその話を聞いたものだ。いつも少しずつ違うが」

アナワクは静かに口を開いた。

「気に入った？」

「きみが話してくれたってことが嬉しいよ」

デラウェアは満足そうにほほ笑んだ。セドナの伝説を掘りだすことを、彼女はどうして思いついたのだろうか。偶然インターネットで見つけたのではないだろう。わざわざ探してくれたのだ。本当に素晴らしい贈り物だ。まさに友情の証だろう。

彼は心を動かされた。

グレイウォルフが口笛を吹いて、カメラとハイドロフォンを取りつける、最後の一頭を呼び寄せた。

「無駄だぞ。レオンは科学者だ。海の女神の話を聞かせてもしかたない」

「いいかげん仲よくしたら！」

彼女は呆れたように首を振って言った。

「その話は科学には全然合わない。万物が生まれた話を聞きたくないか？　昔、陸地はなかった。一人の首長が水中の小屋に住んでいた。怠け者で、立ち上がったことがないどころか、いつも火に背を向けて寝てばかりいた。火の中にはクリスタルが燃えていた。一人暮らしの首長は奇跡を起こす男と呼ばれていた。ある日、弟子がやって来て彼に告げた。『精霊たちには体を休める陸地がありません。あなたの名前のとおり、奇跡を起こしてください』首長は海底から石を二つ拾うと、返事として弟子に与え、これを投げよと告げた。弟子が言われたとおりにすると、石は大きく成長してクイーン・シャーロット諸島と陸地になった」

「ありがとう。ついに科学的な解明ができた」

アナワクがにやりと笑った。

「この伝説はハイダ族の古い神話、ホヤ・カガナス――ワタリガラスの旅から生まれた話だ。ヌートカ族にも似たような話がある。海にまつわる伝説は多い。海から人が生まれたか、海に殺されるかのどちらかだ」

「科学で行きづまったら、よく耳を傾けたほうがいいわね」

彼女が言った。

「きみはいつから伝説に興味を持ったの？」

「伝説は面白いわ」

「ぼくよりも経験主義者だ」

「そうかな？　少なくとも、伝説は自然と調和して生きる方法を教えてくれる。まったくのでたらめだとは言えないでしょう？　あなたが何か信じれば、得るものがある。それがすべての真実なのよ」

グレイウォルフがにやりと笑って、イルカを撫でた。

「それなら、おれたちは問題を解決できるんじゃないか？　リシア、女として貢献できることを示せるぞ」

「どういうこと？」

「おれはベーリング海に伝わる古い風習を知っている。それはこうだ……クジラを獲りに海に出る前に、銛(もり)打ちは船長の娘と寝なければならない。ヴァギナの匂いをつけるためだ。その匂いがクジラをおびき寄せ、おとなしくさせるから、クジラを簡単に仕留められるというわけだ」

「そんなことを思いつくのは、男だけだよ」

「男も女もクジラも……ヒスフク・イシュ・ツァウォーク——すべては一つだ」

グレイウォルフは笑った。

「わかったわ。海の底まで潜ってセドナを見つけ、髪を梳いてあげよう」

すべては一つ……アナワクの頭の中にこだました。

アケスク伯父さんは言った。

〈この問題は科学では解決できないぞ。シャーマンなら、お前たちは精霊を相手にしていると言うだろう。生き物の中に息づく、この世界の精霊だ。クアルナアトは生命を抹殺しはじめた。精霊たちを怒らせ、海の女神セドナの怒りを買った。海にいるのが誰であろうと、戦うつもりなら、お前たちは何も成し遂げられない。彼らを抹殺すれば、それは自分たちを破滅に導くことだ。彼らもお前たちの一部だと考えろ。同じ世界を分かちあっているのだと。支配権をめぐる戦いに勝者はいない〉

三人はイルカといっしょに泳いだ。ロスコヴィッツとブラウニングはディープフライトの調整を続けている。三人は精霊や海の女神の伝説を互いに話した。笑いながら泳ぐうちに、ドライスーツを着け、水は温度調節されてはいるのだが、体温が少しずつ奪われていった。

海の女神の髪を梳くには、どうすればいいのだろうか。

今日までに、人類がセドナに贈ったものは有害物質と核のゴミだけだ。彼女の髪は油で汚れた。彼女の許しも得ずに、人は海の生き物を狩り、絶滅に追いやった。

アナワクは氷のように冷たい水の中で、心臓が鼓動する音を聞いた。寒気がした。この幸せな時間は永遠には続かないだろう。彼は過去を乗り越え、友を得ることもできた。間違って理解していた自己の存在から解放された。

しかし、たった今、何かが終わった。彼らがこうしていっしょにいることは、もうないのかもしれない。なんとなく、そんな気がした。

グレイウォルフは最後の二頭の機材の具合を確認し、満足そうにうなずいた。

「いいだろう。イルカたちを外に出そう」

レベル４実験室

「なんてばかだったの。まるで見えていなかった！」

オリヴィエラはモニター画面に目を凝らしていた。蛍光顕微鏡が捉えた拡大画像が映しだされている。ナナイモの生物学研究所にいるときに、彼女は何度もゼラチン質を分析した。クジラの脳から取りだした物質の残留分や、アナワクがバリア・クイーン号に潜った際に、ナイフに付着していた断片だ。ところが、じっくり観察したはずなのに、崩壊していく物質が単細胞だとは、まったく想像もしなかったのだ。

なんて恥ずかしいことだ！

そのときに発見できたはずなのに。しかし、フィエステリアの恐怖に駆られて、殺人藻類しか目にはいらなかった。ゼラチン質は消滅したのではなく、顕微鏡で捉えることができるということに、あのローシュでさえ気づかなかった。死んだか、死んでいく単細胞生物が顕微鏡の中に見えたはずなのだ。ロブスターやカニの体内には、初めからすべてが混ざり合って存在していた。殺人藻類、ゼラチン質、そして海水。

海水だ！

ローシュはゼラチン質の謎に肉薄したが、そのわずか一滴の中に、生命体の宇宙があるとは考えもしなかったのだ。人々は長年にわたり魚や海棲哺乳動物、甲殻類ばかり見ていたために、海洋生物の九十九パーセントを見落としてきた。海を支配するのはサメでもクジラでも、ダイオウイカでもない。顕微鏡でしか見えない微小生物なのだ。たった一リットルの表層海水の中には、数百億個のウィルス、十億個のバクテリア、五百万個の単細胞生物、百万個の藻類が泳ぎまわっている。水深六千メートルの光のない、生存には厳しい環境である深海の海水の中にさえ、何百万個というウイルスやバクテリアを発見できる。微小生物がひしめき合う中で、すべてを把握するのは絶望的だ。科学が微小生物の宇宙に深く踏みこめば踏みこむほど、ますます見通しのきかない世界が現われる。海水はどうだろうか？　最新の蛍光顕微鏡で眺めれば、海水はむしろ薄いジェルのようなものだ。互いに結びついた巨大分子のつながりが、滴と滴のあいだを吊り橋のように渡っている。透明な糸や膜の隙間に、無数のバクテリアが生息空間を見いだしている。二キロメートルにもなるDNA分子、三百十キロメートルの蛋白質、五千六百キロメートルの糖質を測定するのに必要な海水は、たったの一ミリリットルだ。そして、そのどこかに知性体の仲間が隠れていた。どこにでも存在する微小生物の姿をしていた。ゼラチン質は異様な物質に見えたが、実際は、風変わりな生命体ではなく、深海に存在するありふれたアメーバだったのだ。

オリヴィエラはうなった。

ローシュも彼女も、乾ドックの海水を調べた科学者も、誰も発見できなかった理由が明らかになった。深海のアメーバが集合体を形成し、カニやクジラを操ることができると思いつく者はいなかったのだ。

「ありえない」

オリヴィエラは結論を下した。

彼女の言葉は珍しく弱々しかった。声は防護服の中にこもったままだ。彼女はもう一度、分類学上の検査結果を比較してみた。しかし、以前のものと違いはない。明らかにゼラチン質は現存するアメーバ種で構成されている。それは大半が水深三千メートル、あるいはそれより深い海に存在し、想像もつかない数がいる種だ。

「ばかげてる。あなたはわたしをからかっているのね。変装しているんでしょう。アメーバに見えるけれど、わたしは絶対に信じない！　あなたは本当は何なの？」

DNA

ヨハンソンが実験室に戻り、二人でゼラチン質を一つひとつの細胞に分離した。次に、アメーバの冷凍と解凍を繰り返して細胞壁を破る。プロテアーゼを加え、蛋白質をアミノ酸連鎖に分解する。そこにフェノールを混合して遠心分離する。手間のかかるプロセスを経て、抽出溶液中の蛋白質と細胞壁の残骸が除去される。ついに残液の沈殿物から、未知の生命体の謎の解明となる、わずかに濁った水溶液が回収できる。

ゲノムDNAだ。

次の段階はさらに時間がかかる。DNA解析を行なうには、特定の遺伝子を取りだして解析する。遺伝子情報をすべて解読することは不可能なので、二人は特定のDNA配列の分析に取りかかった。

骨の折れる仕事だ。ところが、ルービンは体調が悪いと言って現われない。

「どうしようもない男だわ。今こそ役に立てるはずなのに。どこが悪いのかしら?」

「偏頭痛」

「それならしかたないか。偏頭痛は苦しいもの」

オリヴィエラはピペットでサンプルを吸いとってシーケンサーに入れた。結果が出るまでには二、三時間かかる。二人は待つしかないため、消毒液のシャワーを浴びてレベル4実験室を出た。空気をいっぱいに吸う。彼女はシーケンサーが読み取りをするあいだ、格納デッキで一服しようと提案した。しかし、ヨハンソンはもっといいアイデアが浮かび、自分のキャビンに向かった。五分後、彼はグラス二個と、ボルドー一瓶を手にして戻ってきた。

「さあ行こう」

「どこで見つけたの?」

ランプウェイを上りながら、オリヴィエラが訊いた。

「見つけるものじゃない、持ちこむものだ。禁制品の密輸にかけては、私はプロなんだ」

ヨハンソンはにんまり笑った。

彼女はしげしげとラベルを眺めた。

「いいワインなの？　わたしには全然わからないから」

「ポムロールのシャトー・クリネ、一九九〇年もの。これが欲しくて、ついつい財布の紐を緩めてしまった」

彼は格納デッキのブースの脇に金属製の箱を見つけ、二人でそこに腰を下ろした。ほかに人影はない。正面には、右舷の外部リフトに出るゲートが大きく口を開けていた。その向こうに、北極の薄明るい夜の海が静かに広がる。薄い靄がかかっているが、氷はどこにも見えなかった。格納デッキは寒いが、何時間もレベル4実験室で過ごしたあとには、新鮮な空気が必要だ。彼は栓を抜き、ワインをグラスに注いだ。彼女のグラスに自分のグラスを軽く合わせる。ガラスの明るい響きが、薄暗がりに消えていった。

「おいしい！」

「特別なときのために、何本か持ちこんだんだ。今が特別なときだ」

彼はワインを舌で味わった。

「手がかりをつかんだと思う？」

「かなり彼らに近づいた」

「イール？」

「そこが問題だ。タンクの中にいるのは何か？　単細胞の知性体などありえるのか？　アメーバの知性体が」

「人間を観察していると、アメーバとの大きな違いは何だろうと首を傾げてしまうわ」

「複雑さ」

「それは利点かしら？」

「あなたはどう思うんだい？」

オリヴィエラは肩をすくめた。

「長いこと微生物学だけに没頭してきた者には、どう考えればいいのかわからないわ。あなたのように大学で教えてるわけでもないから、情熱に燃えた若い学生と意見を交わすこともない。広く世論を知らせてくれる人もいない。自分自身を客観視できずに苦しんでいるの。人間の姿をした実験用マウスね。でも視野は狭いけれど、微生物がそこらじゅうにいるのは見える。わたしたちはバクテリアの時代に生きているわ。バクテリアの姿は三十億年前から変わらない。人類なんて流行(はや)りものにすぎない。太陽が爆発しても、バクテリアはどこかで生き続ける。地球の成功者はバクテリアであって、わたしたちではないのよ。人類がバクテリアに対してアドヴァンテージを持っているかどうか、わたしにはわからないわ。けれど、微生物に知能があることを証明したら、わたしたちは身動きできなくなる」

ヨハンソンはワインを舐めた。

「困ったことになるだろうな。キリスト教会は敬虔な信者に説明できなくなるんだ。神の創造のクライマックスは、海の住人を創った第五の日になり、第七の日ではなくなる」

「個人的なことを訊いてもいい？」

「どうぞ」

「あなただったら、この矛盾とどうやって折り合いをつけるの？」

「希少なボルドーさえあれば、私にはたいした問題じゃない」

「怒りは覚えない？」

「誰に？」

「深海にいる彼らに」

「この問題は怒りで解決したほうがいいのかい？」

オリヴィエラはにやりとした。

「いいわけないでしょ、哲学者みたいに質問をはぐらかさないでよ！　あなたが怒りを覚えないのか、わたしにはすごく興味があるの。だって、彼らはあなたの家を奪ったのよ」

「トロンヘイムの家は惜しくないの？」

彼はグラスの中のワインを揺らし、しばらく沈黙した。

「それほど惜しいとは思わなかった。確かに、素晴らしいものがいっぱいつまった、素敵な家だった。でも、そこに私の人生はない。ワインセラーや自慢の蔵書をあんなにもあっさり失ったことには腹が立つ。奇妙に聞こえるだろうが、シェトランドに行ったあの日、私は無意識のうちにあの家に別れを告げていた気がするんだ。扉を閉めて、そこを離れたとき、何かが終わった。今、あなたが死ななければならないとしたら、何をいちばん惜しむだろう。私にとっては、あの家ではないな」

「ほかに家があるの？」

彼はワインを一口飲んだ。

「湖畔の別荘がある。ベランダに腰を下ろし、湖を眺める。シベリウスやブラームスを聴きながら、ワインのグラスを傾ける……まるで別世界だ。それを失えば、心から残念に思うだろうな」

「素敵なところなのね」

ヨハンソンは彼女のグラスにワインを注いだ。

「なぜ、今こうして私が元気でいられると思う？　そこに戻るためなんだ。あなたも湖面に映る満天の星を見れば、忘れられない光景になるだろう。あなたの存在は、あの孤独な輝きの中にある。宇宙は頭上にも足もとにも広がっているんだ。不思議な感覚だ。自分で体験しないとわからないだろう」

「津波のあと、別荘には戻ったの？」

「記憶の中でね」

彼女はワインを飲んだ。

「わたしは運がよかった。失ったものもない。友人や家族も元気でいるわ……湖の別荘は、わたしにはないけれど」

「誰にも湖の家はある」

ヨハンソンがその先を言うのではないかと、彼女は思った。しかし、彼はグラスの中のワインを揺らしただけだった。二人はボルドーを飲み、海上を漂う靄を見つめていた。

「友人を一人、失った」

オリヴィエラは答えなかった。

「彼女は少し複雑な女性だった。人生を駆け抜けたんだ」

彼は笑みを浮かべた。

「不思議なことに、互いをあきらめたあとに、ようやく互いの真実の姿を見つけた。まあ、人生とはそんなものだろうな」

「ごめんなさい」

オリヴィエラが静かに言った。

ヨハンソンはうなずいた。彼女を見つめ、その視線が彼女からそれると、何かに釘づけになった。彼女は不審な顔をして振り返った。

「どうかした？」

「ルービンがいた」

「どこに？」

「あそこ、あの向こうに入っていった」

彼は格納デッキの、ちょうど艦の中央にあたる壁を指した。

「入るところなんてないわ」

デッキの突きあたりは、薄ぼんやりと人工光に照らされている。数メートルの高さの壁が、その向こう側を隔てていた。彼女の言うとおり、扉はどこにもない。

「ワインのせいじゃない？」

彼は首を振った。

「誓って、あれはルービンだった。ちょっと現われて、すぐに消えたんだ」

「本当に？」

「ああ、確かだ」

「わたしたちを見たかしら？」

「それはない。ここは陰になっているから、目を凝らさないかぎり見えないはずだ」

「彼が元気になったら、訊いてみましょう」

ヨハンソンはしばらく壁を見つめていたが、やがて肩をすくめた。

「そうだな、訊いてみよう」

ワインを瓶の半分ほど飲んで、二人は実験室に戻った。オリヴィエラはまったく酔いを感じなかった。冷たい風にあたり酔いが醒めたのではなく、夢のような発見への期待がふくらみ、気分が高揚しただけだった。

それは本当に夢のような発見になった。

レベル4実験室の分析は終了していた。結果は、実験室の外にあるコンピュータに表示される。画面にはDNA配列が映しだされていた。オリヴィエラの瞳が画面の上から下へとジグザグに動き、それに合わせて顎が緩んでいった。

「ありえない」

彼女がささやいた。

「何が？」

彼は彼女の肩越しに画面を覗いた。データを読む。眉のあいだに深い皺が二本寄った。

「すべて異なっている！」

「そのとおり」

「信じられない！　同一の生物は、同一のDNAを持つはずだ」

「同じ種ならば……」

「しかし、彼らは同じ種だ」

「自然界の突然変異率は……」

「意味がない！　突然変異率など超越している。すべて異なる生物だ！　どれ一つ、DNAが一致しない！」

彼は呆然とした。

「いずれにしても、普通のアメーバではないわね」

「そうだ。そもそも普通のところなんかまったくない」

「いったい何なの？」

ヨハンソンは画面を凝視した。

「わからない」

オリヴィエラは目をこすった。

「わたしにもわからない。一つだけわかるのは、瓶の中にはワインが残っていて、今はそれが必要だということ」

ヨハンソン

オリヴィエラはさまざまなデータバンクにあたって、ゼラチン質のDNA配列を記録データと比較した。まもなく、クジラの脳内にあった物質の検査結果を発見したが、そのときは、DNA配列に違いがあることにまったく気づかなかった。

「もっと多くの細胞を調べるべきだった」

オリヴィエラがつぶやいた。

ヨハンソンは首を振った。

「きっと気がつかなかったと思うな」

「それでも調べるべきだった！」

「あの当時では、単細胞生物の集合体だと推測することはできなかった。さあ、時間の無駄だ。先のことを考えよう」

「そうね」

オリヴィエラはため息をつき、腕時計に目をやった。

「シグル、もう休んでちょうだい。徹夜するのは、わたし一人で充分。こんなめちゃくちゃなDNA配列のデータが記録されていないか、もう少し調べてみるわ」

「分担しよう」

「その必要はないわ」

「私なら大丈夫だよ」

「さあ戻ってベッドに入りなさい。あなたには睡眠が必要だわ。でもわたしには必要ない。四十歳になるとわたしの顔は皺だらけで、目の下がたるんでいた。今では、起きている顔なのか、寝ぼけ顔なのか、もう誰にも区別がつかない。さあ、キャビンに戻りなさい。おいしいワインは持って帰ってね。わたしが酔っ払って科学者の理性を失う前に」

彼女はどうやら一人でこの状況を戦い抜きたいようだ。自身が不満なのだ。もちろん、自身を責める理由はまったくない。だが、今は一人にしてやるのがよさそうだ。

ヨハンソンはワインの瓶を持って実験室をあとにした。

彼は眠くはなかった。時間は北極圏の向こうに消えてしまった。ここには数時間、薄明るい夜が訪れるだけで、明るい光が昼間を永遠に引き延ばしているようだ。今、太陽はその姿を水平線のわずか下に隠していた。これを夜だと表現できないこともない。普通ならそろそろ寝る時間だ。

しかし、ヨハンソンは眠る気にはなれなかった。

彼はランプウェイを上った。

広大な格納デッキは四角い影の中に消えていた。相変わらず人の姿はない。彼は先ほどワインの栓を抜いた場所に視線をやった。金属製の箱は闇に紛れていた。ルービンは彼らを見ることはできなかった。

しかし、ヨハンソンはルービンを見た！

まだ寝るには早い。もう一度、壁を調べてみよう。

残念ながら成果はなかった。何度も壁の前を行き来し、リベット打ちした鋼鉄製の壁や、パイプや箱を指先でさわってみたが、オリヴィエラの言うとおりのようだ。錯覚だったと思うしかない。扉もなければ、出入口を示す形跡もなかった。

「錯覚ではない」

彼は独り言を言った。

やはり寝たほうがいいのか。だが、気になって眠れないだろう。誰かに尋ねてみるべきだ。リーかピークか、ブキャナンかアンダーソンに。しかし、本当に錯覚だったとしたら?

恥をかくだろう。

自分は研究者だ。それなら調査しよう。

ゆっくりとした足どりで、格納デッキを艦尾の方向に戻り、オリヴィエラといっしょにワインを飲んだ金属の箱に座った。ここで待つのは悪くない。たとえ、偏頭痛の同僚が壁から出てこなくても、こうして海を眺めてワインを飲むことができる。

瓶からワインをひと口飲んだ。

ボルドーで体が温まり、瞼(まぶた)が重くなってきた。一分ごとに瞼は重さを増し、ついに開けていられなくなった。事実、彼は疲れていた。これまで無理をして体を酷使してきたのだ。いつの間にか瓶は空になり、ついにまどろみはじめた。彼の心は、グリーンランド海の薄暗い海面に漂っていた。

かすかな金属音がして、はっとした。

一瞬、自分がどこにいるのかわからなかった。だが、格納デッキの壁にもたれており、腰が痛むのにすぐ気がついた。すでに海の上の空が白んでいた。やっとのことで体を動かし、壁を見やった。

壁の一部が開いている。

ヨハンソンは朦朧（もうろう）としたまま箱から滑り降りた。扉が開いている。縦横三メートルほどの大きさの部分が、暗い色の壁に明るく浮き上がっていた。

彼は、箱の上においた空（から）の瓶に目をやった。

夢なのか？

明るい壁に向かって、ゆっくりと歩きだした。近づくと、むきだしの壁の通路が口を開けているのだとわかった。ネオン管が冷たい光を放っている。数メートル先で通路は壁に突きあたり曲がっている。

中を窺（うかが）い、耳を澄ました。

話し声や物音が奥から聞こえ、彼は思わずあとずさった。すぐにも立ち去ったほうがいいのだろうか。これは軍艦だ。この区画にはそれなりの機能があるのだろう。民間人が首を突っこんではならない領域が。

そのとき、ルービンのことが頭をよぎった。

だめだ！　立ち去れば、このことがいつまでも頭から離れなくなる。

ルービンの姿はここにあった！

ヨハンソンは足を踏み入れた。

八月十四日

カナリア諸島　ラ・パルマ島沖　ヘーレマ

ボアマンは素晴らしい天気を楽しむどころではなかった。水深四百メートルの海底には、わずかな期間に数百万匹のゴカイと、無数のバクテリアが現われた。そして、ラ・パルマ島を形成する火山斜面のメタンハイドレートに、複雑な穴を掘って侵入しているのだ。彼はデッキを歩いて、船尾にある二階建てのモジュールに向かった。

ヘーレマはサッカー場数面分の大きさのデッキを持つ、半潜水型の掘削リグだ。一対の巨大な浮体（ポンツーン）からそびえる六本の円柱に、四角形のプラットフォームが支えられていた。浅瀬で見れば、不恰好な大型の双胴船（カタマラン）に似ている。今、ポンツーンは海に沈んでいて見ることができず、六本の円柱の上部が波間からそそり立っている。喫水までの高さ二十一メートル、排水量十万トンの漂流する島は、安定した状態で海に浮かんでいた。激しい嵐のときでさえ、横揺れも縦揺れも起こさない。最大の特徴は、動きが俊敏で航行速度が速いことだ。二基のプロペラのおかげで、七ノットで移動が可能だ。そのスピードで、ナミビアからラ・パルマ島にやって来たのだった。

船尾のモジュール内には、乗員の住居、食堂、厨房、ブリッジ、コントロール室がある。船首には巨大クレーンが二基、そびえ立っていた。それぞれ三千トンの吊り上げ能力がある。右側のクレーンで吸引チューブを、左側のクレーンで高性能カメラのついた照明装置を深海に下ろす。クレーン上部にある操縦室から、四名のオペレータが吸引チューブとライトを操作する。

「ゲエールラアード!」

フロストが一基のクレーンの下からやって来る。ゲーアハルト・ボアマンは、自分の名を短く〝ゲアト〟と呼ぶように彼に頼んだが、彼は正式な名前をテキサス訛りで呼ぶことにこだわっていた。二人はいっしょにモジュールに入り、薄暗いコントロール室に向かった。そこに、フロストの助手やデビアス社の技術者たちが集まっていた。技術責任者のヤン・ファン・マールテンの姿もある。彼は短期間で、約束どおりに奇跡を起こしてくれた。人類史上初、深海用ゴカイ掃除機の準備が完了した。

二人は技術者たちの背後に立ち、フロストが大声を響かせる。

「諸君、神はわれわれのそばにいてくださる。ここが片づいたら、ハワイに向かう。昨日、カメラロボをハワイ島南西斜面に下ろしたところ、膨大な数のゴカイを発見した。その後、カメラロボは消息を絶った。予想どおり、ほかの火山島も狙われる。だが、悪に勝ち目はない！　われわれの掃除機でゴカイを一掃する。世界中から害虫どもを一掃してやるのだ」

「素晴らしい発想だ。けれど、ここはある程度見通しがつくが、アメリカの大陸斜面のすべてからゴカイを浚渫（しゅんせつ）するつもりなのか？」

ボアマンが小声で訊いた。

「ばかな！　私は気合いを入れただけだ」

フロストが驚いた目をして彼を見つめた。

ボアマンは眉を上げると、視線をモニター画面に移した。とにかく機能してほしかった。たとえゴカイをすべて浚渫したとしても、どれだけのバクテリア共同体がメタン氷の中に侵入してしまったか、それはわからない。クンブレ・ビエハ山の崩落を阻止するには、もう手遅れではないかと心の中では心配でたまらなかった。毎晩、悪夢を見た。海水が盛り上がって雲まで達するドームになる。それが彼に向かって猛進してくるのだ。毎回、彼は汗だくになって目が覚めた。それでも楽観的になろうと努めた。きっと成功する。それに、インディペンデンスでは未知知性体との交渉に成功するだろう。イールがあらゆる大陸斜面を崩壊させる能力があるなら、元どおり修復することもできるはずだ。

フロストは、人類の敵に対抗する情熱的なスピーチを続け、デビアス社の協力を褒(ほ)めちぎった。最後に、吸引チューブと照明装置を深海に下ろす合図を出した。

照明装置は、いくつかに折りたたまれた巨大なフラッドライトだ。クレーンで波の上に吊り下げられている。ポールと梁(はり)を組み合わせた長さ十メートルの足場が、コンパクトに折りたたまれ、そこにたくさんの照明灯とカメラがついているのがわかる。足場はゆっくりと下ろされて海中に消えた。ヘーレマとはファイバーケーブルでつながっている。十分後、深度計に視線をやって、フロストは言った。

「停止」

ファン・マールテンが指示を操縦室のオペレータに伝え、さらに付け加えた。

「足場を開け。まずは半分だ。問題がなければ全開だ」

水深四百メートルの海底で、足場は見事な変身を始めた。フレームが開く。問題がないとわかるとさらに開き、やがてサッカー場の半分ほどの大きさの、鉄格子のようなフレームが深海に広がった。

「準備完了」

オペレータの声が聞こえてきた。

フロストは計器に目をやった。

「斜面に接近させなければならない」

「照明とカメラを作動」

ファン・マールテンが指示を出した。

足場に設置された強力なハロゲンランプが一つ、また一つと点灯する。八台のカメラが作動し、ぼんやりした光景がモニター画面に映しだされた。プランクトンがカメラの前を横切った。

「もう少し接近しろ」

ファン・マールテンが告げた。

小型のプロペラが回転し、足場はゆっくりと前進した。数分後、暗闇の中からV字の切れこみが姿を現わした。カメラが近づくと、それは異様な形をした黒い溶岩でできた壁だとわかった。

「下へ」

足場は沈んだ。オペレータは細心の注意を払い、ソナーが斜面のテラスを示すまで、足場を移動させた。すぐに幅の広い尾根が姿を見せる。表面は、蠢くゴカイで埋めつくされていた。ボアマンは八台のモニター画面を見つめるうち、気分が落ちこんでいった。ノルウェーの大陸斜面が崩壊して以来つきまとわれていた悪夢と、またしても遭遇したのだ。フラッドライトに照らされた四十メートルの範囲と同じ光景がずっと続くなら、このまま引き返すほうがいいのかもしれない。

「いまいましい害虫め」

フロストがうなった。

手遅れだったとボアマンは思った。

しかし、すぐに自分の弱気を恥じた。ゴカイが、充分な数のバクテリアを運んだとはかぎらない。それに、海底地滑りの引き金になった要因は、いまだ謎なのだ。手遅れではない。一刻も早く作業を進めるまでだ。

「まあいいだろう。足場を四十五度傾けて、全体がよく見えるように少し吊り上げろ。それから吸引チューブを下ろせ。腹が空いているといいが」

フロストが言った。

「飢え死にしそうですよ」

ファン・マールテンが応じた。

吸引チューブは最大限に伸ばせば、水深五百メートルの深海に充分に届くほどの長さがある。ゴムで絶縁された直径三メートルのチューブの先端は、いくつもの節を持つ怪獣が大きな口を開けたような開口部になっている。そのまわりに投光器、カメラ二台、方向を自在に変えられるプロペラを装備し、遠隔操作で先端が上下、左右、前後に動く。チューブと、フラッドライトに設置したカメラの映像は操縦室に送られ、パノラマ画像と細部の画像がモニター画面に映しだされる。視界は良好だが、チューブを操作するには、ジョイスティックを握るオペレータの指先の感覚と、画面を凝視するアシスタントの目だけが頼りだ。

吸引チューブは闇の中を深海に下りていった。投光器はまだ点灯していない。そのときフラッドライトが、チューブにとりつけたカメラの視野に入った。深海の闇にきらめく光の点は次第に輝きを増し、やがて大陸斜面を照らすフレームの形になる。それは非常に大きく、ボアマンにはまるで宇宙ステーションのように思えた。パイプはさらに沈み、ゴカイの群れに近づいた。モニター画面がゴカイで埋めつくされる。体毛の生えたゴカイの細部を、はっきりと見分けることができた。ゴカイは強大な鉤（かぎ）のような顎をむきだし蠢いている。

コントロール室の誰もが息を呑んだ。

「すごい」

ファン・マールテンがつぶやいた。

フロストは激しく首を振った。

「これを見た家政婦は、もう家の埃には満足しないだろう。さあ、いよいよ諸君の掃除機の登場だ。不逞(ふてい)の輩どもを一掃してしまえ」

吸引チューブは、真空ポンプの要領で口の周囲に集まったものをすべて吸いこむ。作業を開始したが、初めは何の変化も起きなかった。先端まで負圧が届くのに時間がかかるのだろう。少なくともそうだと、ボアマンは希望を抱いた。ゴカイは相変わらず破壊活動にいそしんでいる。コントロール室に失望感がじわじわと広がった。誰も口には出さないが、それは手に取るように明らかだ。ボアマンは吸引チューブに付属する二台のカメラの映像を見つめ、ふたたび弱気になるのを感じた。

なぜだ？　チューブが長すぎるからか？　吸引力が足りないのか？

くよくよと考えるうちに、画面に変化が現われた。ゴカイの体が震えているようだ。尻の部分が持ち上がり垂直に立った。激しく震え……

その瞬間、カメラに激突し、消えた。

「やった！」

ボアマンは拳を突き上げた。いつもは物静かな男が叫んでいた。部屋中を踊りまわり、側転でもしたいくらいだ。

「ハレルヤ！　すごい玩具だ！　ああ神様、この世から害虫どもを消してください！　これでやつらを成敗できる！」

フロストは力強くうなずいた。野球帽を取って縮れ毛を撫でると、帽子をかぶり直した。

次々とゴカイが続いた。大量のゴカイが激しく吸いこまれるため、画面では不明瞭な斑点にしか見えない。しかしフラッドライトのカメラは、チューブの口もとに繰り広げられる光景をはっきり捉えていた。やがて堆積物まで吸われ、チューブを上がっていくようになった。

「もう少し左に。右でもいい。どちらでも作業を続けられる方向に」

ボアマンが言った。

「大きくジグザグに動かしてはどうですか。明るく照らされた部分を端から端まで。視界に入る領域がきれいになったら、フラッドライトの足場とチューブをいっしょに次の四十メートルに移動させる」

ファン・マールテンが提案した。

「それはいい！　そうしてくれ」

吸引チューブは絶え間なくゴカイを吸いこみながら、ゆっくりと移動した。ゴカイを吸い終わると、堆積物が舞い上がるために海水が濁って海底が見えなくなる。

「うまくいったかどうかの判断は、水の濁りが取れてからだ。ですが、満足できる結果が期待できると思いますよ」

ファン・マールテンは言った。すっかり気が楽になったようだ。何週間もの緊張から解放されて深いため息をつくと、力を抜いて椅子の背に体を預けた。

グリーンランド海　インディペンデンス

ごーん！

日曜の朝、トロンヘイムに響く鐘の音。ヒルケ通りの教会。陽光を浴びて、塔が空に向かって伸びている。小さいが存在感に溢れる塔は、切妻造の家並みに影を落としていた。黄土色に塗られた壁、玄関に通じる白い階段。鐘の音が響く。

きんこん、かんこん。夜が明けた。起きなさい。

頭は枕の上だ。教会に起きる時間を指図されたくはない。いまいましい教会だ！　昨夜、同僚や学生たちと飲みすぎたのか？　そうにちがいない。

ごーん！

「午前八時をお知らせします」

艦内アナウンス。

美しいヒルケ通りは消えてしまった。小さな教会も、黄土色の家もない。頭蓋に響くのはトロンヘイムの鐘の音ではない。ひどい頭痛がするだけだ。

どうしたのだろう？

ヨハンソンは目を開けた。乱れたシーツ。見知らぬベッドに寝ていることに気がついた。周囲にもベッドが並ぶが、どれも無人だ。広い部屋に医療機器が所狭しとおかれている。窓はない。消毒薬の臭い。病室だ。

なぜ病室にいるのだろう？

頭をもたげたが、すぐまた枕に落ちる。目がひとりでに閉じていく。頭痛はましになったが、気分が悪いことに変わりはない。

「午前九時をお知らせします」

ヨハンソンは上体を起こした。

相変わらず、そこは病室だ。明らかに具合はよくなった。吐き気は治まり、万力で締め上げられるような頭痛は、鈍い圧迫感に変わっていた。

なぜここにいるのか、その理由は今もわからない。

自分の体を見下ろした。シャツ、ズボン、ソックス。昨夜のままだ。ダウンジャケットとセーターは脇においてある。ベッドの前に、靴がきちんと揃えてあった。

足をベッドから下ろした。

そのとき扉が開いて、医療センターの責任者シド・アンジェリが姿を見せた。小柄なイタリア人で、頭頂部が禿げ、口もとには深い皺が刻まれている。病気になる者もいないため、恐ろしく退屈な時間を過ごしていたが、ようやく状況が変わったようだ。

「気分はどうです？」

アンジェリは首を傾げて尋ねた。

「さあどうかな」

ヨハンソンが首に手をあてると、体がびくりと動いた。

「しばらくは痛みますよ。どうしようもない。ひどくなるかもしれませんよ」

「私はいったいどうしたのだろう？」

「覚えていないんですか？」

ヨハンソンは思い出そうとしたが、頭が痛むだけだった。

「アスピリンが必要だ」

「何が起きたかわからない？」

「全然」

アンジェリは彼に近づき、顔を覗きこんだ。

「夜中に格納デッキで倒れているのを発見されたんです。足でも滑らせたんでしょう。幸いにも、監視カメラはどこにでもある。そうでなければ、今もデッキに転がってますよ。おそらく、首か後頭部を床のどこかにぶつけたんでしょう」

「格納デッキ？」

「まったく覚えていないんですか？」

そうだ、格納デッキに行ったのだ。オリヴィエラと。そのあと、もう一度、一人で。デッキに戻ったことは思い出したが、なぜ戻ったのかは思い出せない。しかも、その後に起きたことはまったく覚えていなかった。

「まずいですね。あなたは……その……たまたま飲んだのではないんでしょう？」

「飲んだ？」

アンジェリは手を開いてみせた。

「空き瓶が転がっていた。ミス・オリヴィエラは、あなたが一人で飲んだのだろうと言ってます。悪く思わないでください。これはたいした問題じゃないが、ヘリ空母には危険なところが多い。暗くて、床が濡れていたりすると、転倒するか、海に転落することもある。デッキには一人で出ないほうがいい。特に……」

「酔っているときは」

ヨハンソンが続きを言った。両足で立ち上がった。頭がぐらぐらする。アンジェリがあわてて脇に立ち、肘を支えた。

「ありがとう、大丈夫だ。それより、ここはどこですか？」

「医療センターです。本当に大丈夫？」

「アスピリンをもらえれば……」

アンジェリは白く塗られた戸棚から、頭痛薬を一箱取り出した。

「これをどうぞ。頭を打っただけだ。すぐに治るでしょう」

「ありがとう」

「気分は本当によくなりましたか？」

「ええ」

「何も覚えてないんですよね？」

「まったく何も」

アンジェリの顔に笑みが広がった。

「結構（ヴァ・ベーネ）でしょう。では、仕事はほどほどに。何かあったら、遠慮せずにすぐいらしてください」

ブリーフィングルーム

「超可変領域？　何のことやら、さっぱりわからない」

ヴァンダービルトは理解しようと必死だ。オリヴィエラは、話を聞く者たちの理解の限界を越えそうな予感がした。ピークは苛立ちを隠せないでいる。リーは態度には出さないが、遺伝子学の知識が底をつくのではないかと心配していた。ルービンも遅れてきたが、ヨハンソンは遅れて現われ、幽霊のような顔で座っている。

うろたえた様子で詫びをつぶやき、席に着いた。彼とは対照的に、ヨハンソンは本当に具合が悪そうだ。視点が定まらず、周囲の人々は本物だろうか、幻想ではないかというような目であちらこちらを見ていた。オリヴィエラは、ミーティングが終わったら彼と話そうと考えた。

彼女は説明を続ける。

「人間の細胞で説明しましょう。細胞は情報がいっぱいにつまった袋です。核には遺伝物質である染色体が含まれます。遺伝物質は二重螺旋構造のDNAから成り立ち、これが折りたたまれて染色体を形成する。ご存じのように、DNAはいわばわたしたちの設計図です。高等な生物ほど、設計図は複雑になる。DNA分析で殺人犯を特定したり、血縁関係を証明したりできる。ですが、だいたいにおいて人間は同じ設計図を持っている。足や胴体、腕、手になる設計図です。つまり、DNA分析は二つのことを教えてくれる。一つは、これは人間のものだということ。もう一つは、誰のものかということ」

まず基本から説明を始めたのが功を奏し、皆の顔には理解と興味の色が浮かんだ。

「もちろん、二人の人間の相違点は、同じ種の単細胞生物二つのあいだにある相違点よりもずっと多い。統計上、わたしのDNAは、この部屋にいる誰のDNAと比べても、約百万個の小さな相違点がある。人と人とは塩基対千二百個ごとに違いがあると言われている。

一方、同一人物の二つの細胞を比べると、そこにもわずかな相違が認められるでしょう。それは変異によるDNA内の生化学的な相違です。それは、わたしの左手の細胞と肝臓の細胞に違いがあるのと同じ。けれど、どちらもスー・オリヴィエラの細胞だと明確にわかります」

彼女はひと息おいた。

「単細胞生物では、このような問題は起きません。細胞たった一つで、一つの生物を構成する。ゲノムも一つしかない。単細胞生物は生殖でなく分裂によって増殖するため、ママとパパからそれぞれの染色体を受け継ぐのではなく、遺伝子情報の総体、つまりゲノムとともに自身が二倍になるのです」

「すると、単細胞生物に関しては、DNAがわかれば全部がわかる」

ピークが慎重に言葉を選んで言った。

オリヴィエラは彼にほほ笑みかけた。

「当然そうでしょうね。単細胞生物の一つの個体群は、同一のゲノムにより自己を証明することになる。わずかな突然変異率はあるものの、個々のDNAは一致します」

彼女は、ルービンがしきりに体を揺らし、口を開けたり閉じたりするのに気がついた。いつもなら、彼は人の説明に口を出して主導権を奪おうとする。偏頭痛で寝こむとは情けない。だから、わたしたちの発見を知らないのだ。よく聞いておきなさい。

「問題はここからです。ゼラチン質の細胞は見た目は同一です。特に変わったものではない。深海に生息する普通のアメーバです。すべてのDNAを解読するのは、複数のコンピュータを使っても二年はかかってしまう。そこで、DNAを小さく切断して分離し、塩基対の配列がわかる、アンプリコンという遺伝子コードのある部分を取りだすのです。このようにして個々のアンプリコンを分析、比較すると、面白いことが判明しました。同一個体群における単細胞生物のアンプリコンは、こうなるはずです」

彼女は準備してきたプリントアウトを掲げた。

A1：AATGCCAATTCCATAGGATTAAATCGA
A2：AATGCCAATTCCATAGGATTAAATCGA
A3：AATGCCAATTCCATAGGATTAAATCGA
A4：AATGCCAATTCCATAGGATTAAATCGA

「塩基配列はすべて同じになる。つまり四つの同一の単細胞生物です。ところが、わたしたちの得た結果はこちらです」

彼女は二枚目の用紙を示した。

A1：AATGCCA **CGATGCTACCTG** AAATCGA
A2：AATGCCA **ATTCCATAGGATT** AAATCGA
A3：AATGCCA **GGAAATTACCCG** AAATCGA
A4：AATGCCA **TTTGGAACAAAT** AAATCGA

「これが、ゼラチン質から抽出した四サンプルの塩基配列です。DNAは同一です――わずかな超可変領域を除いては。その領域には同じパターンは一つもない。一ダースのサンプルを調べ、わずかな違いだったものもあるけれど、ほとんどが完全に違っていた。自然に起きる変異ではまったく説明がつかない。つまり、これは偶然ではないということです」

「種が異なるのでは？」

アナワクが尋ねた。

「いいえ、これはまったく同じ種だわ。生物は、生存中に自分の遺伝子コードを絶対に変えられない。設計図が第一番なの。その設計図に従って生物ができあがる。一度できてしまえば、あとはその設計図に対応するのであって、別の設計図ではない」

しばらく沈黙が続いた。

「それでも違うとしたら、その生物は細胞分裂したあとに、DNAを変える方法を見つけだした」

アナワクが口を開いた。

「それは何のために？」

オリヴィエラが尋ねる。

「人間だ」

ヴァンダービルトが言った。

「人間？」

「あんたたちの目は節穴か？　自然はそんなことは起こさないと、ドクター・オリヴィエラは言った。ドクター・ヨハンソンからは抗議の声も聞こえてこない。さて、いったい誰がそんなことを考案できたのか？　ゼラチン質は生物兵器だ。そんなことができるのは、人間だけだ」

「それなら抗議しよう」

ヨハンソンが言って、痛む頭をさすった。

「ジャック、それはまったく無意味だ。生物兵器の利点は、たった一種を作りだせばいいということだ。あとは再生産……」

「ウイルスが突然変異すれば、それは利点じゃないのか？　エイズウイルスは絶えず変異し続ける。正体を見抜いたと思ったときには、すでに変異しちまってるんだ」

「それとは話が違う。これは常識を超えた生命体であって、ウイルス感染とは別だ。DNAが異なる理由が必ずあるはずだ。分裂したあとで、DNAに何かが起きる。まったく異なる遺伝子コードが与えられる。何の目的で、誰がそんなことをするのか？　どのような意味があるか、われわれは見つけださなければならない」

「われわれを殺すのが目的だ！　この自由世界を抹殺するために、やつらは現われたんだ」

ヴァンダービルトが興奮して言った。

「では、そいつらを撃ち殺せばいい。そうすれば、イスラムの細胞かどうかわかるだろう。きっとイスラム原理主義者だ。それなら辻褄が合う」

言ったヨハンソンを、ヴァンダービルトは睨みつけた。

「あんたはどっちの側なんだ？」

「理解する側だ」

ヴァンダービルトが得意げな顔になった。

「昨日の夜、なぜ転んで頭を打ったのか、あんたは理解してるのか？　ボルドーを一本、空(から)にしたからだろう。気分はどうだ？　頭は痛くないのか？　少し黙ったらどうだ」

「まず、あなたが黙ってくれないと」

ヴァンダービルトは荒い息を吐いた。汗だくだ。リーは横目で軽蔑するように彼を見つめ、身を乗りだした。

「これらはまったく違うコードだと、あなたは言うのね？」

「そうです」

オリヴィエラはうなずいた。

「わたしは科学者ではない。けれども、そのコードは、人間が使う暗号のような役割を担っていると考えられないかしら？　たとえば、軍隊の暗号のように」

「そうですね、考えられるかもしれない」

「お互いを識別するコード」

ウィーヴァーが何かをメモ用紙に走り書きし、アナワクに渡した。彼はそれに目をやると、かすかにうなずいて脇においた。

「なぜ、互いを認識する必要があるのだろうか？　なぜ、そんな複雑な方法で？」

ルービンが尋ねた。

「理由は明らかでしょう」

クロウが言った。煙草の箱のセロハンを破る音が響いた。

「どういう意味？」

リーが尋ねた。

「コミュニケーションのためだと思うけど。単細胞同士でコミュニケーションをとる。会話の一つの形」

「つまり、その細胞が……」

グレイウォルフが彼女を見つめて言いかけた。

クロウはライターの炎に煙草をかざしてひと息吸うと、煙を吐きだした。

「情報交換よ」

ランプウェイ

「昨夜(ゆうべ)はどうしたの？」

実験室に向かう途中で、オリヴィエラがヨハンソンに尋ねた。彼は肩をすくめた。

「全然わからない」

「今の気分は？」

「おかしな感じだ。頭痛は治ったが、格納デッキの記憶がすっぽり抜け落ちている」

ルービンが歩きながら振り返り、歯をむきだした。

「情けない偶然だな。二人して頭が痛いというわけだ。二人だぜ！　私も連絡できないくらい調子が悪かった。本当に申しわけない。でもいったん襲われると……がーん！　ばたん！」

「偏頭痛？」

彼女は疑わしい目つきでルービンを見た。

「ああ、最悪だ。突然やって来て、行ってしまう。めったにないが、やって来たときには手遅れだ。あとは座薬をさして、ライトを消すだけ」

「今朝までずっと眠っていたの？」

「もちろんだ。すまないね。だけど、本当にコントロールがきかなくなってしまうんだ。でなければ、顔を出していた」

「出さなかったの？」

おかしな質問だった。ルービンは苛立ちまじりの笑みを浮かべた。

「ああ」

「本当に？」

「もちろんだ」

ヨハンソンの頭の中で、何かがかちりと音を立てた。壊れたスライド映写機のようだ。スライドを送るが、うまくいかずに落としてしまう。

なぜ、オリヴィエラはそんな質問をするのだろうか。

実験室の扉の前に来た。ルービンが暗証番号を打ちこんで扉を開けた。彼が中に入ってライトのスイッチを入れるあいだに、オリヴィエラがヨハンソンにささやいた。

「どうしたの？　昨夜は、彼を見たと自信たっぷりに言ってたじゃない」

ヨハンソンは彼女を凝視した。

「私が何だって？」

「シーケンサーが読み取りをするあいだ、あそこに座ってワインを飲んでたときのこと。あなた言ったじゃない。彼を見たと」

かちり。スライドが送られる。かちり。

まるで、頭に綿がつまっているようだった。二人でワインを飲んだ。それは覚えている。

話をした。それから……何を見たのだろうか。

かちり。

オリヴィエラが柳眉を逆立てた。

「いいかげんにしてよ。本当に頭を打ったのかもね」

ニューラルネットワーク・コンピュータ

二人は統合情報センター（JIC）にあるウィーヴァーのコンピュータの前に座っていた。

「遺伝子コードの話はまったく新しい手がかりだわ」

アナワクはうなずいた。

「細胞はみんな同じじゃない、ニューロンとは違って」

「彼らが集合体になる方法だけを探ろうとしてもだめね。DNAの中に、それぞれの遺伝子配列を持つとしたら、そこに集合体になるための秘密がある」

「集合体になるには別の誘因がある。テレパシーのような」

「昨日は匂（にお）いの話をしたけど」

「試してみよう。彼らが匂い物質を作りだすとプログラミングしてくれ。その匂い物質が集合のサインになるように」

ウィーヴァーは少し考えて、インターフォンで実験室を呼びだした。

「シグル？　わたしたちシミュレーションを考えているのだけど。単細胞が集合体にどうやってなるのか、そっちは何かいいアイデアが浮かんだ？」

彼女はしばらく相手の話を聞いていた。

「そうだわ――わたしたちはそれを試してみる――何かわかったら連絡してね」

「あっちは何だって？」

「段階試験をしてみるそうよ。ゼラチン質が分解し、再集合する状況を再現させるらしい」

「ヨハンソンたちも、細胞が匂い物質を出すと考えているのか？」

「ええ。問題は、どの細胞が最初に匂いをだすのか？　そのきっかけは？　連鎖反応だとすると、必ず最初があるはず」

ウィーヴァーは眉根を寄せた。

アナワクはうなずいた。

「遺伝的プログラムかもしれない。特定の細胞だけが、細胞を集合させる誘因を生みだす」

「脳の一部に、ほかよりも能力が高い部分がある……魅力的な考えだけど、まだ納得するには不充分だわ」

「ちょっと待った！　ぼくたちは間違った方向に行っている。ぼくたちは、単細胞が集合して一つの大きな脳を形成することを前提にしているだろう」

「彼らはそうしていると、わたしは絶対に思うけど」

「ぼくもだ。けれど、たった今、思いついた……」

「どんなこと？」

アナワクは懸命に考えた。

「それぞれの単細胞がみんな違うのは、変だと思わないか？　ぼくは、そのようにコードされる唯一の理由を思いついた。つまり、彼らのDNAは、それぞれ違う仕事ができるようにプログラムされているんだ。だが、そうだとすると、各単細胞はそれぞれに小さな脳を持つことになる」

彼はふたたび考えこんだ。画期的なアイデアだ！　しかし、どのように機能するかは見当もつかなかった。

「おそらく、各単細胞のDNAそのものが脳なんだ」

「DNAが考えることができるということ？」

「たぶん」

彼女は不審そうな顔をして彼を見つめた。

「だとすると、彼らは学習できることになるわ。ほかのどんなアイデアでも受け入れられるけれど、それは……」

彼女の言うとおりだ。あまりにも現実離れしたアイデアだ。これまでにない、まったく新しい生化学システムなのだ。

しかし、それでも機能するとしたら……

「もう一度教えてくれ。ニューラルネットワーク・コンピュータはどうやって学習するんだい？」

「学習するほど複雑になる計算を行なうのよ。コンピュータは前例から学び、行動パターンの選択肢の数を増やしていく」

「それをどうやって維持し続けるんだ？」

「記憶するのよ」

「そのためには、個々の単細胞は記憶を溜める場所がいる。記憶スペースをネットワークで結べば、そこに人工の思考が生じる」

「どういうこと？」

アナワクは説明した。彼女は何度も首を横に振り、結局、彼に二度説明させた。

「あなたの考えは生物学を書き変えてしまうわ」

「それでも、ぼくの考えるような方法で機能するようにプログラムできるか？」

「どうしよう！」

「小規模なものでいい」

「小さくても充分大きいわ。何もかも覆してしまう理論だから……いいわ、やってみる！」

彼女が日焼けした腕を伸ばすと、金髪の産毛が輝いた。Tシャツの下では筋肉がみなぎっている。小柄だが肩幅の広い彼女をどんなに好きか、アナワクは思い知った。

そのとき、彼女が彼を見つめて言った。

「このお礼は高くつくわよ」

「何がいいんだい？」

彼女はにやりと笑った。

「肩と背中のマッサージ。さあ、お願い。わたしはプログラムするから」

彼は嬉しかった。自分の理論が正しいかどうかは別として、口に出した甲斐はあった。

ルービン

三人は士官用食堂に昼食をとりに出かけた。ヨハンソンは体調も目に見えてよくなり、オリヴィエラとも仲直りした。ルービンが偏頭痛のあとで食欲がないと聞いても、二人はそれほど残念には思わなかった。

「フライトデッキを散歩してくる」

ルービンは、同情してほしそうな目つきで二人を見た。

「気をつけてくれ。滑りやすいから」

ヨハンソンはにやりと笑った。

「私なら大丈夫。端には近寄らないよ」

ルービンも笑った。私がどれだけ用心深いか知れば、お前は腰を抜かしてウェルデッキまで転がり落ちるぞと、心の中で言いながら。

「あなたが必要だということを忘れないで」

オリヴィエラの言葉を、ルービンは受け流した。二人は彼を残して食堂に向かった。

彼は拳を握りしめた。悪口なら好きに言うがいい。だが、最後に自分は認められるのだ。人類を救った功績には莫大な金が支払われるだろう。しかし、彼はＣＩＡの陰から表舞台に飛びだすときを、長いこと待ちわびていた。彼らがこの危機を乗り越えてしまえば、彼の業績を世界に秘密にする理由はなくなる。秘密保持の義務も不要になり、思う存分に世の中に知らせることができる。そうすれば誰からも認められるというものだ。

ランプウェイを上っていると、気分もよくなっていった。レベル03区画でランプウェイをそれて通路を歩き、鍵のかかった小さな扉の前に着いた。暗証番号を押すと扉が開き、その向こうに延びる通路を進んだ。突きあたりに、もう一つの扉がある。ふたたび暗証番号を押すとコンソールに緑色のランプが点灯した。その上のガラスの向こうにレンズがある。彼はその前に立ち、右目をレンズに近づけた。レンズが彼の網膜を読み取り認証した。

扉が開いた。その向こうに、コンピュータやスクリーンが並ぶ薄暗い部屋が広がっていた。ＣＩＣと非常に似た部屋だ。コントロールパネルには、制服を着た者も民間人の姿も見える。機器類の立てる低い音が、部屋の静寂を破っていた。内部からライトで照らされた大きな海図台を前にして、リー、ヴァンダービルト、ピークが集まっていた。

ピークが視線を上げた。

「こちらに来たまえ」

ルービンは歩み寄った。その瞬間、自信がぐらつくのを感じた。昨夜からは、ピークとは電話で少ない情報を交換しただけだ。電話の声は事務的だったが、今は氷のように冷たい声に変わっていた。

ルービンは反撃に出ようと決めた。

「われわれは前進してますよ。一歩ずつ先に進んでいる……」

「まあ座れよ」

ヴァンダービルトが言って、テーブルの向かいにあるスツールをちらりと見た。ルービンは従った。三人は立ったままで、ルービンは自分の不快な役まわりを再認識した。まるで被告席に座っているようだ。彼は付けたして言った。

「昨夜は不覚でした」

ヴァンダービルトがテーブルに両手をついて身を乗りだす。

「不覚？　とんでもない間抜けだ。この状況でなければ、あんたには目隠しをして、海に突きでた板の上を歩いてもらうところだぜ」

「ちょっと待ってくれ、私はただ……」

「なぜ、彼を殴り倒したんだ？」

「ほかにどうすれば？」

「もっと用心しろ、この能なしが！　彼を中に入れてはいけなかった」

「それは私のミスじゃない。誰が寝ながら尻を掻くか、それを見張るのは、あなたの部下の仕事だろう」

「どうして、あのいまいましい扉を開けたんだ？」

「それは……必要じゃないかと……ちょっと考えごとが……」

「何だって？」

今度はピークが問いただす。

「ルービン、気をつけてくれ。格納デッキに通じる扉には特別な機能がある。かさばる荷物を出し入れするためだということは、あなたも知っているはずだ。昨夜、その扉をどうしても開けなければならなかった大事なこととは何だね？」

彼の目がきらりと光った。

ルービンは唇を嚙みしめた。

「艦の奥にある通路を使うとは、とんでもない愚か者だ。それを問題にしているのだ」

「どうして愚かだと言えるのです？」

「そのとおりだから」

リーが言った。海図台をまわり彼の前に来て台の縁に腰を下ろし、優しい目で彼をじっと見つめた。

「あなたは言ったわ。新鮮な空気を吸いにいってくると」

ルービンはへなへなと体が萎えた。もちろん彼はそう言った。そして当然のことだが、盗聴器がその声を拾ったのだ。

「そして、そのあとまた新鮮な空気を吸いに出かけた」

「格納デッキに、誰かいるようには見えなかった。あなたの部下も誰かがいるとは言わなかったし」

ルービンは弁解して言った。

「見張りは言わなかった。なぜなら、あなたが訊かなかったから。そして、あなたがあの扉を開けるには、必ず許可が要る。彼らは扉が開くとは思いもしない。この二つが重なれば、彼らがあなたに告げる機会はないわね」

「申しわけない」

ルービンはぼそりと言った。

「正直に言うと、こちらの監視もすべてうまくいったのではないわ。ヨハンソンの二度目の散歩は見逃されてしまった。そもそもこのミッションを準備するときに、盗聴システムをくまなく設置するはずだったのに、できなかった。オリヴィエラとヨハンソンが格納デッキで楽しいパーティーを開いたときも、会話を盗聴できなかった。残念ながら、ランプウェイやフライトデッキも盗聴できないわ。だからといって、あなたが愚かな振る舞いをしたことには変わりない」

「二度と同じことはしないと……」

「あなたはセキュリティを危険にさらした。まったくの能なし。わたしとジャックはいつも意見が合わないけれど、あなたがもう一度へまをしでかしたら、ジャックに手を貸して、あなたを艦から突きでた処刑台に追いやる。サメをおびき寄せて、あなたの心臓がサメに食いちぎられるのを喜んで見ることにする。わかった？　わたしはあなたを殺す」

リーのアクアマリンの瞳が優しい光を放っていた。しかし、彼女は躊躇せず、脅しを実行に移すだろう。

ルービンは彼女に恐怖を抱いた。

「わかってくれたようね」

リーは彼の肩をたたくと、二人のところに戻った。

「では、被害がどこまで拡大したかについて話し合いましょう。薬は効いたの？」

「ヨハンソンには十ミリリットル注射しました。それ以上だと、頭がいかれてしまうし、今そうなってもらっては困る。あの薬は消しゴムのように脳に効く。けれども、記憶を取り戻さないという保証はない」

ピークが答えた。

「思い出すリスクはどのくらい？」

「それを言うのは難しい。何かの言葉や色や臭いがきっかけとなり、記憶が再構築される可能性はある」

「リスクは相当大きいぞ。どんな場合でも記憶を押さえこむ薬は、まだ開発されていない。脳の機能については、まだわからないことが多いからな」

ヴァンダービルトがうなって言った。

「様子を見るしかないわね。ルービン、あとどれくらいヨハンソンの力が必要かしら？」

「われわれはかなり進歩しています。ウィーヴァーとアナワクは、単細胞の集合体にはフェロモンが介在するという考えを持っている。オリヴィエラとヨハンソンも匂い物質の可能性を発見した。午後には段階テストをして、それを証明する予定です。匂い物質が集合体の形成を引き起こすことがわかれば、われわれの夢の実現はすぐそこです」

ルービンは復権のチャンスとばかりに、熱弁を振るった。

「仮定の話じゃないか。いつになったら、薬ができるんだ？」

「これは科学研究です。かつてアレクサンダー・フレミングに、いつペニシリンを発見するのだと尋ねた人などいない」

ヴァンダービルトが言い返そうとしたとき、コントロールパネルにいた女性が立ち上がり、彼らのほうに歩いてきた。

「CICで、シグナルの解読が終わりました」

「スクラッチか?」

「そのようです。クロウがシャンカーに、解読したと言いました」

リーはコントロールパネルに視線をやった。CICの光景が映しだされ、音声が聞こえる。天井の監視カメラが、シャンカー、クロウ、アナワクの三人が話している様子を捉えていた。そこにウィーヴァーが加わった。

「今に報告が来るわね。それなりに驚いてみせるのを忘れずに」

リーは言った。

戦闘情報センター（CIC）

知性体の返事を見ようと、誰もがクロウとシャンカーのもとにつめかけていた。昨日受け取った返事は、スペクトログラムからグラフィック・シグナルに変換されている。

「これが返事？」

リーが尋ねた。

「いい質問です」

クロウが答えた。

「スクラッチっていったい何だ？　言語か？」

グレイウォルフが訊いた。彼もデラウェアを引っ張って、CICにつめかけた一人だ。

シャンカーが応じる。

「まあそうだが、この場合、コーディングのしかたが違う。アレシボ・メッセージのようなものだ。つまり、人間は二進法ではやりとりはしないということだ。宇宙にメッセージを実際に送るのは人間ではなく、コンピュータだからな」

クロウがあとを続ける。

「わたしたちはスクラッチの構造を解明できたわ。レコードに針をおいたときに、なぜスクラッチ音がするのか。スクラッチは低周波領域におけるスタッカートの振動で、大洋を伝播(でんぱ)するのに適している。なぜなら、低周波は非常に長い距離を伝わることが可能だから。

ものすごく速いスタッカートなら、もっと遠くに伝わる。けれど、百ヘルツ以下の音の場合、それを聞こえるようにするには速度を何倍にも速めなければならない。超低周波の不可聴音なら、もっと速度を速めなければならない。ところが鍵は、速度を遅くすることだった」

ふたたびシャンカーが説明した。

「個々の構成要素を識別するためには、音を引き伸ばす必要があった。そこで、われわれは速度を非常に遅くし、スクラッチ音をさまざまな長さと強さを持つ、個々のインパルスの連続にまで引き伸ばした。

「モールス信号のようね」

ウィーヴァーが言った。

「機能も非常に似ている」

「どのように表現するの？　スペクトログラムにするのかしら？」

リーが尋ねた。

「できるけれど、それでは充分じゃないわ。聞くだけでいいなら、聞こえる音にすれば、いつでも聞くことができる。それには、ちょっとしたトリックを使えばいい。レーダー衛星の画像を見えるようにするために、異なる色を加えるのと似ているわ。さて、今回は個々の音の長さと強度を維持したままで、人間の聞こえる周波数に変換する。もとの音に周波数の変化があるときは、それに相応する調整を加えた。この方法で、スクラッチを処理した。わたしたちが受け取った返事は、こんなふうに聞こえるわ」

クロウは言ってキイボードに指示を打ちこんだ。

水中でトランペットを吹いたような音が響いた。個々の音を区別するには速すぎるが、明らかにさまざまな長さと強さのインパルスの連続だとわかる。

「本当に暗号のように聞こえる。どのような意味ですか？」

アナワクが尋ねた。

「わからない」

「わからない？　解読したんじゃないのか？」

ヴァンダービルトが言った。

「わからないのは、彼らがこの音を普通に使うとき、どのような言語になるかということ。これまでに録音されたスクラッチ信号は、意味がまったくわからなかった。でも、それはたいした問題ではない。わたしたちは、もっといいものを手に入れたから。シャンカーが最初の部分を見せるわ」

彼女は言って、煙草の煙を鼻から出した。

シャンカーがコンピュータ画面のアイコンをクリックすると、果てしない数列が現われた。いくつかの縦列には同じ数字が並んでいる。

「覚えていると思うが、われわれは深海に数学の宿題を送った。IQテストのようなものだ。十進法を続け、関数を解き、欠けた構成要素を埋める。願わくは、彼らが数学に興味を覚え、答えを送ってくれるのではないかと期待した。返事が来れば、『あなた方のメッセージは聞いた。わたしたちはここにいる。数学も理解できて問題の答えもわかる』と、彼らが言っていることになる」

彼は数列を指さした。

「これが答えだ。彼らの成績は五段階評価の五。全問正解だ」

「そんなこと……」

ウィーヴァーがつぶやいた。

クロウが続ける。

「ここから二つのことがわかるわ。第一に、スクラッチ信号は本当に言語だった。きっとこの信号は複雑な情報を含んでいる。第二に――これは決定的な点だけど、彼らはスクラッチ信号を、わたしたちがわかるように組み立てることができる。すごい能力だわ。あらゆる点で、人間に劣らないことがわかる。彼らは暗号を解読できるだけでなく、構築できる」

しばらく、誰もがただ数列を見つめていた。感動と重苦しい不安の入り混じった沈黙のときが過ぎた。

「だが、これが何の証明になるのだ？」

ヨハンソンが沈黙を破って言った。

「考えて答えを出せる誰かがいるという証明」

デラウェアが答えた。

「そうだが、コンピュータでも同じ答えは出せるのでは？」

「わたしたちがコンピュータと話をしているのだと思うの？」

「ヨハンソンに一理ある。これが証明するのは、彼らが素直に計算問題に解答したということだけだ。それは感動的だが、それだけで自意識を持った知性体の存在証明にはならない」

アナワクが言った。

「いったい誰がこんな答えを出せるんだ？　サバか？」

グレイウォルフが啞然として言った。

「それは無理だ。よく考えてみてくれ。ぼくたちが今ここで目にしたものは、符号を扱える生物ならできたことだ。そこから高度な知能を持つ生物だとは証明されない。たとえば、カメレオンは周囲の環境に自分を合わせるとき、非常に複雑な問題を解決する。だが、意識的に行なっているのではない。カメレオンの知能がどれほどか知らない者には、皮膚の色を広葉樹の森や岩場に合わせて変えるカメレオンが、途方もなく知能の高い生物に思えてしまう。環境という符号を解読できるのは高い認識能力があるからだ、自身の符号を環境に合わせて作りだせるのは創造力があるからだ――そう考えてしまう」

「じゃあ、わたしたちが目にしているものは何なの？」

デラウェアが失望した顔で尋ねた。

クロウがにやりと笑った。

「レオンの言うとおり、符号を使うからといって、符号が理解された証明にはならないわ。本当の知能や創造性は、現実世界のものごとの関連性を認識し想像する能力によって証明される。たとえ高度なコンピュータでも経験則は知らないし、論理に反した答えは出さない。環境とかかわって経験を積んだりしない。このようなことを、イールは解答をするときに考えたのだと、わたしは思う。彼らの高い理解力をわたしたちに示す方法を、探したのだと思う」

彼女はコンピュータ画面を指して続ける。

「これらが二問の解答。よく見れば気がつくと思うけれど――第一問の答えが、十一回繰り返されている。それから第二問が三回繰り返され、ふたたび第一問が一回、第二問が九回というように続く。ある箇所では、第二問の答えが三万回も繰り返されている。なぜかしら？　当然、解答を何回も送信すれば、メッセージが長くなって記録されやすくなる。でも、この見た目では乱雑な答えの連続は、何のためなのか？」

「ここで、ミス・エイリアンのご登場だ」

シャンカーが意味ありげな笑みを浮かべ、一同を見わたした。

クロウがうなずいた。

「昔のわたし、ジョディ・フォスターのこと。正直に言うと、あの映画を思い出したら、答えが浮かんだのよ。答えの連続は暗号そのものだった。正しい読み方がわかれば、白と黒のピクセルで構成された画像になる。つまり、ＳＥＴＩの手法とまったく同じだった」

「ヒトラーの映像じゃないといいが」

ルービンが言った。

彼の冗談は今度ばかりは笑いを勝ちとった。ジョディ・フォスター主演の映画『コンタクト』では、エイリアンが地球に送った宇宙船の設計図の信号の中に、ピクセル映像が含まれていた。それは、エイリアンが地球の電波の中で見つけた映像を送り返してきたのだが、選んだ映像がよりにもよってヒトラーだったのだ。

「ヒトラーじゃないわ」

クロウは答えた。

シャンカーがコンピュータにコマンドを入力した。数列が消えて画像に変わった。

「何だこれは？」

ヴァンダービルトが身を乗りだした。

「わからないの？　誰かわかる人は？」

クロウが一同にほほ笑みかけた。

「高層ビルのようだ」

アナワクが答えた。

「エンパイアステートビルだろう」

ルービンが補足した。

「ばかじゃないのか。どこがエンパイアステートビルだ？　ロケットだろうが」

グレイウォルフが言った。

「どうしてロケットなの？」

デラウェアが訊いた。

「海には、こういうやつが大量にころがってるんだ。核弾頭、生物兵器をつめた……」

「周囲にもやもやしているのは、雲かしら？」

オリヴィエラが尋ねた。

「きっと水だわ。たぶん深海の、海底の岩盤」

ウィーヴァーが答えた。

「水とは、いい見方ね」

クロウが言った。

「むしろモニュメントに見えるが。おそらくシンボル。何か……宗教的な」

ヨハンソンが髭を撫でながら言った。

クロウは、皆が頭を抱えるところを楽しんでいるようだ。

「まったく人間的な考え方ね。誰も視点を変えようと思わないの？」

さらに全員が覗きこむ。突然、リーの体がぴくりと動いた。

「九十度、回転できる？」

シャンカーの指がキイボードをすばやく動く。画像が横向きになった。

「さっぱりわからないな。魚か？　クジラか？」

ヴァンダービルトが言った。

リーが首を振って小さく笑った。

「ジャック、それは違う。まわりの模様は波だわ。海の波。下から見たスナップショット。海の底から海面を見ているのよ」

「何だって？　じゃあ、この黒いやつは？」

「当然、わたしたちよ。わたしたちの艦」

カナリア諸島　ラ・パルマ島沖　ヘーレマ

ぬか喜びだったのだろう。

この十六時間、吸引チューブは休みなく働き、何トンものピンク色の生き物を白日のもとにさらした。ゴカイは急速な水圧の変化に耐えられないようだ。大半は破裂し、あとは強大な口吻をむきだし痙攣して死んでいった。フロストは、浚渫が始まるとすぐ外に飛びだした。チューブから海水が泉のように噴きだし、いっしょにゴカイがネットの上に吐きだされる。海水は海に戻るが、ゴカイは巨大なスライダーを通り、ヘーレマに接岸した運搬船の胴体に呑みこまれていく。船はすぐに満杯になった。フロストは興奮して、大量のゴカイの山に手を突っこみ、死骸を両手ですくった。コントロール室に戻ってくると、ねばねばしたゴカイを持った両手を高く掲げてみせた。

「いいゴカイとは死んだゴカイのことだ！　イェー！」

彼がシェリダン将軍の言葉をもじって雄叫びを上げると、ボアマンも皆と拍手喝采したものだった。

海底では、巻き上げられた泥が沈むと、大理石模様のついた溶岩石が視界に現われた。細い泡の柱が立ち昇っている。フラッドライトのカメラがズームすると、大理石模様の詳細が画面に映しだされた。

「バクテリアマットだ」

ボアマンが言った。

「ということは？」

フロストが彼を見つめた。ボアマンは指の関節で顎をマッサージした。

「難しいところだ。バクテリアが表面にとどまっているかぎり危険はない。だが、どれだけの数が内部に侵入したか、私には判断できない。灰色の汚れたラインが見えるか？　これがハイドレートだ」

「すると、まだ残っていたんだ」

「そういうことだな。だが、以前にどれほどあったのか、すでにどれほど崩壊してしまったのか、それはわからない。これくらいの泡の吹きだしは、許容の範囲内だ。ゴカイの浚渫は、やっても無駄なわけではないだろう」

「つまり、成果があるということだ。じゃあコーヒーを持ってこよう」

フロストは満足そうにうなずくと、立ち上がった。

それから数時間、彼らは吸引チューブが海底を動く様子を凝視した。目がひりひりする。ファン・マールテンはフロストに休んでもらおうと、彼をキャビンに追いやった。フロストとボアマンはこの三日間、不眠不休で作業を続けている。フロストは初めは拒んだが、ついに目を開けていられなくなり、最後の力をふりしぼってキャビンに戻っていった。

ボアマンはファン・マールテンといっしょに残った。夜の十一時のことだった。

「次はあなたが寝に戻る番ですよ」

「私は寝るわけにはいかない。ハイドレートに詳しい者は私のほかにいないから」

ボアマンは目をこすって言った。

「みんな熟知してますよ」

「いずれにせよ、あと少しだ」

彼は疲労の限界に達していた。オペレータはすでに三回交代した。あと少しで、ゲオマール研究所のエアヴィーン・ズースがキールからヘリコプターでやって来る。それまでは、なんとしても持ちこたえなければならない。

彼はあくびをした。いつの間にか夜が明けている。部屋の中に低い機械音が満ちていた。この数時間、フラッドライトの足場と吸引チューブはゆっくりと、だが着実に北に向かって移動していた。ポーラーシュテルン号の調査データのとおりだとすると、ゴカイが繁殖するのは、海底斜面のこのテラスだけだ。すべてのゴカイを吸い上げるにはまだ何日もかかるが、彼には希望も湧いてきた。ガスの泡は予想を超えていたが、それでも心配するほどの量ではない。ゴカイとバクテリア部隊を取り除けば、食い荒らされたハイドレートもふたたび安定するだろう。

閉じていく瞼(まぶた)と戦いながら、彼は画面を観察した。

疲労困憊しているため、映像の変化に気づいたのは、しばらく目を凝らしたあとだった。

「あそこに何か光っている。吸引チューブをどけてくれ」

「どこです？」

ファン・マールテンが目を細めた。

「画面をよく見てくれ。巻き上がった泥の中で、何か光ったんだ。あ、また光った！」

彼は一瞬にして目が覚めた。フラッドライトのカメラも、奇妙な光景を捉えた。吸引チューブの口のまわりの細かい堆積物が巻き上げられて、上昇していく。

吸引チューブのカメラの映像が真っ黒になった。開口部が脇を向いている。

「くそ、どうしたのだ？」

「何か大きな物体を吸いこみました。チューブが不安定になるでしょう……」

オペレータの声がスピーカーから響いた。

「すぐにどけろ！　斜面から離すんだ！」

ボアマンが大声を出した。

あのときと同じなのか。ゾンネ号で体験したブローアウトの再現なのか。長いことと同じ場所を浚渫したため、テラスが不安定になった。吸引チューブが堆積物をはぎとったのだ。

いや、メタンガスのブローアウトではない。もっと悲惨なことだ。

吸引チューブが、巻き上がった細かな堆積物の雲から後退する。雲はますます拡散し、爆発が起きた。衝撃波がフラッドライトを揺らした。画面が激しく上下する。

「海底地滑りだ」

オペレータが叫んだ。

「ポンプを止めろ、後退だ」

ボアマンが椅子から飛び上がった。

斜面の上方から大きな岩がいくつも落ちてくる。溶岩石が海底に激突した。巻き上がる泥や岩屑で海水が濁り、吸引チューブの開口部は視界から消えた。

「ポンプは停止しました」

ファン・マールテンが言った。

二人は目を見開き、地滑りの様子を観察した。落下する岩石の量が増した。ほぼ垂直の火山の山腹でこのまま地滑りが続けば、より大きな岩が崩れるだろう。火山岩は孔が多くてもろい。小規模な地滑りが、数分のうちに大規模なものに変わるかもしれない。ついには、彼らが回避したかった最悪の事態に遭遇することになる。

冷静に現実を受け止めなければならない。逃げだすには、どのみち遅すぎる。

海面が六百メートルにも上昇し……

やがて、岩石の落下が収まった。

長いこと誰も口を開かなかった。ただ黙ってモニター画面を凝視していた。テラスの上に、薄い泥の雲が立ち昇っている。ハロゲンランプの光が拡散し、反射して輝いた。

「終わった」

ファン・マールテンがかすかに震える声で言った。

「そのようだ」

ボアマンがうなずいた。

ファン・マールテンがオペレータに呼びかけると、フラッドライトの担当者が応答した。

「足場の揺れは収まりました。一カ所、ライトが壊れましたが、全体には影響ありません」

「吸引チューブは？」

「何かに引っかかっているようです。指示は伝わってますが、指示どおりには動かない」

チューブのオペレータが答えた。

「おそらく、開口部が土砂に埋まったんだ」

もう一人のオペレータが言った。

「どれくらいの岩屑をかぶったんでしょうか？」

ファン・マールテンがボアマンに尋ねた。

「泥が沈まないと判断できないが、難は逃れたようだ」

「わかりました。それなら待つしかありませんね」

ファン・マールテンはマイクに向かった。

「それ以上、吸引チューブを動かすな。休憩にしよう。みんな、よけいなことはしないでくれ。しばらく待って、それからだ」

三時間後、ふたたびモニター画面の観察を始めた。いまだに泥が沈みきっていないため、視界は数メートルだが、吸引チューブの開口部はよく見える。フロストもベッドから起きだしていた。コルクスクリューのような縮れ毛が、四方八方に向かって飛びだしている。

「変な具合に食いこんでいるんです」

ファン・マールテンが説明した。

「壊れているようには見えない」

フロストは頭をかきむしった。

「土砂がモーターをブロックしてますね」

「どうしたら動かせるようになるだろうか？」

「ロボット潜水機を下ろして、土砂を取り除こう」

ボアマンが提案した。

「神よ、なんたることだ！　とてつもなく時間がかかるぞ。あんなに順調だったのに」

フロストが悲痛な叫びを上げた。

「とにかく急がなければ。ランボーの準備は？」

ボアマンがファン・マールテンに訊いた。

「オーケーです」

「すぐに始めよう」

ランボーという科学とは無縁の名前は、シルベスター・スタローン主演の映画『ランボー』にちなんでつけられた。それはヴィクター6000を小型にしたようなROVで、艇尾とサイドに複数のライト、カメラ四台とマニピュレータを装備する。深度八百メートルまでしか潜れないが、海洋開発の分野では重宝されている。十五分後、ランボーが投入された。ヘーレマのクレーン操縦室と光ケーブルで結ばれて、ランボーは火山の斜面に沿ってテラスをめざした。フラッドライトが視界に入る。ROVは潜降を続け、岩石に挟まれた吸引チューブの先端に向かった。近くから見ると、モーターとカメラシステムが無事であることがわかった。とはいえ、火山岩に挟まっており、身動きがとれない状態だ。

ランボーのマニピュレータが岩石の除去を始めた。作業は快調に進み、チューブはすぐに自由になりそうだった。ところが、尖った岩が海底の堆積物に突き刺さり、その岩がチューブを岩壁に押さえつけているのがわかった。マニピュレータに精一杯の動きをさせて、岩を取り除こうとするがだめだった。

「ロボットでは無理だ。運動範囲に限界がある」

ボアマンが言った。

「結構なことだ」

フロストが吐き捨てるように言った。

「オペレータが吸引チューブを動かせないか？　引っ張ればチューブが抜けるだろう」

ボアマンが提案すると、ファン・マールテンは首を振った。

「危険すぎます。チューブが裂けるかもしれない」

彼らは成功を期待して、ロボットの角度を変えては挑戦した。しかし、その日の真夜中になって、ロボットでは無理だと結論を下した。そのあいだに闇の中からゴカイが這いだし、浚渫した海底にふたたび蠢きはじめていた。

「こんな光景は見たくない。ここの斜面は不安定なんだ。とにかく吸引チューブが動いてくれるのを待つしかない。先は真っ暗闇だ」

ボアマンがうなって言った。

フロストは眉根を寄せた。

「では闇を見にいこう。私がプライベートで」

ボアマンは訝しげに彼を見た。

フロストは肩をすくめた。

「つまり、深海は暗闇だろう？　ランボーでだめなら、あとは人間が海底に行くしかない。水深四百メートル。特別な装備があるんだ」

「きみが潜るつもりなのか？」

ボアマンは呆然とした。

「もちろんだ。問題があるか？」

フロストは腕を伸ばした。その腕がぽきぽきと鳴った。

附録　『深海のYrr（イール）』全登場人物

シグル・ヨハンソン……………ノルウェー工科大学教授。海洋生物学者
レオン・アナワク………………クジラの研究者
ジャック・グレイウォルフ
（オバノン）………環境保護運動家
カレン・ウィーヴァー…………海洋ジャーナリスト
ルーカス・バウアー……………海流の研究者
サマンサ（サム）・クロウ……ＳＥＴＩ（地球外知的文明探査）の研究員
ミック・ルービン………………生物学者
スタンリー・フロスト…………火山学者

マレー・シャンカー……NOAA（海洋大気局）の音声分析の専門家
ヤン・ファン・マールテン……デビアス社の技術責任者
トム・シューメーカー
デイヴィー } ……〈デイヴィーズ・ホエーリングセンター〉の共同経営者
スーザン・ストリンガー……同艇長
ロディー・ウォーカー……ストリンガーのボーイフレンド
アリシア（リシア）・デラウェア……生物学専攻の女子大学生
スー・オリヴィエラ……ナナイモ生物学研究所所長
ジョン・フォード……バンクーバー水族館海棲哺乳動物研究責任者
レイ・フェンウィック……カナダ海洋科学水産研究所研究員
ロッド・パーム……ストロベリー島海洋観測所のオルカの専門家
クライヴ・ロバーツ……イングルウッド社専務取締役
ダニー……カナダ空軍の狙撃手
ジョージ・フランク……ヌートカ族の一族の大首長

イジトシアク・アケスク……………………アナワクの伯父
メアリー＝アン……………………………アケスクの妻
ホアン・ナルシソ・ウカニャン……………ウアンチャコの漁師
マイク｝
コディ｝…………………………………アメリカ国家偵察局（NRO）のエージェント
ダリル・フーパー｝
リンダ・フーパー｝………………………ロングアイランドでハネムーンを楽しむ夫婦
ボー・ヘンソン……………………………ロングアイランドの配達業者
ゲーアハルト・ボアマン…………………海洋地球科学研究所ゲオマールの地球科学者
ハイコ・ザーリング………………………同生物学者
イヴォンヌ・ミアバッハ…………………同分子生物学者
エアヴィーン・ズース……………………同所長
クヌート・オルセン………………………ノルウェー工科大学の生物学者

ティナ・ルン……………スタットオイル社石油資源開発推進プロジェクト副責任者
ラーシュ・ヨーレンセン……同社従業員。ガルファクスCのヘリコプターと船舶の監視責任者
クリフォード・ストーン……同社石油資源開発推進プロジェクト責任者。ルンの上司
トゥール・ヴィステンダール……同社中央研究所副所長
フィン・スカウゲン……スタットオイル社役員
ジャン＝ジャック・アルバン……海洋調査船トルヴァルソン号の一等航海士
コーレ・スヴェルドルップ……ルンの恋人
ベルナール・ローシュ……分子生物学者
ジャン・ジェローム……レストランのシェフ
クレイグ・C・ブキャナン……ヘリ空母インディペンデンス艦長

フロイド・アンダーソン……………同航海長
ルーサー・ロスコヴィッツ…………同潜水艇ステーション指揮官
シド・アンジェリ……………………同医療センターの責任者
ケイト・アン・ブラウニング………ロスコヴィッツの部下
ジャック・ヴァンダービルト………ＣＩＡ副長官
サロモン・ピーク……………………アメリカ海軍少佐
ジューディス（ジュード）・リー……同司令官

本書は二〇〇八年四月にハヤカワ文庫NVから三分冊で刊行された『深海のYrr（イール）』に修正を加え、四分冊にした新版の第三巻です。

訳者略歴　ドイツ文学翻訳家　訳書『黒のトイフェル』『砂漠のゲシュペンスト』『LIMIT』『沈黙への三日間』シェッツィング（以上早川書房刊），『ベルリンで追われる男』アンナス他多数

HM=Hayakawa Mystery
SF=Science Fiction
JA=Japanese Author
NV=Novel
NF=Nonfiction
FT=Fantasy

深海のＹｒｒ〔新版〕
3

〈NV1509〉

二〇二三年三月 二十 日　印刷
二〇二三年三月二十五日　発行

（定価はカバーに表示してあります）

著者　フランク・シェッツィング
訳者　北川和代
発行者　早川浩
発行所　株式会社　早川書房

郵便番号　一〇一 - 〇〇四六
東京都千代田区神田多町二ノ二
電話　〇三 - 三二五二 - 三一一一
振替　〇〇一六〇 - 三 - 四七七九九
https://www.hayakawa-online.co.jp

乱丁・落丁本は小社制作部宛お送り下さい。
送料小社負担にてお取りかえいたします。

印刷・三松堂株式会社　製本・株式会社川島製本所
Printed and bound in Japan
ISBN978-4-15-041509-9 C0197

本書は活字が大きく読みやすい〈トールサイズ〉です。